紀曉嵐智謀（下）

閻迅 編著

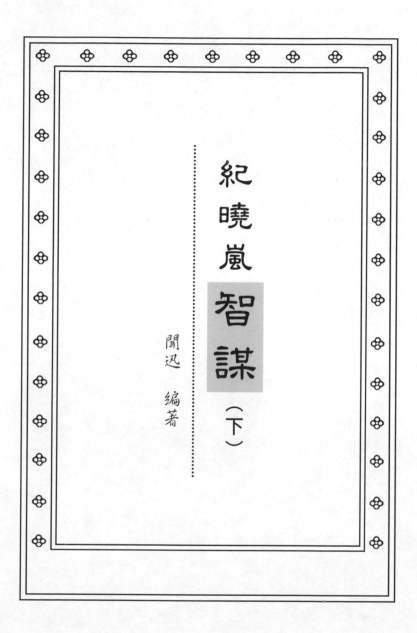

目錄

巧治惡霸……1
智斷姦案……5
放婦擒姦……15
燒豬斷案……18
買馬破案……20
智擒搶犯……22
巧斷遺囑……24
贏字破案……26
藉神破案……28
巧識僞譜……32
典當通道……35
借金擒盜……38
無字勝訴……41
智識盲賊……43
殺蟒平冤……46
智擒內賊……49
隨機應變……51
壽麵斷案……53
訓斥洋人……55
佛門擒兇……58
牙籤換壺……60
一葉追兇……62
貓咪偵探……65
深井辨屍……68

查疑伸冤……71
引盜串供……73
和尚淫案……76
抱瓜審案……78
招募擒兇……81
引蛇出洞……83
瘢痕做證……85
焦土復形……88
智識假雷……90
颶風捲女……92
請神破案……95
田契爭執……97
賞錢送賊……100
荊花毒夫……102
驗骨釋疑……104
字畫斷案……107
欲擒故縱……110
捉鬼判案……113
審神緝賊……116
辨紙斷案……120
大收蘿蔔……122
泥土慈菇……124
智罰惡霸……126
三次打賭……128
佛前釋笑……130
一筆救命……131
妙狀伸冤……133
復得縣印……135
青天老爺……139
智鬥劣紳……142
智找黃金……144
巧除惡狗……146

老驢識途……148
智鬥掌櫃……150
巧治吝嗇……153
智鬥財主……155
三句謊言……157
巧證愚蠢……160
死馬說活……163
巧治瘋漢……165
巧補借據……167
機智找馬……169
大樹做證……171
寶石奇案……174
巧辨生母……177
破傘斷案……179
何爲二月……181
胡說八道……184
連判三案……187
智審銀案……190
三個商人……193
無聲辯護……196
煮吃斧頭……198
大事化小……200
智拆民房……202
戲弄刁商……204
哭聲辨凶……206
憑劍判產……208
割絹斷案……210
與屍對話……212
拷打羊皮……214
詐供破案……216
以賊治賊……218
水中撈銀……220

兩審牛案……222
審石擒凶……225
妙點鴛鴦……227
智識釘案……229
驗布伸冤……232
詰童雪冤……234
驗屍斷案……236
智懲凶頑……238
十年積案……240
智擒眞凶……242
稀奇命案……244
善察小偷……247
智擒淫魔……249
虛構命案……251
出庭對證……254
毒殺辨疑……257
驗查焚屍……259
姐弟官司……261
五聽原則……265
葡架覓毒……267
書樓覓證……270
馬褂質疑……274
逼嫁疑案……277
蟲窩石案……280
新郎失蹤……282
智辨替罪……284
智懲武舉……286
佯倦破竊……289
勘查樹墩……291
審樹查姦……293
智識假病……296
引賊上鉤……298

尋覓凶扇……300
善察賊蹤……302
變通退婚……304
啞女破案……306
嚴懲貪吏……308
智識父子……310
殺雞斷案……312
酒店判銀……314
鞋底做證……317
扁擔斷案……320
分審得實……322
割耳怪案……324
殺妻疑案……326
繡鞋風波……328
姦殺疑案……331
杖打菩薩……333
足迹辨兇……335
木樁伸冤……337
猜心救災……340
智保同僚……342
懲貪摘印……345
判案護民……349
巧辯乾隆……352
白紙禱文……355
力救諍臣……357
螃蟹解饞……367
獨自負責……376
臨終趣對……383

巧治惡霸

福建漳浦縣有一個人名叫宋世麒，在湖北武昌經商，家中只有一個繼母和一個比他少十多歲的弟弟，名叫宋世麟。宋世麒對弟弟宋世麟很友愛，自己賺了錢，總是寄回家，不但負擔繼母和弟弟的生活，而且還聘請老師教弟弟讀書。宋世麟長大後，中了秀才。宋世麒的生意做得越來越興旺，他要弟弟在家廣置田產，興建房屋。宋世麟沒有考上舉人，但靠著哥哥的幫助，娶妻生子，過上了相當富裕的生活。時間一晃就是二十多年，宋世麒快五十歲了，他在武昌曾經娶過一個妻子，沒有生兒子，妻子就病死了。他孤身一個，長期在外，年紀漸老，加之生意失利，於是便不再經商了，回到福建漳浦老家，想安適地度過自己的晚年。

誰知他到家後，他的弟弟宋世麟看見這個曾經對自己關懷備至的哥哥，做生意蝕本了，年紀又老了，不但對自己沒有什麼好處，而且還是一個負擔，便閉門不納。宋世麒氣極了，他萬萬沒有想到世界上竟會有這樣忘恩負義的人，而且這個人竟然是自己的親弟弟。他與宋世麟辯理，但宋世麟一口咬定家中所有的財產都是自己經營致富的，宋世麒在外經商，根本沒有寄回過半文錢。宋世麒一狀告到漳浦縣，漳浦縣的知縣將他們家中田地房產的契約收上來，一看，上面寫的都是宋世麟的名字。宋世麒敗訴了，他有冤沒處訴，有家無法住，他不是流落異地，而是流落在自己的家鄉了。

幸而宋世麒回家的時候，身邊還有少許積蓄，他無可奈何，只好又重新回到武昌。他想自己在武昌經商幾十年，人熟地熟業務熟，或許能夠重整旗鼓，再賺些錢，解脫自己的困境。不料他運氣不好，生意又蝕本了。他走投無路，萬念俱灰，一個念頭在他的心裏滋生了，他準備投水自殺，要死也要死在家鄉，於是他又回到福建漳浦。他走到江邊，面對一片白茫茫的江水，拖著沈重的步伐，一步一步向江心走去。正在這個時候，一個老漁翁飛步趕上前來，一把將他攔腰抱住，將他帶回到漁船上。老漁翁見他年過半百，衣冠楚楚，便問他爲什麼輕生。宋世麒向老漁翁哭訴了自己的不幸遭遇，痛斥了自己那個狼心狗肺的弟弟。老漁翁聽了之後，也爲他憤慨不平，對他說：「你爲什麼不告狀呢？」宋世麒說：「我告過了，想不到我那弟弟早有預謀，我寄錢回去，要他買田地房產，契約上都是寫的他的名字，鐵證如山，我沒法打贏官司。」說完又痛哭不已。老漁翁低頭想了好一會，對他說：「現在只有一個辦法，不妨去試一試，這裏最近來了學政紀翰林紀曉嵐大人，他奉皇上聖旨到各地查辦疑案。紀大人是個大好官，是青天老爺，你去找他告狀吧！」

宋世麒聽了老漁翁的勸告，果然將狀子送到紀曉嵐案頭上去了。

當晚紀曉嵐仔細看了狀紙，對宋世麒的不幸遭遇和宋世麟的不義行爲，不禁怒髮衝冠，拍案而起。馬上拿筆在狀紙後面批了八個字：「欺兄霸產，天理難容。」但紀曉嵐也知道這件案子難辦，因爲當時宋世麒賺錢做生意是在遠遠的湖北武昌，他寄錢給弟弟宋世麟又不可能有什麼證據證明。如今宋世麟把所有的地契都寫成了自己的名字，所以，要治宋世麟的罪還頗有一番周折。經過苦思冥想，紀曉嵐終於想出了一個主意。他想，此案原經漳浦縣令錯判過，所以必須避開漳浦縣另找門路。

紀曉嵐把這案子推到漳浦所屬的漳州府去，他把漳州府屬下的詔安縣令找來，問他說：「你近來辦了什麼大案、要案沒有？」詔安縣令說：「近來破獲了一夥江洋大盜，已將他們收押在監。」紀曉嵐問：「定罪了沒有？」詔安縣令說：「定了『斬立決』，準備申報刑部。」紀曉嵐問：「贓物呢？」詔安縣令說：「追回了一部分，其餘的尚無著落。」紀曉嵐一拍桌子站起來說：「有了，你馬上回去，把關押這夥江洋大盜的獄吏召至後堂，要他在這夥強盜中選一個罪情較輕而坦白程度又較好的，送來見你。你見了這個強盜之後，可以示意，只要他招認沒有追回的贓物是存放在宋世麟的家中，就可以減輕處分，將『斬立決』改爲『斬監候』（相當於現在的「死刑，緩期執行」），然後你再把供狀送到我這裏來。」

詔安縣令聽了，回到府中，當然依言行事。紀曉嵐接到這份供狀之後，馬上辦好一份公文，派一個營官帶一隊兵丁直奔漳浦縣。公文內容是：「漳浦宋世麟係盜夥之一，坐地分贓，理應捉拿來詔安縣，一併處理。」於是宋世麟被捉拿歸案，交營官解到詔安。到達詔安後，紀曉嵐馬上升堂提審。宋世麟當然大呼冤枉，不肯承認。紀曉嵐說：「你沒有坐地分贓，你家中的財產有多少，可據實報來。」於是宋世麟開出一張田地房產的清單。

紀曉嵐又問：「你這些田地房產是什麼時候，花了多少銀子購進的，可據實報來。」於是宋世麟又開具出一張購進時間和銀兩數目的清單。紀曉嵐一看共計約三千兩銀子，於是厲聲責問：「你僅是一個秀才，哪裏來的這麼多銀子，這不正好證明你是坐地分贓得來的嗎？」宋世麟連連叩首，說：「這真是天大的冤枉，這些銀子都是小人的哥哥在外面經商寄回來的。」紀曉嵐問：「你哥哥叫什麼名字，在哪裏經商？」宋世麟回答：「叫宋世麒，在武昌經商。」紀曉嵐再問：「你講的可是實話？」宋世麟答：「小人不敢有半句謊言。」於是紀曉嵐要他具結畫押，然後傳來宋世麒，宋世麒一見宋世麟，不由得又憤恨，又傷心，走上前便是幾個耳光，左右衙役連忙扯住。紀曉嵐臉一沈，對宋世麟說：「你參加盜夥坐地分贓之罪，可以免予追究；但你欺兄霸產，喪盡天良，罪無可赦，天理難容。」於是命令革去他的秀才，重責四十大板，由宋世麒帶回，嚴加看管。家中所有財產，一律歸宋世麟所有。

一場地隔一個省，時間隔二十多年，而且又經過一審錯判的民事訴訟案件，終於在紀曉嵐的巧妙安排之下，不過問了幾句話，眞相就出來了，壞人宋世麟得到了懲罰，正義得到了伸張。

智斷姦案

身任福建學政的紀曉嵐來到泉州，拜望泉州太守劉知遠。劉知遠是直隸眞定府人，眞定與河間兩府相鄰，這劉知遠與紀曉嵐同鄉。兩人相見，倍感親切，相識之後，情契意篤，這期間往來頻繁。

這天早晨，紀曉嵐又來到泉州府衙，正遇劉知遠升堂斷案，便去後堂等候。衙役知他是知府大人的同鄉密友，便去堂上稟告了劉大人。劉知遠聽說紀曉嵐來了，心裏一喜，頓時緊鎖的眉頭舒展開來，趕快退堂，到後堂相見。

兩人寒暄過後，紀曉嵐問道：「仁兄面有倦色，不知爲何事操勞？」

劉知遠說道：「紀兄，愚弟實不相瞞，今日遇到了一個很棘手的案子，也是個無頭案子。被告是晉江縣的知名秀才黃正軒，其父乃是當朝的吏部侍郎，他岳父陳蒲田任過禮部侍郎，雖致仕在家，京中故舊頗多。假如審理不當，將會影響今後的前程不說，更重要的是食君之祿，難以忠君之事。而黃正軒除是知名秀才之外，無論供詞之中或其神情，均不像刁鑽奸詐之人，如若用刑逼供，又恐冤枉了此生，愚弟不願潦草結案，而又無疵瑕可尋，是以為難，還望仁兄多多賜教！」

紀曉嵐見劉知遠神情憂鬱，問道：「請仁兄一敘案情。」

劉知遠說道：「這黃正軒的岳父陳蒲田狀告黃正軒逼死女兒陳雪嬌。」說到此處，劉知遠差人取來狀紙，交給紀曉嵐觀看。

紀曉嵐看完狀子，說道：「既蒙仁兄見愛，紀昀願意效勞。」紀曉嵐讓劉太守在二堂提審被告黃正軒。

為什麼紀曉嵐要在二堂審訊黃正軒呢？大堂和二堂又有什麼區別呢？在大堂審訊，除允許百姓聽看之外，還要三班皂隸、刑房書辦等人參加站堂，呼喊堂威。如犯人不招，還可用刑，而二堂則不允許百姓旁聽，除一兩個差役提人外，一般由刑名師爺錄供。

紀曉嵐估計此案必有隱情，為保密起見，故而在二堂審訊。

原來黃正軒成婚那天，天氣炎熱。夜幕降臨，暑熱未消，室內悶熱難耐，黃正軒便請新娘陳雪嬌到院中，在梧桐樹下納涼，待稍覺涼爽後再入洞房。

俄而月上枝頭，院內清幽靜謐，五顏六色的燈籠將夜中的庭園裝點得美麗怡人。黃正軒和陳雪嬌在院中談著笑著，兩情歡洽其樂融融。陳雪嬌激勵丈夫日後要刻苦讀書，爭個三元及第。黃正軒自命不凡，聲言穩操勝券。陳雪嬌微微笑道：

「既然夫君這樣自信，爲妻出一題目，考一考你怎樣？」

黃正軒不肯示弱，搖著手中的摺扇，一笑說道：

「我雖不敢說胸懷二酉，學富五車，然自幼飽讀詩書，難道還怕娘子考倒不成，愛妻儘管出題是了！」

陳雪嬌看丈夫傲然不凡的態度，便說道：

「倘若此題應答不出，爲妻罰你書房獨宿，不知夫君能否應允？」

「噢！敢情是愛妻要扮作那蘇小妹的角色，爲夫也當一次秦少游，這又何妨！倘若我回答不出，也無顏在洞房內見娘子，任憑娘子懲罰就是了！」

「郎君可比秦少游，但妾身哪敢比蘇小妹。不過，我出上一副對聯，夫君何時答上，何時進入洞房，如果對不出來，今夜就要委屈夫君一夜啦！」說完雪嬌看看天上的明月，略一沈思，用銀鈴般的聲音吟道：

移椅依桐同望月

黃正軒聽了上聯，開始覺得很容易，可是仔細一推敲，覺得此聯確不易對，「移椅依」三字是同音異字，「桐同」二字則是音同義異，下聯也要如此對出，方可成爲一副佳聯。起初他心裏還是滿有把握，但越想越覺得心裏沒底了。沈吟良久，仍然不能對出下聯。陳雪嬌見他都急得頭上掛滿汗珠，一邊遞過手帕讓黃正軒拭汗，一面取笑道：

「既然我們有約在先，只好委屈相公一夜啦！天色已晚，早點兒回書房歇息去吧！」陳雪嬌說完，自己回到洞房。不過她這是戲言，並未認眞，料想黃正軒也會隨自己進房來。她哪知新郎黃正軒正在年輕氣盛，自以爲文場中首屈一指，不想竟然在一個女人手中栽了跟頭，「栽在別人手中猶可，可偏偏是自己的娘子，若對不上，豈非一輩子的話柄？」黃正軒想到這裏，抱著對不上不入洞房的勁兒，負氣一夜未睡，思來想去，直到天明尚未想出下聯……

兩日過去，黃正軒仍未屬出下聯。這天夜深，他正在書房秉燭讀書，丫環挑燈來到書房，說夫人請老爺回房歇息。黃正軒滿臉愧色說道：「未能屬出下聯，無顏見到娘子。」不肯回到洞房內與雪嬌圓房。

第二天早晨，發現新娘陳雪嬌已經自縊身亡。黃正軒痛斷肝腸，自恨自己無才無能，妄誇海口，使新人大失所望，遂至走向絕路。

陳老員外陳蒲田視愛女雪嬌爲掌上明珠，噩耗傳來，悲痛欲絕，詢問起死因，黃家人也說不清楚，只好將婚後之事，一一回明，陳蒲田哪肯相信，憤怒之下，投訴官府，狀告女婿黃正軒逼死女兒。

劉太守受理此案後，經仵作驗明，陳雪嬌死前不久已經破身，並非處女。然而被告黃正軒咬定尚未圓房。是新娘與人通姦？還是被人強姦？疑團難解，查無線索，幾日來劉知遠一籌莫展。

紀曉嵐見黃正軒情詞懇切，跪在堂下悲淚橫流，痛斷肝腸。紀曉嵐沈思片刻，心想必須查明與陳雪嬌同房之人，才能了結此案，便向黃正軒問道：

「花燭之夜，新娘出題之事，是否尚有他人知道？」

黃正軒哭哭泣泣地回答：「夫人死前兩日，幾位同學曾到府上，看我愁眉不展，坐立不安，問起是何緣故，學生便將夫人所出一聯，說將出來，請他們幫助屬對，以求早日圓房。」

「是否屬出下聯？」紀曉嵐繼續問道。

「沒有。」

「噢！」紀曉嵐恍然大悟，令黃正軒退下，傳訊陳雪嬌的貼身丫環，也命在二堂審訊，丫環講了夫人死前兩日的情況：

那天夜深以後，服侍夫人睡下，丫環也回到另一間房中歇息，朦朧中聽到「吱」的一聲門響，丫環坐起來問了一聲：「誰呀？」

「是我，你不要起來了，我來給少爺開門。」說話的是新娘陳雪嬌。丫環心中替姑娘一喜：「定是新郎剛才對出了下聯，來房中圓房。」但丫環忙了一天，身上十分疲倦，翻個身就又睡覺了，新娘房中的事，並沒有聽到。

次日，新娘陳雪嬌喜悅異常，丫環怕她害羞，也沒有問起昨夜的事。但直到夜已很深，仍不見黃正軒回房歇息。新娘便打發丫環去書房，請黃正軒回房。丫環來到書房，見他仍舊愁雲滿面，傳過夫人話後，他仍不肯進入洞房，說未能對出下聯，無顏去見夫人。丫環十分納悶，只好回房稟告新娘。

新娘聽了丫環的回話，說了一聲：

「哦？怎麼昨夜……」

話沒說完，陳雪嬌臉色發黃，呆坐在床沿上，丫環忙問：「您身上不舒服？」

「哦……沒有什麼，你回房睡覺去吧。」

丫環要服侍雪嬌睡下再走，雪嬌不肯。再三催促丫環去睡，丫環才回到自己房中。天亮以後，雪嬌已在屋中縊死。

審完丫環，紀曉嵐顯得成竹在胸，吩咐丫環回去對任何人都不要說過堂情形。又給劉太守出謀獻策放還黃正軒，要他像沒有發生任何事一樣，同他的一幫同學來往。嚴令所有知道此事的人，不准向外走露消息，速將陳雪嬌埋葬，說是黃府裏死了一名陪嫁丫環。劉太守按照紀曉嵐的囑咐一一做出安排。

紀曉嵐回到寓處，想起陳雪嬌爲丈夫出的那副聯語，要爲它對上下聯，沈思良久，也沒有想出一個滿意的下聯來。暗暗說道：「這陳雪嬌果眞是一位才女，所出一句實難屬對，怪不得黃正軒兩日都沒能對上。」

夜晚，紀曉嵐叫僕人搬來一把椅子，放在院中的一棵大樹下，他坐在椅子上仰頭望著天空的明月，嘴裏不停的低聲吟道：

「移椅依桐同望月，移椅——依桐——同望月，移椅依——桐同——……」

不知不覺一個時辰過去了，他的脖子都仰得有些發酸，但覺得仍不困倦，便想回屋內讀書，忽然想到這院中有座壺天閣，閣上藏書甚豐，便讓僕人叫來在壺天閣當差的人。差人來到跟前，見是學政大人要到閣上借書，即便在夜裏也不敢怠慢，說聲：

「大人稍候，小人取盞燈籠就來。」差人說罷，扭頭取燈籠去了。

紀曉嵐在閣下等候，不停地來回踱步，腦子裏又想起那副對聯，忽然停住了腳步，猛地想出了下聯，自言自語道：

「噢——對！就是這句：『等燈登閣各攻書。』對對！只能是這個對句！」

紀曉嵐心中豁然開朗，出句對句，暗暗爲陳雪嬌之死感到惋惜，弄清此案眞相的願望也更加迫切了。

按照當時的制度，鄉試以前，各府、州、縣的生員、增生、廩生，都要參加提督學政州內巡迴舉行的科試。科考合格的生員才能應本省鄉試。這時實行六等黜陟法：一二等與三等名次靠前者有賞，四等以下有罰或者黜革，不能取得鄉試資格。考試揭曉，平素與黃正軒有交往的生員都被列在四等以下，這些人怨聲載道，反映評卷不公。

幾日過後，學政大人紀曉嵐把這些人招來，先是一番訓教，然後要出一副聯，能對上者可破格擢爲一、二、三等。這十幾個人都非常奇怪，但他們早就知道這位學政大人十分古怪，在主持院試時曾以「人之初」、「趙錢孫李」和「今也南蠻，鳥夫」爲題，把參加考試的生員都考得叫苦不迭，不知這次又是什麼古怪刁鑽的題目？但也無可奈何，只好聽從學政大人的擺弄，學政大人出的上聯是：

移椅依桐同望月

過了多時，時間已到。生員們一個個愁眉苦臉地交了白卷，走出場去，最後只有一個晉江縣的吳紹智，臨出場時提筆寫出了下聯，與紀曉嵐所想下聯一字不錯：

等燈登閣各攻書

紀曉嵐看後哈哈大笑，趕忙差人報告劉太守：罪魁禍首已經查明，就是晉江縣秀才吳紹智。

馬上將吳紹智帶到堂上審問，那吳紹智哪裏肯招。劉太守吩咐大刑侍候，吳紹智見不招就要皮肉吃苦，只好供認不諱：

那天他和幾個同學，到黃府看望黃正軒，得知新娘出題難住新郎，不能圓房，便問起那副上聯，同學想來想去，當時誰也沒有對出下聯。

吳紹智回到家中，越想越是有趣，反覆地思來想去，夜晚叫書僮打著燈籠要到樓上的書齋裏讀書，在攀登樓梯時突然想出了下聯，心中暗自得意，心想何不扮作新郎，去洞房戲耍一下。

第二天夜晚，吳紹智換上新郎裝束，逾牆進入黃府，躺在洞房前的花叢中，從窗戶向房中觀望，看新娘子陳雪嬌生得玉人一樣，心想：眞是天賜良機！這樣一個佳人，若能消受一夜，也是三生有幸。等到夜深人靜，聽著丫環也已睡下，他才從花叢中鑽出來，來到陳雪嬌窗前，模仿黃正軒的聲音說：

「愛妻開門，你害得我苦啊！今日才對出下聯。」

陳雪嬌隔窗聽見丈夫說對出下聯，喜上心頭：渴望已久的時刻終於到了！隔窗問丈夫如何屬對，吳紹智便回答了「等燈登閣各攻書」一句。陳雪嬌聽了，細細品味，對得十分巧妙，稱得上是天衣無縫，心中萬分歡喜，便親自啓戶，將他迎進洞房。

吳紹智走進房中，把燈吹滅把陳雪嬌抱上繡床，做了一夜夫妻。次日拂曉，陳雪嬌還沒睡醒，他就悄悄地溜出了洞房。

聽完吳紹智口供，紀曉嵐又給劉智遠分析起第二夜的情形：

這天雪嬌萬分喜悅，等著丈夫回房傾訴衷腸，重溫昨宵歡愛，直到夜深時分，仍不見丈夫來臨，便差丫環到書房去請。不料新郎回說尚未屬出下聯，不肯回房。

陳雪嬌聽了丫環的回話，「轟」地一聲，如五雷轟頂，頭暈目眩，坐在了床沿上。丫環走後，她前思後想，斷定是惡徒冒名屬對，使她被騙失身，胸中羞恨難當。想到此事傳將出去，哪裏還有臉面做人，便自己懸梁自盡了。

劉知遠問明來龍去脈，又聽紀曉嵐分析得條條有理，立刻便斷決此案，判曰：

「男女婚嫁，需父母之命；秦晉親盟，憑媒妁之言。黃正軒風流少年，多讀孔孟之書。陳雪嬌深蘭麗質，頗習周公之禮。以雛鳳副嬌鸞，堪稱良配；用美玉配明珠，適成佳偶。新婚之夜，桐下屬聯，無異蘇小妹三難新郎；拂袖而去，閉門苦讀，實同六國相再攻陰符。何期吳紹智竊聯屬對，遂冒新郎而入洞房，致使雪嬌受騙失身，故含羞憤以自戕。陳女無心，吳犯有意。惡由吳犯起，罪無可貸，律應抵命，重懲示儆。黃正軒無罪放還。」

此案了結，學政大人紀曉嵐的才智名聲又一次轟動了閩州。

放婦擒姦

紀曉嵐出任福建提督學政的三年期間，因其主要職責是到各市、州府治按試童生，工作分量不重，所以他常常到各地遊山玩水，觀光風景名勝。

這樣一來，紀曉嵐與黎庶百姓和地方官吏接觸較多。在紀曉嵐進士及第踏入仕途的五十多年間，唯有這三年是他與民間社會生活接觸最多的時期。紀曉嵐差不多與福建全省幾十個州、府市、縣地方官吏們都混得很熟了。

地方官吏每時每刻與平民百姓打交道，而平民百姓中間經常有多種多樣奇異怪誕的案情發生，而許多案件又多成爲難以判斷的疑難案件或是無頭案件，這些案件令地方官吏們傷透了腦筋。

地方官吏們素知紀曉嵐有絕頂的聰明才智，所以許多斷不了的疑案便請紀曉嵐幫忙了斷。

而紀曉嵐出任福建學政時又兼有翰林院侍讀學士的京官身分，比地方官的名氣大得多，地方官們把請他幫忙斷案，看成了一種榮耀。所以紀曉嵐在福建當學政的三年時間裏，留下了數不清的機智斷案的故事。

福建省現在的永泰縣離福州市不很遠，當時的縣令王燕緒是紀曉嵐的老熟人、老文友。一次，他邀請紀曉嵐前去永泰敘舊，實際上是王燕緒縣令請紀曉嵐去了斷一件疑難雜案。

紀曉嵐去後，首先瞭解了案件的來龍去脈：

一天早晨，永泰縣城郊區一個楊氏女子在房中揪住自己的小叔席進平，大呼大叫：「這可怎麼得了啊！小叔子要強姦嫂子，把他哥哥殺死啦！」聞聲來了許多看熱鬧的人。只見楊氏的丈夫席格平果然倒斃在血泊中，小叔子席進平身上沾滿了血跡，面無人色，語無倫次。

接著，這楊氏女子到縣衙門告官。縣官將小叔席進平抓來，刑訊幾個回合，小叔席進平就供認：自己圖謀姦嫂，殺了哥哥。又有滿身血跡爲證，所以立即被打入死牢裏。

但是永泰縣令王燕緒總覺得這案子之中含著隱情，案犯席進平供認自己姦嫂殺兄之事時長吁短嘆，似有很大的冤情。然而又抓不到任何別的把柄，王燕緒便把紀曉嵐請來一起審案，以作一個「旁觀者清」。

紀曉嵐來到永泰縣堂之後，問清了案子的來龍去脈，升堂重新審問兇犯。在堂上，先是楊氏女子照舊哭訴一番，然後問小叔子席進平有什麼可申訴的。

席進平說：「我起早發現嫂子與別人私通，殺害了我的哥哥，我就闖進兄嫂的房間去捉姦。沒想到一進房門就被嫂子揪住，她摸起我哥哥的血就往我身上塗抹，又喊又叫誣賴我要姦污她，殺了哥哥。我一時氣昏，有口難辯。縣衙大堂，刑罰太狠，無法忍受，才招認了姦嫂殺兄，求青天大老爺作主。」

紀曉嵐聽罷，覺得案情眞不簡單，一時眞僞難辨。於是當衆宣佈：「這個小叔子席進平眞是大逆不道，應依法處置，先監禁起來，可將其嫂放回。」然後，紀曉嵐令差役在半夜時分，潛藏在女子窗外牆下偷聽。

當夜，果然有姦夫來到楊氏女子家裏。他走進屋子就問：「這位京官紀翰林審問席進平後，起了什麼疑心沒有？聽說紀大人可是個鬼靈精怪！」

楊氏女子笑著說：「什麼鬼靈精怪，紀翰林不過是徒有虛名，他一點都沒有起疑心。」說罷，兩人大喜，相互嬉戲。差役當即闖進屋去，將姦夫淫婦擒拿歸案。小叔席進平得到伸冤昭雪。

從此，人人傳頌紀翰林紀曉嵐審案眞是明察秋毫，又有機巧智謀對付各種罪犯。

燒豬斷案

福建閩侯縣知縣況雲，遇到了一個難以了斷的疑案，他聽說翰林學政紀曉嵐善斷一切疑難雜案，便邀請他去閩侯縣公堂一起審問這個案子。

這是一個「謀殺親夫」案，被告是個三十多歲霍氏婦人。她身穿素衣，一到大堂就號啕大哭。

原告萬松光申訴道：「我是霍氏丈夫的哥哥，昨日霍氏回娘家，正巧半夜我弟弟萬松榮家突然起火，那裏四周沒有人家，待我們趕到時，房屋已燒塌，我弟弟死在床下。平日，這霍氏女人行爲不端，定是她同姦夫商量，先回娘家，半夜又同姦夫謀殺了我弟，再焚燒主人房屋，以製造藉口『火燒夫死』。請大人爲我弟萬松榮作主！」

那婦人霍氏發瘋似地跳了起來：「你說我有姦夫，姦夫是誰？你說我是謀殺親夫，又有什麼證據？」那大伯萬松光張了張口，卻說不出什麼來。婦人更是氣憤，忽然淒慘地大叫道：「我的命眞苦啊！年輕輕守寡，還要背個黑鍋，叫我還怎麼活呀！還不如讓我一死了事！」叫罷，猛地向旁邊的廳柱上撞過去。差役慌忙一把攔住。於是她哭得更加傷心，音量之大，音調之悲，簡直能鋸碎人的心呢！

紀曉嵐冷眼觀察了一會兒，心想：眼下毫無證據，先去驗屍再說。

紀曉嵐等一行人來到死者萬松榮的家，只見房屋已經倒塌，灰燼在風中飛旋。驗屍結果，並無可疑之處。紀曉嵐掰開死者的嘴看了看，想了一想，揮揮手說：「辦喪事吧！」說著向那霍氏婦人瞥了一眼，但見她的眉宇間竟有一絲寬慰之色，像突然放下一樁心事。她大伯萬松光卻急了起來，紀曉嵐並不理會，又說：「辦喪事要宰兩頭豬吧？」

霍氏說：「要的，要的。」

紀曉嵐叫萬松光捆了兩頭豬，又叫人在家門口點起兩堆火。眾人都不明白是什麼意思。只聽得紀曉嵐說：「把一頭豬宰了，架在火上燒；另一頭豬活生生地燒！」一會兒柴火燒光了。紀曉嵐叫人掰開殺死後烤的豬的嘴，只見裏面沒有灰；又叫人掰開另一頭活燒的豬的嘴，見裏面有灰。於是紀曉嵐說：「你們看死者萬松榮的嘴裏也沒有灰，說明他是死後被焚燒的。」他轉身問那霍氏婦人說：「這下你還有什麼話好講？」

那霍氏婦人只好招供出與姦夫串通一氣，謀殺親夫的罪行。

買馬破案

紀曉嵐到福建福清縣去，剛巧那個縣裏公堂上來了一個老人報案說：「我的馬昨夜被偷了。」

縣令剛好生病了，便請紀曉嵐坐堂問案。紀曉嵐見老人急得滿頭大汗，同情地問：「你的馬長得啥模樣？」

老人嘆息著回答道：「唉！都怪我馬虎，才讓偷馬賊鑽了空子。那可是一匹好馬呀，四歲口，個大脊寬，四蹄雪白，身上紅得像火炭一樣，跑得可快呢！」

紀曉嵐又問他夜間聽到什麼動靜。老人略一思忖，說：「我聽到半夜時分，一群馬叫了一陣，聽聲音是馬販子趕著馬從我們村上經過。」

紀曉嵐問畢，安慰老人說：「你回去吧，等馬尋到了，我再請你領回去。」老人半信半疑，離開了縣衙。

第二天，紀曉嵐叫人在城門口貼出布告，上寫：「本知縣奉朝廷之命，出白銀千兩，買一匹個大脊寬，毛如紅炭的四歲口的大馬，望養此馬者，速送縣衙。」

百姓看了布告後，眼睛被引誘得紅紅的，可都搖搖頭走開了，尋常人家，別說是好馬，就是劣馬也買不起呀。不到半天，全城人都知道了。一些大戶人家送來幾匹好馬，只是不與布告上的模樣相吻合。

不久，有個馬販子探頭探腦地送來一匹馬，這馬與布告上所說的一模一樣。紀曉嵐一邊推說去取銀兩，穩住馬販子，一邊叫那老人前來辨認。

那馬一見到老人，兩蹄騰起，馬鬃豎起，咧嘴叫著，並掙開馬販子手中的韁繩，親熱地舔老人的手。老人高興地說：「就是這匹！」馬販子大驚失色，知道中了紀曉嵐的計謀。

智擒搶犯

福建泉州有個武師，名叫貝生吉，拳腳甚爲了得，專事押鏢行當。一次，受當地某大商家委託，從外地押運三百匹絹回來，貨辦妥後，武師藝高膽大，偕同一名夥計翻山越嶺，日夜兼程往回趕。幾天的跋涉，總算提前進入泉州境內，一路平安無事。

時值正午，烈日高懸，夥計支撐不住，要求休息一下。武師也覺疲憊不堪，再想離城還有三十里，歇一下也好。想此青天白日，不會出事，兩人便在路邊樹蔭下休息。

不一會兒，遠處馳來一匹黑馬，馬背上躍下一位壯漢。此漢身穿黑襖，下著藍褲，甚爲幹練。

黑衣藍褲壯漢朝武師貝生吉作揖後便問了一訊，說自己朋友的村莊竟用兩個時辰未找著。他說：「在下遍找朋友找不著，聽說，貴武師是泉州有名人物，押鏢走南闖北，一定熟悉附近的地域形勢，請給指點迷津。」

武師貝生吉對此處瞭如指掌，熱心回答黑衣大漢的問話後，黑衣漢竟坐下與貝生吉攀談起來。

一會兒，黑衣大漢掏出水壺喝了幾口，用手在壺口上抹了幾下，遞給武師貝生吉。貝生吉本就口渴難熬，便不客氣地喝了半壺，剩下的交夥計喝。沒想到剛過一會兒，武師和夥計頭昏眼脹，四肢酥軟，一頭栽倒在地。那黑衣漢哈哈大笑，站起來將三百匹絹裝上馬背，揚長而去。武師心中叫苦，卻又奈何不得。醒來後，武師悔恨交加，空手進城，直奔泉州府報案。適逢此時紀曉嵐在泉州按試童生，泉州刺史便請紀曉嵐共同破獲此案。

刺史說：「這可是個無頭案，請問紀大人有何良策破案？」

紀曉嵐聽完武師的敘述，叫他退下後，悄悄和刺史商量了一陣子，後對手下如此這般地佈置了一番。

不久，城中及附近村落到處傳聞：有個穿黑襖藍褲的壯漢，騎一匹黑色的馬，在城東二十里處被人殺死。死者如有家屬，可速稟告州府。果然，當晚有個老太婆哭哭啼啼地走到州府，說死者是他兒子。

紀曉嵐問清楚後，確認老太婆所說與武師所訴的賊人外形相同，立即派人捕捉那老太婆的兒子。沒多久，此賊便被抓住歸案。經審訊，他供認不諱。並交出了贓物。

刺史對紀曉嵐說：「紀大人果然才高八斗，一個無頭案你半天就破獲了。」紀曉嵐說：「怎麼是『無頭案』呢？只要想主意，找門路，『無頭案』便變成『有頭案』了。」

巧斷遺囑

福建德化縣有個姓張的富戶，妻子只生了個女兒便死去。張老視女兒爲掌上明珠，百般溺愛，使女兒養成一副刁蠻習氣，待女兒出落成大姑娘後，張老爲她選了個上門女婿。

成親後，小夫妻待張老並不孝順。張老爲此十分傷心，寂寞之中便重納一妾。小妾待他百般溫柔，照料體貼。過了一年，小妾爲他生了個胖兒子，取名一非。

奇怪的是，自生下一非後，女兒女婿一改常態，居然對張老孝順起來。爲此，張老心中倒也很高興。

在一非四歲時，張老染病臥床不起。病危時將女婿喚於床前悄悄說：「我將不久於人世，關於財產問題，小妾不是正房，她兒子沒有資格繼承我的財產，財產當歸你們夫婦，但你們要養活她們母子，不能讓他們餓死在山溝裏，這就是你們積了陰德了。」說完便拿紙寫道：「張一非吾子也家財盡與吾婿外人不得爭奪。」

張老寫完唸道：「張一，非吾子也，家財盡與吾婿，外人不得爭奪。」女婿大喜，一口應諾丈人的請求。

沒多久，張老便去世。留下的小妾和兒子卻開始受罪，被張老女婿逐到後院草房居住。小妾充當傭人，被百般使喚，吃盡了苦頭，過了幾年，小妾疾病纏身，丟下小一非赴了黃泉。一非在家處處遭白眼，好不容易熬了幾年長成了人。他覺得自己完全有理由得到自己的一份財產，便告官要求明判。可縣官一見張老女婿遞上的那張遺囑，就無話可說，對一非的狀子不再理睬。

可巧，紀曉嵐奉乾隆聖命查訪處理各種疑難怪案到了德化縣。

張一非早就聽說過紀曉嵐是個絕頂聰明又公正的好清官，便拿了狀子向紀曉嵐去投訴。

紀曉嵐看完張一非的狀子之後接了下來，升堂問案。

紀曉嵐傳喚張老的女婿到堂問話。該女婿仍將岳丈遺囑字條交給紀曉嵐，爭辯說財產應歸自己。紀曉嵐看後微微一笑，這樣讀遺囑：「張一非，吾子也，家財盡與。吾婿外人，不得爭奪。」說：「你岳父明明說『吾婿外人』，你還敢占有他的家業嗎？是你岳父看一非幼小，恐怕被你所害啊！」

張老女婿目瞪口呆，無可辯駁，眼睜睜地瞧著那份家業全部被判給了張一非。

贏字破案

福建龍海縣有個名叫蕭來俊的人在旅店過夜，第二天早上起來，發覺自己的五十兩銀子不翼而飛。因爲那天夜裏沒有別的旅客和他住在一起，因此，這個旅客懷疑是店老闆偷的。於是，他就把失竊銀子的事告到縣衙門。

縣官傳令店老闆程代來到公堂，程代來自以爲偷銀子時做得手腳利落，一點蛛絲馬跡也沒留下，所以矢口否認。這一無人證二無物證的案子根本無法斷案。

縣令自然把這無法了斷的蕭來俊失銀案交給了紀曉嵐。

紀曉嵐看過案卷之後又察顏觀色，斷定蕭來俊那五十兩銀子是店老闆程代來所偷，但沒有證據無法定案。想了一想，紀曉嵐叫店老闆程代來伸出手來，用毛筆在他手心底裏寫了一個「贏」字，然後對他說：「你到門口臺階下去曬太陽，如果很長時間字還在，那麼你的官司就算打贏了。」這店老闆好不奇怪，心想：這老爺也眞是個糊塗官，只要我不去洗手，寫在手心裏的字怎麼會沒有呢？

再說紀曉嵐把店老闆支開後，馬上派差役到這家旅店。縣役按照紀曉嵐的吩咐，對老闆娘說：「你家主人已在公堂承認夜裏偷了客人的銀子，請你把銀子交給我們帶回公堂，還給客人吧！」誰知，狡猾的老闆娘心想，既然我男人已在公堂上承認偷銀子，爲何不把他一起帶回來取銀子呢，這樣還少費些周折，肯定是紀曉嵐想用計謀來哄我。所以她便裝著什麼也不知道的樣子。公差見老闆娘裝模作樣，便把他帶到了公堂上。老闆娘見自己的男人程代來在臺階下曬太陽，也弄不清到底是怎麼一回事，又不好跟丈夫說話，心中充滿了疑慮。只聽得紀曉嵐突然對她丈夫大聲說：「店老闆，你的『贏』字還在不在？」

店老闆程代來唯恐「贏」字不在，所以馬上回答說：「在！在！」由於「贏」字與「銀子」讀音相近，老闆娘做賊心虛，她清清楚楚聽到男人已經承認「銀子」在，再也不敢隱瞞了，只好把偷銀子的事實都講了出來，並且乖乖領著公差回到家裏，把窩藏的五十兩銀子如數交還給蕭來俊。

藉神破案

福建雲霄縣出了一起兇殺案，一位姓卞的牛醫被人一刀刺死了。

這案子驚動了雲霄縣衙和上面的漳州府，但審來審去審不清原委。於是便又歸入疑難大案劃歸紀曉嵐去審。紀曉嵐看見案卷上這樣記載：卞牛醫的女兒胭脂看中了南巷的秀才鄂秋隼，胭脂家對門的龔某之妻王氏自願作媒。哪知王氏嘴快，跟相好的書生宿介說了。浪蕩公子宿介第二天夜裏潛入卞家，欲向胭脂求歡，胭脂不從，宿介強行脫下胭脂的繡鞋拿走，回到王氏那裏睡覺，被王氏緊緊追問，一五一十被迫交代。誰知那繡鞋卻給宿介在慌亂之中丟了。幾天後的深夜，卞牛醫遇刺身亡……

縣官先是判定那書生鄂秋隼為死罪。根據胭脂口供，逮捕王氏，動用刑具，最後判宿介越牆殺人之罪。

殊料宿介是福建名士，紀曉嵐便叫他寫好一張狀紙，見行文措詞淒婉，反覆研究調來的宿介口供後，斷定宿介有冤，於是再審。大堂之上，紀曉嵐問宿介：「你把繡鞋丟在什麼地方了？」宿介答：「記不清了，敲王氏家門時，繡鞋還在袖中。」

紀曉嵐轉頭問王氏：「你還有幾個姦夫？」

王氏答道：「再也沒有了。我跟宿介自幼相好。後來有人勾引，我都沒答應，比如同村毛大多次調戲，都遭我拒絕！」紀曉嵐又問：「你丈夫遠出在外，再沒人藉故到你那裏去過嗎？」

王氏忙答：「村裏的浪蕩後生劉甲、張乙找到了藉口，到過我家一兩次！」

紀曉嵐命將劉甲與張乙一起抓來。

鄂秋隼、宿介、毛大、劉甲和張乙等人被拘傳到衙，紀曉嵐把他們帶到城隍廟中，令他們跪在神案前。高聲宣佈：「昨天晚上，神人進入我夢中，說殺人兇手就在你們幾個人中間。是自首還是說謊，神明自有分辨！」

這幾個異口同聲：「沒殺！」

紀曉嵐一皺眉，刑具馬上擺在堂前。眾衙役如虎如狼，用麻繩紮住他們的頭髮，剝掉衣服，準備動刑。這幾個人哇哇亂叫：「冤啊！」紀曉嵐將手一擺，眾衙役退下。紀曉嵐發話：「你們自己不招，就讓鬼神來指點吧！」手下人捧來氈毯被褥，將神殿窗戶遮得不露一絲光線，他們被趕到黑暗地方。一聲令下，他們一個接一個在一盆水裏洗淨後，然後站在牆壁前面。紀曉嵐對他們說：「面對牆壁站好，誰是兇手，會有神靈在他背上寫明。」

一會兒，四人被叫出殿堂，逐個驗看。紀曉嵐指著毛大說：「你後背既有灰塵，又有煤煙漬，是真正的殺人犯！」

原來，紀曉嵐先讓人用灰塗在壁上，又用煤煙水讓他們洗手。兇手怕神來寫字，就把白背緊貼在牆上，臨出殿堂時又用手緊護其背，所以後背上既有灰塵，又有煤煙漬。

毛大給這一「殺手鐧」嚇得魂飛魄散，面對眾多刑具，渾身顫抖，一五一十招供……

那天他走到王氏房間窗外，拾到女人繡鞋，伏在窗下偷聽，將宿介對王氏講去胭脂家的事聽得一清二楚。他當即欣喜若狂：這姓王的婆娘不肯與我相好，我何不去找胭脂姑娘試試？說不定能讓我嘗嘗滋味呢！

幾天後一個晚上，毛大爬牆進到胭脂家。他不知門戶，錯摸進卞老頭房間。老頭見窗外有男人身影，猜是衝女兒而來，火冒三丈，操起刀子猛衝出去。毛大忙轉身爬牆出院，老頭已追到身邊。毛大慌了，便反身奪刀。卞家老太婆起身大叫。毛大氣急敗壞，舉刀猛砍老頭腦袋。老頭應聲而倒，毛大逃之夭夭。

案情水落石出。一切料理妥貼。紀曉嵐讓縣令作媒，撮合胭脂跟秀才鄂秋隼結成夫婦。判決宣讀之後，雲霄縣令親自作媒，大堂上鼓樂齊鳴。鄂秋隼心領胭脂一片眞情，兩人共結連理。

福建名士宿介得了這一次生死教訓，再也不敢風流成性了。劉甲、張乙等人也不敢再勾引婦女了。

人都說：「紀曉嵐使出了聰明好計，用『神』破了案，又使當地社會風氣純潔了。」

巧識僞譜

福建漳浦縣太平鄉李家村，全是姓李的人。一天來了個自稱爲李柏生的族人，從江西回鄉掃墓。當地的戶主李松育認爲沒有這個親屬，不准他掃墓。於是雙方發生了爭執，狀告縣衙。

縣官見雙方各執一詞，無法分辨，就讓他們拿出族譜來，雙方的族譜都記載其祖父姓邱。但李松育的族譜只記邱氏生一子名松。而李柏生的族譜卻記載邱氏生育二子，長子名松，次子名柏。雙方族譜都是明朝萬曆二年所編印，從墨跡來看都很古舊，不像僞造的樣子，縣官無法判斷出誰是誰非。

縣官將此案移交紀曉嵐去審。

於是紀曉嵐傳詢了李家村的族人。族人中有的偏袒李松育，說邱氏只有一子，李柏生是假冒的；有的則幫李柏生說話，說李松育確有一個弟弟名柏，早年遷居江西，李柏生回鄉掃墓合乎情理。他們也都呈上族譜爲證。族譜也都是明萬曆二年而立。

面對眾多的族譜，紀曉嵐認眞披閱，細細分析，終於給他發現了一個問題：即族譜共有兩種，譜上邱氏之「邱」字有的有耳旁，有的則無耳旁即「丘」字。經過分類，凡幫助李松育的族人的族譜都有耳旁，凡偏袒李柏生的族人的族譜，邱字都沒有偏旁，這樣紀曉嵐心中就有了數。

再次升堂，紀曉嵐先問李松育：「你父親原有一個叫柏的弟弟，柏生係柏的子孫，你爲何不認？」

李松育說：「我父親係獨子，那江西的柏生是假冒的，分明是看上我的財產。」

紀曉嵐又問：「那你又怎能證明柏生不是李家的子孫呢？」

李松育雖然不服，但卻無話可說。這時李柏生顯得非常得意，訴說道：「大人明鑒，李松育不讓我掃墓祭祖，不認我爲李家子孫，分明是想獨霸李家財產！」

這時，紀曉嵐調轉話頭，突然問李柏生：「你的族譜中爲何在『丘』邊上加有耳旁？」

李柏生胸有成竹地說：「因爲要避當今聖上的諱。」

紀曉嵐點點頭說：「不錯，本朝雍正二年，聖上下諭，凡丘字都應加耳之偏旁，以避諱。看來有偏旁的邱字的族譜是眞的，凡沒有偏旁的丘字的族譜是僞造的。」

李柏生更加趾高氣揚，指著李松育說：「他自己僞造族譜，還串通族人僞造族譜，是可忍，孰不可忍！」

李松育聞言，氣得臉色煞白，但心中仍是不服。

誰知紀曉嵐這時卻指著江西來的李柏生說：「僞造族譜，並串通族人僞造族譜的是你，而不是他。」

這一聲對李柏生來說不啻是晴天霹靂，忙磕頭不迭：「大老爺明鑒！」

紀曉嵐說：「這族譜是明朝萬曆二年所修，避諱的聖諭是大清雍正二年所下，你的祖先怎麼會事先預知要避諱的呢？」

李柏生只好承認僞造族譜的事實。

紀曉嵐巧識族譜眞僞，一鼓作氣破了案。

典當通道

紀曉嵐在福建漳浦巧識李柏生假造僞譜的案子還沒有走，突然來了街民胡飛的一張狀紙，狀告胡誠若強行在他家門前進出，攪得他不得安寧，隨狀還奉上白銀十兩。這狀子剛好交到了紀曉嵐手上。

紀曉嵐即將胡誠若傳來訊問，胡誠若卻說門前走道原是兩家合用的，胡飛想兼併他的房屋，故意挑起事端，無理取鬧。

胡飛當然有理，他說，祖輩造這大院時，門前通道原是合用的，但胡誠若的父親在世時，因家窮缺錢，以八十吊大錢將合用的通道典給了他。後來他們一直無力贖回，當然不能繼續使用，說著遞上一張典契。

紀曉嵐接過典契一看，是非曲直似乎已經明瞭，他對胡誠若說：「你父親既然已將通道典當給人家，你已無權使用，倘要行走，必須將通道贖回。」

胡誠若連喊冤屈：「我父親再窮，也不會將出入之路典當給別人。」

胡飛反唇相譏：「既然你家有志氣，你拿出八十吊大錢贖回通道就是了。」

「這個……」胡誠若窮得不名分文，哪裏拿得出八十吊大錢來贖呢？

「這八十吊大錢由本官代付了！」紀曉嵐說道，「不要為些許錢財，傷了兩家和氣。」

他叫胡誠若先行回家，讓胡飛在堂上等候，他去後宅取錢。

胡飛這下叫苦不迭，他的本意是要阻斷胡誠若的通道，好將他的房屋廉價收買，使胡家大院歸他一家所有。誰知紀曉嵐出頭還錢，使他的計謀不能實現，心中實在懊惱。

他左等右等也不見紀曉嵐回來，肚內已餓腸轆轆，就想回家吃飯。他剛行走，就被差役擋住，這時紀曉嵐走了出來，說道：「胡誠若從你家門前走過，你要收他的錢，現在我也學到了你的辦法，你從我衙內走過，我也要收你的錢。」

胡飛已知紀曉嵐看出了他的計謀，只好答應：「不知要收多少錢？」

「八十吊大錢。」

胡飛無話可說，因身邊沒有帶錢，就寫份八十吊錢的借據。

紀曉嵐拿起借據和那張典契說道：「這兩張文契錢數相符，就算相互抵銷了。」接著他又對胡飛說：「你這典契，墨跡鮮亮，分明是偽造的，再說你為了區區八十吊錢，卻送本官十兩銀子來告狀，妄想讓本官貪贓枉法，你可知罪嗎？」

「知罪知罪！」胡飛跪下連連磕頭。

紀曉嵐告誡說：「十兩白銀交入縣庫。你今後不准再以勢欺壓鄉鄰，如果此類事情發生，本官定不再輕饒。」

「不敢！不敢！」胡飛大汗淋漓。自此，再也不敢欺壓鄰居了。

借金擒盜

紀曉嵐到福建詔安縣查辦疑難怪案，他還沒正式辦事，忽然闖入一胖一瘦的兩個錦衣衛使者。紀曉嵐身為朝官當然知道錦衣衛使者權力極大，從京城徑直來到縣裏，定有機密大事。這兩名錦衣衛不認識紀曉嵐，誤把他當成本縣儒弱的李縣令了。紀曉嵐不敢怠慢，忙起座相迎。

使者說：「有要事，暫且屏退左右，至後堂相商。」

在後堂，錦有使者卸除化裝，露出了強盜的本來面目，威逼紀曉嵐交出庫銀一萬兩銀子。事出突然，猝不及防，但紀曉嵐臨危不亂。他不卑不亢地說：「下官並非不識時務者，絕不會重財輕生，但萬兩銀子實難齊，減少一半如何？」

「貴縣令還算痛快，數字就依你，但必須快。」

紀曉嵐說：「這事若相商不成，不是魚死，就是網破，但既已相商成功，你我利益一致，你們嫌慢，我還著急呢！一旦洩漏，你們可一逃了之，我職責攸關，絕無逃遁可能。然而，此事要辦得周全，就不能操之過急。」

強盜問道：「依你之計呢？」

紀曉嵐胸有成竹地說：「白天人多，不如晚上行事方便，動用庫銀要涉及很多人員，不如以我的名義先向地方紳士籌借，以後再取出庫金分期歸還，這才是兩全之策。」

強盜覺得縣令畢竟久歷官場，既爲自己考慮，又爲他人著想，所提辦法確也比較妥善，就當場要他籌措借款之事。

於是紀曉嵐開列了一份名單，指定向某人借銀多少，共有九名紳士，共借白銀五千兩，限於今晚交齊，單子開好後隨即讓兩個強盜過目。接著他對兩人說：「請兩位整理衣冠，我要傳小廝進來按單借款。」

兩個強盜心想，這個縣令果然懦弱好說話，想得又周到，要不是他及時提醒，豈不要被來人看出破綻，於是就越加信任他。

不一會兒，一個小廝被傳了進來，紀曉嵐板著臉說：「兩位錦衣使奉命前來提取銀子，你快按單向眾位紳士借取。要辦得機密，不得有誤。」

小廝拿了單子去借款，果然辦事利落迅速，沒多久，就帶了九名紳士將「銀子」送來。他們爲了不走漏風聲，將「銀錠」裹入厚紙內。然而等揭開紙張，裏面竟是刀劍等兵刃，他們以迅雷不及掩耳之勢，直撲兩名強盜，強盜還沒弄清是怎麼回事，已被繩索捆綁了。

原來，這就是紀曉嵐對付強盜的計策，他先「誠意」地和強盜討價還價。還處處「好意」地既爲自己又爲強盜著想，說話做事處處謹愼，具有眞實感，使強盜對他信任，從而喪失警惕。他開列的借銀「紳士」卻是本縣的九個捕快的名字。強盜是外來的，當然不認識這些名字，而小厮一看就心中有數。九個捕快都是捕盜好手，知道紀曉嵐的計謀，於是結伴而來，一舉擒獲了強盜。

無字勝訴

福建詔安縣有個張家莊，莊上有個姓張的大財主。他家僱了個傭人，姓李，是個啞巴。張財主欺負他不會說話，又是孤兒，三年之中沒付給他一文工錢。李啞巴有苦難訴，託知情人寫狀紙準備告官，可是沒人敢代寫。因爲方圓幾十里，誰不知道張財主財大氣粗呀！李啞巴一氣之下，直奔縣衙門擊鼓伸冤，遞上去一張無字訴狀。

可巧紀曉嵐當時正在該縣察訪疑案，縣令當然把這「無字訴狀」的疑案交給紀曉嵐去辦。

紀曉嵐見那狀紙竟無一字，李啞巴又比比劃劃，「咿咿呀呀」地半天說不出一句話，覺得此案難判。想了一會兒，他猛擊驚堂木吼道：「來人啊！將這無理取鬧的啞巴拖出去遊街半天！」差役把啞巴五花大綁，押著走出縣衙門，上大街遊行。

李啞巴無比悲憤，熱淚滿流，嘴裏「哇啦哇啦」大聲地喊叫，表示他對財主和昏官的抗議。街上凡是認識他的人，都在竊竊私語，議論紛紛：「張財主扣了李啞巴三年工錢，他爲富不仁，定要遭雷打！」「啞巴這孤兒好命苦啊！縣官老爺怎麼不分青紅皀白，懲治好人，放過壞人呢？」

半天之後，李啞巴仍被押回縣衙大堂。忽然他的眼睛一亮：大堂上已跪著他的東家張財主。這是怎麼回事呢？

此時，紀曉嵐在大堂之上喝道：「張財主，你扣李啞巴三年工錢，可有此事？」

張財主支支吾吾說：「我，我已付給他的……」

「胡說！」紀曉嵐說，「我剛才派手下跟在啞巴後面，混在百姓之中聽他們議論，大家都在詛咒你爲富不仁，家財萬貫，卻一毛不拔，欺人孤兒，欺人啞巴，現在又欺到老爺我頭上來了，來呀，大刑侍候！」兩旁的差役立即拖出刑具。

張財主只得哭喪著臉說：「老爺饒命，小的願罰，願罰！」

紀曉嵐於是罰了他一大錢，從中拿出李啞巴的三年工錢外，其餘的入了國庫。而張財主除了失了一筆錢財外，還得上街示眾半日……

智識盲賊

福建長泰縣郊區有個悅來旅館。

一天，悅來旅館來了個瞎子要住店。當時正值黃昏，店中已客滿。瞎子苦苦哀求道：「行行好吧！這麼晚了我一個瞎子還能上哪兒找住宿去呢？」

店小二見瞎子孤苦伶仃，十分可憐，便動了惻隱之念。特別收拾好一間側廂給瞎子住下。瞎子感激不盡。

入夜，旅館門被敲開，進來一個小販，身背鼓鼓的貨物，氣喘吁吁地想住店。店小二見夜已深，小販一時難找容身之處，便道：「店已住滿，你如將就的話，就委屈你住在側廂吧。」

小販面有難色答：「我身上帶有不少錢，最好住包房。」

店小二笑道：「不妨事的，與你同房的是個瞎子，不會是強盜，你怕什麼？」

小販放下心來，隨同店小二進側廂住下。

瞎子見來了個夥伴，很高興，兩人拉拉扯扯地聊了好一會，居然很投機，直到小販睏了才罷休。

第二天清晨，小販打點行李，急於趕路。一檢查，大驚失色，叫道：「不好，我的五千文錢被偷了！」

眾人便把疑點集中到瞎子身上。瞎子不慌不忙道：「呀！你怎麼這樣不小心啊？帶這麼多錢丟了眞可惜。我就不像你，你瞧，我也帶了五千文錢，可是捆在腰裏的。這世道謹愼爲妙啊！」

瞎子正巧也帶五千文錢，眾人皆感詫異。小販急紅了眼，這錢是他辛辛苦苦攢出的本錢。他認定瞎子的錢是偷他的。瞎子不承認，反而說小販想賴他的錢。

眾人一時難辨眞僞，便將他倆送到官府。正碰上紀曉嵐在此察訪奇案。

紀曉嵐問小販：「你說他偷了你的錢，那麼你的錢有沒有識別記號。」

小販急道：「這是日常使用的東西，哪裏會做什麼記號？」紀曉嵐又問瞎子。

瞎子回答說：「有記號，我的錢是字對字、背對背穿成的。」

紀曉嵐接過檢查，正是這樣。小販急得直跺腳，可又無奈何於他。而瞎子卻臉呈喜色。

紀曉嵐不慌不忙，叫瞎子伸出手來檢查，只見他兩個手掌呈青黑色，銅錢的痕跡看得清清楚楚。紀曉嵐於是厲聲喝道：「大膽瞎賊，還敢抵賴，你手上銅跡斑斑！」

瞎子知無法隱瞞，只得供認：「此錢確是趁小販熟睡之際偷來後，花一夜功夫用手摸索著把錢穿成這樣的。」

有人奇怪紀曉嵐何以想得如此仔細。

紀曉嵐說：「穿五千文錢很費功夫，除了瞎子誰也不會去做。可是瞎子穿銅錢，不留下任何痕跡就根本不可能了。」

殺蟒平冤

紀曉嵐正在福建東山縣察訪疑案時，忽然接報某村昨晚出了一樁無頭命案。紀曉嵐聞報即帶人趕至現場查看。

一行人來到案發現場，定睛觀看，只見死者側身睡臥，兩腿微屈，頸上無頭，仔細端詳傷口，不似刀傷，死者身上亦不見傷痕。紀曉嵐便將軟禁的嫌疑犯——死者妻子傳上訊問。

紀曉嵐問：「你夫平日待你如何？」

少婦眼圈通紅哭泣道：「恩愛萬分，他平日在外販布，這次出去了一個月，直到昨日才歸……」

紀曉嵐見少婦面帶羞色，便道：「爲弄清此案，你不必害羞，請將昨夜情況實說。」

少婦垂淚含羞說道：「平日他不在時，我睡櫃那頭，昨日他就睡在櫃那頭。他與我敘了別情，又戲弄同房一番便入睡。我生怕驚動他，便另睡一頭。不想今早我起床，只見血流滿炕，他頸上無頭，我嚇得忙叫人。誰知地保硬說我因姦害夫，望老爺爲我辨明是非。」

紀曉嵐聽著少婦訴說，一陣輕風吹來，他忽聞到一股異樣清香味，再一聞斷定此乃少婦身上所發，便問：「你身帶什麼清香之物？」

少婦說：「這是我夫從外地帶回的髮油，我時常搽用，故而髮香。」

紀曉嵐命少婦下去，再吩咐差人到左右鄰舍打探少婦平日行為。不多時，眾人回報，均稱少婦很賢慧。紀曉嵐覺得此案甚奇，便折身進臥室觀察，忽然，出神地盯住「馬眼」觀看，這「馬眼」和死者頭部正好上下是一對直線。他心中忽然一動，覺得一計可試。便又將少婦帶上道：「今晚，你照樣搽上那髮油，仍睡在你丈夫昨夜睡的地方。不要關門，大開窗戶，別害怕，我今晚就坐在窗口。」

當晚，紀曉嵐手持寶劍坐於窗外，雙眼瞪著那個「馬眼」。到了三更，紀曉嵐驚叫起來。眾差人趕來，他即命帶上刀矛硫磺及弓箭，直奔後院搜查有否洞口，查至倉屋牆角果見一個大洞。紀曉嵐命人點上硫磺放入洞中，只見一條大蟒衝出洞外。眾人一擁而上刀矛齊戳，大蟒一下便被殺死。紀曉嵐又道：「將蟒開膛。」眾人動手，果見裏面滾出一個人頭，竟是少婦丈夫之頭。

眾人皆道紀曉嵐神明，紀曉嵐說：「非我神也，只因死者給妻子買了貴重髮油，特別香。惡蟒聞到後，到晚間就從牆上的『馬眼』伸進頭來舔那髮油。惡蟒前夜誤將死者當少婦，伸舌頭舔油，沒舔到清香的髮油，一怒之下咬去了他的首級。剛才我從窗外見了惡蟒探入『馬眼』故而驚叫，它受驚竄入後院，所以命令追趕。
於是人人傳言：「紀曉嵐不僅能制伏歹徒，還能制伏妖孽蛇蟒！」

智擒內賊

福建省總督府簽押房中失竊七百錠銀子。總督聽說學政紀曉嵐善破疑案，便叫紀曉嵐限期破案。紀曉嵐一口應諾道：「多則十天，少則六天，下官保證將盜賊緝拿歸案。不過請大人答應三件事：第一請准許本縣差役守衛總督衙門四周；第二，凡從大人衙門口出入者，一律准由卑職派人檢查；第三，卑職來見大人，不論何時何地，望勿拒絕。」

總督一一答應，紀曉嵐立即回到學政署。一連幾天，紀曉嵐接二連三求見，無分白天深夜，一天來幾趟，總督因事先答應，也不便拒絕。可紀曉嵐到了總督面前卻又一句話也不說，只是在前後左右看個遍即告辭。總督莫名其妙。

第六日一早，紀曉嵐帶著衙役和刑具，直奔總督府。正逢總督想出巡，僕役前呼後擁至門口。紀曉嵐上前行禮後便道：「案子已破。」

總督大喜問：「竊賊何在？」

紀曉嵐指著總督身邊的一個隨從，厲聲道：「就是他！拿下！」

總督見此乃他心腹之人，大驚道：「有何證據？」

紀曉嵐並不答話，只是領眾人來到督府中的花廳，裏面有一張床。紀曉嵐令人將床抬走，只見床下有一堆鬆土，挖掘開來，裏面果眞藏著一大包銀錠，一數只有兩百錠。紀曉嵐對被捕者道：「老實交代，還有銀子藏於何方？否則嚴懲！」

被捕者嚇得渾身發抖，只得供出其餘五百錠銀子的藏匿地點。

總督欽佩地問紀曉嵐：「你是怎識破此案的？」

紀曉嵐笑道：「簽押房是機要重地，只有內賊才有機會行竊。可此地吏員僕役甚多，何人作案難以判斷，故向您提出三條請求。盜賊心虛，一定急於瞭解我的行蹤及破案情況。我來求見，他必定設法窺聽。不出所料，我每次來總見該人悄然窺視竊聽，如果不心虛，何必如此呢？但是，所失之銀藏於何處，我還不知，便在府中到處觀察。一次走過那間花廳，無意間發現裏面床被人移動過，再一注意，又見那僕役的眼神也時常盯著床處。於是，我斷定這兒可能便是藏贓之處。」

隨機應變

福建南靖縣農村有兄弟倆，已分家多年。弟弟是個敗家子，不多久時間便把家產揮霍一空。哥哥經常拿錢給他花。哥哥年紀五十多，只有一個兒子，已娶了媳婦，小夫妻倆很是恩愛。

一天上午，弟弟的妻子跑到哥哥家裏借錢，只見侄媳婦在廚房裏做飯，兩人便講起了家常話。此時，侄兒從田裏勞動回家，進門便說：「餓死我了，餓死我了。」妻子馬上盛飯給他，他便狼吞虎嚥起來，吃完後片刻，忽然腹痛難忍，倒在地上翻滾了一陣，便七竅流血而死。妻子大驚失色，不知丈夫怎麼會突然死去。而嬸嬸則大呼大叫說：「大家來看呀！侄媳婦謀殺親夫啦！」

哥哥告到官府，弟弟媳婦也到庭作證。官府嚴刑審問哥哥的兒媳婦，她受不了殘酷的刑罰，便屈供了「與人通姦謀殺親夫」，並亂指她的表兄是「姦夫」。他的表兄見了刑具十分害怕，便也胡亂招供了。

還好，紀曉嵐這天來到了南靖。

紀曉嵐看到這個案件，心想：哪有大白天當眾謀殺親夫的？他再次升堂審案，發現疑點更多。

第二天，紀曉嵐再次升堂，又把有關人員全部傳來，說道：「昨天夜裏，死者託夢告訴我說，毒死他的人，右手掌顏色會變青。」邊說邊用眼睛把眾人看了一遍。又說：「死者還講，毒殺他的人白眼珠要變黃。」說完又仔細打量眾人。忽然拍案指著弟弟的妻子說：「殺人者就是你！」

那女人大爲驚慌，連聲叫道：「她殺了自己的男人，怎麼兇手倒成了我？」

紀曉嵐說：「我說殺人者右手掌顏色會變青，別人都泰然自若，只有你急忙看自己的手，這是你自己供認了；我說殺人者白眼珠會變黃，別人都不動，只有你丈夫急忙看你的眼睛，這是他給你供認了。你還狡賴什麼？」弟弟的妻子只好供出實情。

原來，弟弟夫婦早就有心吞吃哥哥的財產，每次去哥哥家都身帶砒霜，伺機投毒，但一直未得手。那一天，弟弟妻子偷偷往飯裏放了砒霜，本想毒死哥哥全家，沒想到侄兒喊餓先吃，所以只死了他一個。

一大冤案，僅過了兩堂，寥寥數語，便全部昭雪。大家稱頌紀曉嵐神明。紀曉嵐說：「不是神明，我只是按四字訣辦理此案，即『隨機應變』！」

壽麵斷案

福建平和縣發生了這麼一樁官司。

有個老婦人到縣衙告媳婦林氏不孝之罪。她悲切地哭訴著：「大人，平日裏，我受的是媳婦的冷言惡語，吃的是媳婦的冷粥剩飯。今天是我的生日，見她做了大魚大肉，原想可以快快活活過個好日子，誰知，她把魚肉端到自己房裏，給我留的卻是青菜蘿蔔湯。大人，你想想，我在這麼黑心的媳婦手下還能活得下去嗎？望青天大老爺替我作主啊！」

剛巧，這天是紀曉嵐在問案。紀曉嵐忙責問媳婦林氏，那媳婦卻也哭了起來。婆媳倆倒像是來公堂上舉行哭鼻子比賽——「嗚哇嗚哇」的，好不熱鬧。眼淚把公堂打濕了兩大灘。兩旁的差役見了暗自發笑。

紀曉嵐卻笑不出來。見那老婦人白髮散亂，背彎腰弓，啼哭不止，非常可憐；瞧這小媳婦紅臉激憤，手顫腳抖，不止啼哭，可憐非常。弄得這位素能明斷的高官很是為難。

他思忖片刻，心平氣和地對老婦人說：「你媳婦不孝，理應受罰。不過，本官身為百姓的父母官，也應負教化不明之責。現在，本官爲你們備下兩碗壽麵，一來爲你祝壽，二來祝你們今後婆媳和睦相處，你看可好？」

老婦人見官爺大人親自爲自己祝壽，覺得臉面光彩，得意了一下。紀曉嵐親自給差役交代了一番之後，沒多久，幾個差役端上來兩碗熱氣騰騰、香味誘人的壽麵。紀曉嵐勸他們不必拘束，趁熱快吃。婆婆也不客氣，端起來便吃；媳婦遲疑了一下，也只好進餐。

可是，剛吃完不久，婆媳倆便捧腹而吐，一天的食物全都傾瀉於大堂之上。紀曉嵐令差役上前查看。只見婆婆吐出的內有魚肉，而媳婦吐出的卻是青菜蘿蔔。原來，紀曉嵐叫差役在壽麵裏面放了嘔吐藥。

紀曉嵐當堂把那婆婆訓斥了一頓。從此，那老婦人再不敢無理取鬧了。這場官司反倒使婆媳關係有了好轉。

訓斥洋人

有個洋教士看中了福建廈門市的一塊地皮，想在這裏蓋一座教堂。洋教士就找到了那塊地皮的主人，要買地皮。地主說：「這裏可是寸金之地啊！再說店鋪成群，這個買賣做不成的。」

洋教士說：「我只要羊皮大的一塊地皮，價錢嘛，任你用銀元堆在這塊羊皮上，能堆多少，我就給多少。」

那地主利欲薰心，就同意了這個條件，雙方簽訂了契約。洋教士就去買羊剝皮量地了。洋教士他心懷叵測，將羊皮剪成羊皮條，竟將一條街都圍了進去。老闆覺得受了欺騙，便告到了官府。

碰巧，官府是紀曉嵐奉旨問案，他把原告、被告和有關人以及店鋪住房的主人都傳來衙門。洋教士爲了虛張聲勢造輿論，把在廈門的洋人都請來助陣。

紀曉嵐對眾人喝道：「這裏是公堂所在，所有人都統統給我跪下！」

中國人一聽喝聲，全都跪了下來，而洋教士與一班洋人都昂首挺立不肯跪下，還強詞奪理說：「我們是天主的信徒，只給天主下跪，絕不向異教徒下跪！」

紀曉嵐佯裝不懂，問道：「你們的天主是誰？」

「我主耶穌。」

「這個名字好陌生，怎麼我都沒聽到過？」紀曉嵐裝糊塗裝到底，洋人們發出了一陣笑聲。紀曉嵐對洋教士說：「你把天主的名字寫出來！」

「那還不容易，快取文房四寶來！」洋教士顯然是個中國通。

「不必！」紀曉嵐拿過公案上的朱筆，伸過手掌，「就寫在我手心上好了。」

洋教士就在紀曉嵐手心寫上「耶穌」兩字。紀曉嵐將手湊近耳旁，突然肅立，說道：「天主耶穌要我傳言，要你們統統跪下！」

洋人們一聽此言，儼然把紀曉嵐當作耶穌的化身，只得跪在大堂上。

紀曉嵐又將手心附在耳上，接著對洋教士厲聲喝道：「萬能的天主耶穌告訴我，你利用財迷心竅的異教徒，玩弄偷樑換柱的鬼把戲去騙人，叫我當堂代天主重責你四十大板！」

洋教士一聽，忙辯駁道：「你撒謊，天主絕不會幫異教徒說話的！」但其他洋人卻面面相覷，不敢吭聲。

紀曉嵐喝道：「你竟敢懷疑天主嗎？快給我打！」

差役們聞聲上前掀倒洋教士，重打了四十大板，直打得洋教士屁滾尿流，皮開肉綻。

紀曉嵐又聽了聽手掌，說：「萬能的天主說，只要這迷途的羔羊退還契約，再不提及此事，可以饒恕他的罪過！」

洋教士疼痛難忍，只好當場答應：買地契約作廢，所付銀兩全部賠償給受損失的中國百姓。

待洋人走後，紀曉嵐又恢復了中國官員的面目，下令重打那利欲薰心的地主四十大板，以儆效尤。百姓們聞聽此事，都稱讚紀曉嵐斷案機智公正。

佛門擒兇

福建華安縣發生了一起兇殺案。

慈善大度的淨廣和尚半夜被人刺殺，身邊擱著一把血跡斑斑的刀。

佛門出血案更富神秘色彩，這事一時鬧得沸沸揚揚。

官府查訪了淨廣的眾弟子，他們提供了一條線索：淨廣和尚跟葵齋和尚關係不好，好久不往來。淨廣被害前一天，那個葵齋和尚爲重修舊好，特地登門盛邀，請淨廣去喝酒。吃完酒，淨廣就在那兒休息。哪料第二天一大早，淨廣法師就讓人害了！

淨廣和尚的二弟子玄能哭得死去活來，痛不欲生，口口聲聲要爲師傅報這血海深仇。

官府得報，懷疑那個葵齋和尚因仇殺人，火速捕來審訊。那葵齋和尚也是凡胎肉身，哪受得了嚴刑拷打。屈打成招後，被判處死刑，只等上面批覆！

恰逢紀曉嵐奉乾隆聖命來華安縣察訪奇異怪案。

紀曉嵐審完此案卷後，心中的疑團越來越大，他說：「口說無憑，這案子根本沒有眞憑實據啊！」

紀曉嵐拿過那把遺落在屍身旁邊的行兇刀，湊在紅紅的燭光下細細觀察。哎，刀的厚刃上鑄刻著三個字：張小光！紀曉嵐眼前豁然一亮：找這打鐵工，準能問個水落石出。

紀曉嵐幾經曲折，找到了鐵匠張小光問道：「這刀是誰叫打的？」

張小光忙道：「是淨廣的二弟子玄能打的！」

紀曉嵐急令人逮來淨廣的二弟子玄能訊問。面對如山鐵證，玄能吐露實情：「淨廣法師罵我六根不淨常懲罰我，我恨；師傅外出講經說法佈道擁有很多錢財，我饞。趁他應葵齋和尚之邀前往喝酒良機，深夜潛入他住的地方刺殺他，那能給人造成錯覺，似乎淨廣是被那個葵齋和尚因仇殺死的，轉移視線！」

冤情眞相大白，那個假意在師父淨廣和尚屍體面前痛哭不已的玄能人頭落地，那個無辜的葵齋和尚被釋放了。

牙籤換壺

紀曉嵐正在福建南平縣查閱以前各案公文，忽然門人通報說，有個外地人要向他申訴事理，便命門人引進。

外鄉人是個文弱書生姓李，上月去趕考路過這裏，不想錢袋失落，爲不誤考期，派僕人把隨身所帶的銀煙壺拿到當鋪抵押。考試結束便向同鄉借了贖金，回到此地贖銀煙壺。可到手的煙壺卻變成了銅質煙壺。他大吃一驚，便詢問僕人。僕人也覺得蹊蹺，當時他確實是拿銀煙壺作抵押借錢的，怎麼變成銅的了呢？李書生十分生氣，便與僕人一塊兒同往當鋪論理。豈料店主人崔覺財矢口否認有過什麼銀煙壺，說他們有意詐人敲竹槓。李書生不服，店主人拿出當票，上面確實寫的是銅煙壺。李書生傻了眼，只怪僕人一字不識，而自己當時心急趕考，居然沒有查看當票。爲此，他無話可說，只得怏怏離去。事後又心中不甘，便來縣府申訴。紀曉嵐私下向差役下人一打聽，那個當鋪店主人崔覺財有欺人劣跡，可是當票上白紙黑字寫明銅煙壺，如何辦爲好？紀曉嵐念頭一轉，便派差人傳喚店主人崔覺財到大堂。

店主人崔覺財悠悠閒閒，口含牙籤慢慢騰騰地走。但是見官連忙跪下，心中忐忑不安只等紀曉嵐發問。豈料紀曉嵐對他不理不睬，只顧看桌上的案卷，把他給涼在一邊。崔覺財心中很是奇怪，可又不敢動彈，就這麼跪著一動不動。時間久了，彎腰曲背，很是疲勞，心中更是發慌，一個哈欠，嘴裏的牙籤掉了下來。紀曉嵐冷眼一瞥，心中暗喜，問：「你嘴裏掉下的是什麼？」

店主人回答道：「銀牙籤。」

紀曉嵐吩咐差役拿來看看，說：「這東西很好，我要仿製一根。」就立即起身入內，急忙對差役如此這般吩咐了一番。

差役拿了銀牙籤跑到店主家對夥計說：「煙壺的事，你家主人已承認了，派我來取，以這根牙籤作爲證據。」

夥計看到銀牙籤，認得是東家的隨身之物，相信他已經招供了，就將銀煙壺交了出來。

紀曉嵐把銀煙壺放於堂上，喚李書生辨認，果是此物，於是完璧歸趙。

紀曉嵐還罰當鋪店主人崔覺財賠銀五十兩給李書生，以作詐騙銀煙壺的罰金。

崔覺財心中叫苦不迭：

「爲貪一把不值十兩銀子的銀煙壺，倒賠了銀子五十兩！」

一葉追兇

福建華安縣出了一件怪案：一個少女失蹤了好幾個月，到官府報案後到處追查尋找，迄無結果。主人家懷疑少女已被害，緊追官府破案。

人命關天，少女失蹤案不能不破。

萬般無奈，華安縣令把善斷疑案怪案的紀曉嵐請來了。

紀曉嵐也派人四處追查，毫無結果。

時令才是初秋，天氣還很悶熱。

紀曉嵐在院子裏一邊踱步納涼，一邊思考那個少女失蹤疑案。

當他走到一株梧桐樹下時，忽然有一片葉子從樹上落下，正中紀曉嵐頭上。他驚詫道：

「這棵樹爲什麼落葉這麼早啊！」

「這棵樹是今春剛移來的，」一個書吏說：「根沒有紮穩，所以落葉早。」

「那倒不一定的。」一個捕役插嘴道：「城西風雲山菩提寺內那棵梧桐樹，葉子已落一半了。」

「唔……」紀曉嵐猛然一驚。那失蹤少女正是在去菩提寺燒香的那天晚上，被兩個蒙面人搶走的。此案莫非與寺中的和尚有關？紀曉嵐決定前往察看。

菩提寺老和尚法元聽說翰林學士福建學政大人光臨，率眾僧迎出山門。寒暄之後，紀曉嵐要法元陪同他在寺院裏遊賞起來。不久，便見到捕役說的那棵梧桐樹，形狀很好，可葉子果真落了一大半。

紀曉嵐說：「這棵樹長得不錯，就是葉子落得過早。可能是地下水分不足。把它移栽到別處就好了。」

「哦，紀大人對此很內行啊！」法元吶吶地說。

「談不上內行，略懂一二。別人移栽樹木要在冬末春初才行，我在一年四季任何時間都能保證成活。」

「哦……這眞是奇蹟。」

「好，今天本官高興，獻獻醜，把此樹移栽一下吧！」紀曉嵐堅持著，法元慌了，忙勸阻道：「不必了，不要累壞了大人的貴體。」

「沒關係。」紀曉嵐向衙役們說道：「快去找鍬，我教你們如何刨根。」

這時，法元的臉嚇得煞白。不一會兒，梧桐樹倒了，下面有具女屍，果眞是那名失蹤少女。

「綁了！」紀曉嵐喝令。

「哪個敢動手！」隨聲跳進兩個膀大腰圓的和尚，舉刀將法元護住。

紀曉嵐早有準備，眾捕役亦非無能之輩，操利刀動起手來，生擒了那三個和尚。

經過審訊，紀曉嵐的推理完全正確：那天少女去寺中進香，被老和尚看中，礙於寺中香客眾多不便下手，便派那兩個和尚尾隨至她家中，待天黑後蒙面將少女搶至寺中。法元和尚欲非禮，少女不從，被殺而埋在樹下。

樹被移動過，故而落葉早。

機智的紀曉嵐從一葉早落而擒住了三個殺人凶魔。

貓咪偵探

紀曉嵐在福建邵武縣察訪疑案。

忽然，外面有個叫王諱的男子臉色慘白地奔進來告狀，說他剛才擺渡過河，艄公搶走了他五十兩銀子。

紀曉嵐問道：「你是幹什麼的？」

「小人以販賣蜜餞爲生。」

「你的銀子原來放在哪裏的？」

「就放在包袱裏。」說著，王諱打開包袱，只見裏面果然有幾盒蜜餞。

紀曉嵐當即命衙役隨王諱前往渡口捕拿艄公。

不久，兩個衙役帶來一個漁民裝束的大漢，回稟道：「強盜已抓獲，這是起獲的贓銀。」

紀曉嵐打開包一看，正好五十兩銀子。

大漢「撲通」跪倒在地說：「老爺明鑒，小人冤枉！」

紀曉嵐一拍桌案：「不准亂嚷！本官問你，你是幹什麼的？」

「打漁兼擺渡的。」

「這銀兩是哪兒來的？」

「這是我兩年多的積蓄啊！」

紀曉嵐聽罷情況，思忖片刻，便命衙役將銀子放到院子裏。過了一會兒，他養的一隻小黃貓便來到銀兩前東聞西嗅。見此，紀曉嵐又命將銀子取回，問打漁的艄公：「你存這些銀兩，可有人知道？」

艄公道：「昨天，我在『蘆花』酒店喝酒，跟那裏一位挺熟的小二說起過。」

紀曉嵐便派人去傳店小二。

不一會兒，店小二被帶來了。

紀曉嵐喚王諱上堂，指著他問店小二：「此人你可認識？」

店小二仔細地打量了一會兒，道：「回稟老爺，此人雖不認識，但記得他昨日在我店中喝過酒。對了，昨日夜晚他與這位打漁的兄弟，前後腳進店的。」

紀曉嵐點頭，一拍驚堂木，厲聲道：「王諱！你竟敢誣陷好人，還不從實招來！」

王諱臉色驟變，聲音發顫大喊冤枉。

紀曉嵐冷冷一笑：「剛才你說這銀子是和蜜餞放在一起，這銀子在院子裏放了那麼一會兒，如果是你的，銀子上肯定爬滿喜愛甜味的螞蟻。可現在上面連一隻螞蟻也沒有，只有我的貓在銀子上嗅來嗅去。這說明銀子上有點魚腥味，難道這銀兩的主人是誰還不清楚嗎？」

原來，這王諱是個慣騙。昨天在酒店喝酒，聽到打漁艄公與店小二的談話，便心生一計，買了些蜜餞，自己撕破了衣服，裝著遭劫的樣子，今早告上公堂，不想反倒自投羅網了。

深井辨屍

福建省建陽縣出了一件浮屍大案。

有一戶人家，夫婦兩人。一天，男人外出，當夜未歸。女人憂心忡忡，次日倚門而待，望眼欲穿，男人又是未歸。第三天，女人紅腫著雙眼，癡等丈夫歸來，結果還是不見人影，就這樣又過了幾天，忽然有人傳報：「你家菜園的水井裏有一具屍體哪！」

女人聽了，全身像篩糠似地擅抖著，匆匆跑到井邊張望，果然隱隱約約見一具漂浮在水面上的男屍。女人看罷，便嚎啕大哭起來，一邊哭，一邊叫：「我的親人啊！」一邊還將頭往井欄圈上撞，還想往井裏跳。左鄰右舍看看於心不忍，紛紛動手將她攔腰抱住。

當即，幾個好心人勸住女人，一起去向官府報案。

偏偏此時建陽縣衙裏是紀曉嵐奉旨在察訪怪案疑案。

當下紀曉嵐聽罷女人的哀哀哭訴，好言安撫她說：「務請節哀。到底是自殺，還是他殺，本官自會破案。」

鄰舍說：「他們夫妻十分恩愛，這個女人又向來賢慧、本分，男人絕不會自殺的。」

女人聽罷越發傷痛欲絕，竟悲傷得暈了過去。紀曉嵐令左右用冷水巾將她擦醒，又好言勸慰道：「你要相信本官一定會替你作主，把案子弄個水落石出的。」說完，當即吩咐備轎上路，逕直到案發現場去。

到了菜園，紀曉嵐叫女人和鄰居們都圍攏在井旁，向下面細細端詳。過了許久，紀曉嵐問道：「屍體是不是這位女人的丈夫啊？」

女人搶先大哭道：「是啊是啊！大人一定要替奴家伸冤哪！」

紀曉嵐說：「你不必悲痛。請問大家，你們看是不是她丈夫哪？」

眾人再看井裏，復又面面相覷，有人說：「水井這麼深，實在難以辨認清楚。」

另一個人說：「請大人讓我們把屍體撈出來辨認吧。」

紀曉嵐笑道：「現在先不必忙，當然以後總要裝棺入殮的。」

說完，紀曉嵐對女人大喝一聲：

「好個刁滑的淫婦！你勾結姦夫謀殺了親夫，還裝出悲慟的樣子來矇騙本官嗎？」

在場的眾人如同聽得晴天霹靂，一個個都愣了。唯獨那女人重新又痛苦起來，邊哭還邊叫喊道：

「紀大人，您可不要血口噴人哪！」

鄰居也紛紛爲她求情：「大人，我們平時看她規規矩矩，對丈夫體貼照顧，從沒見她與不三不四的男人有勾搭行爲。」

紀曉嵐笑道：「我問你們一個問題：這麼深的水井，大家都認爲井下的屍體是無法確認的，爲什麼獨獨她就認定是自己的丈夫呢？除了說明她早就知道這件命案外，還能有什麼合理的解釋呢？」

眾人一個個噤若寒蟬，不能作答。那女人頓時收住眼淚，面色變得死白。

紀曉嵐吩咐差役將女人收押。經過審訊，果然是女人同姦夫合謀殺死了親夫。

於是殺人的姦夫淫婦雙雙伏誅。

查疑伸冤

福建省建甌有個無賴叫王贊，他欠了富戶周鑒一百兩白銀。王贊遊手好閒，揮霍光後還不了這筆債，便起了歹念，欲設計陷害周鑒。

沒多久，王贊家收養了一個討飯老太婆，熱心供她吃穿用，儼然一副極孝順的模樣。眾鄉鄰弄不懂：王贊怎麼變成了孝子似的？

有一天，周鑒上門來討債了。周鑒剛踏上王贊家前河中那座小木橋，「撲！」那老太婆直愣愣倒向他。周鑒忙閃過，老太婆一頭栽入河中，很快斷氣身亡。

王贊突然從老太身後閃出，見此情景，放聲大哭，頓時昏了過去。

第二天，王贊告到官府，聲淚俱下：周鑒倚財殺人，還有一位離這兒五十多里路的販麻的商人作證。

承審的官吏不敢細細追究，因爲周鑒太富有了，他怕沾上受賄徇情的嫌疑，再也不敢爲他洗冤。

這起案子上報到衙史那兒。御史奏諸乾隆批給紀曉嵐專審。乾隆當即恩准了。

紀曉嵐接手這件案子之後，挑燈夜閱卷宗，心中疑竇越來越多：「見證人爲何不尋鄰居，偏要找五十里外的販麻商人？說王贊被打暈在地，又怎麼能知道販麻商人的姓名並領來作證人？」他思忖一會兒，又忽發奇想：「這兒記載著老婦人因伏在王贊背上掩護他而被打死，怎麼她胸口會有致命傷口呢？對，一定要重審販麻商人！」

紀曉嵐連夜審問商人。那商人無奈，乖乖地交代：「王贊是有名的無賴，他要我作假證人，我敢不嗎？何況，他還許諾，案子了結後，要給我五十兩銀子呢。」

第二天，天剛濛濛亮。紀曉嵐來到現場察看地形。他邊察看，邊詢問附近居民，案子終於水落石出。

原來，王贊家門前一條小河中戳著一排排養河蚌用的竹竿，河面上架了幾根長梢木椽子作爲橋。周鑒來討債那天，王贊乘老太婆不注意，把她推入河中。老太婆胸口猛地撞在河中竹竿上，當場身亡。

狡猾的王贊再也沒法詭辯，終於伏法。無辜的周鑒終於洗淨冤情，無罪釋放。

引盜串供

福建浦城縣盜首王和尚被捕，他招出了同夥肖家兄弟二人。於是肖家兄弟也被捉拿歸案。

可是知縣在審判這夥盜賊時，盜首王和尚突然翻供了，他說：好漢一人做事一人當，他被捕時供出肖家兄弟是挾嫌報仇，事實上他倆是無辜的。

不多時，府裏下達了一道批文，也說肖氏兄弟可能不是王和尚的同夥，要浦城縣令複查。

王和尚是在作案時被捕的，肖氏兄弟並無罪證，是王和尚供出來的，現在王和尚翻供了，肖氏兄弟的犯罪行爲再無人證、物證，這確實是很難判處的。

於是變成了一樁無法判決的疑案，轉到紀曉嵐手裏審理。紀曉嵐接案之後，經過瞭解，得知肖家兄弟的家眷曾來探過監，不僅和兄弟二人相會，而且和盜首王和尚也有過接觸。他們會不會以錢財賄賂王和尚，叫他翻供呢？因爲招出肖家兄弟對王和尚並無好處，如果翻供，就能得到錢財，王和尚何樂而不爲呢？

紀曉嵐儘管認爲自己的判斷是正確的，但無法以個人的想像來判案子。此事怎麼了結呢？

第二天，紀曉嵐開堂複審，三個罪犯跪在階下。肖氏兄弟再三訴說自己不是盜夥，盜首王和尚也證明他倆並不是自己盜夥中人。他們看準紀曉嵐不是動輒動刑的人，認爲只要咬緊口供，是難以對肖氏兄弟判罪的。

案子正審不下去時，忽有差役來到堂前向紀曉嵐報告說：「府裏差役有專使又送來公文了，可能與這個盜案有關。」

紀曉嵐不敢怠慢，忙離開公堂到門前去接待府裏的專使了。

這時堂上只留下三個強盜。他們相互擠眉弄眼，擺弄手勢，王和尚做著拍打著自己屁股的樣子，肖氏兄弟不解其意，便低聲詢問。王和尚回答說：「我是說，最多挨打幾十下板子，挨過這一關就好了。」

肖氏兄弟也說：「我家裏人在府裏也通了門路，現在不是又來公文催促了嘛！」

不一會兒，紀曉嵐回到了大堂，繼續審案。突然從公案桌圍裏鑽出了一個差役，把剛才三個強盜的對話和舉動向紀曉嵐作了報告。

原來，紀曉嵐事先就讓那個差役鑽在桌子底下，在審案時，自己假裝著急事外出了一會兒，讓三個強盜有機會講話串供，而他們的言語正好被鑽在桌下的差役聽得一清二楚。三個強盜見自己的陰謀敗露，只得低頭服罪。

和尚淫案

紀曉嵐到福建順昌縣察訪疑案。疑案沒有查到，紀曉嵐卻聽說了一件怪事。

聽說本縣有個寶蓮寺，內設子孫堂，不育婦女只要前往祈禱，在淨室住一晚便可懷孕。由於靈驗，前往燒香的婦女絡繹不絕。

紀曉嵐覺得此事很奇怪，想弄個究竟。因此，他開始側面調查寶蓮寺的有關情況。瞭解到該寺有個規矩：凡前往祈求生子的婦女必須年輕健康，預先齋戒，燒香之後在淨室過夜。住過的婦女有的說夜裏夢見佛祖送子，有的說是羅漢送子，說法不一。有的婦女住一夜就不再前往，有的婦女則多次前去住宿。

紀曉嵐對此深感蹊蹺，便私下訪問幾個住過淨室的婦女，她們大都支支吾吾搪塞而說不清情況。因爲這些淨室四周門戶嚴密，而她們的丈夫又可以住在淨室外的廳堂內，所以很難不信任。

為解開這個謎，紀曉嵐決定設計試一下眞僞。一日，他悄悄物色了兩個姿色上乘的妓女，叫她們扮成良家女子，前往寶蓮寺試探，並再三關照她們說：「夜裏假如有人圖謀不軌，不必拒絕，只需把紅顏色悄悄塗在他們的頭上便可。」

第二天清晨，紀曉嵐帶兵前往寶蓮寺。和尚們聽說官老爺親臨巡視，全都誠惶誠恐地外出迎接。紀曉嵐命令眾僧將帽摘除，發現有兩個和尚頭頂有紅顏色。紀曉嵐命令兵丁將他們抓住，同時喚來兩個妓女出來作證。

兩個妓女說：「夜深之時，有兩個和尚不知從哪兒鑽出，來到床前，說是佛祖派他們來送子的，並送給她們一包調經種子丸。然後動手剝除她們的內衣褲，進行姦污。」

紀曉嵐聞言，立即命令把其他密室中過夜的婦女抓來詢問，但她們都面露慍色不肯承認有此事。一搜，發現她們身上也有調經種子丸。於是紀曉嵐不再追問，把她們都釋放回去。

此時，寺裏的和尚知道事已敗露，一個個嚇得面如土色，不敢動彈。

紀曉嵐又下令搜查寺院，不多久，寺院內部的機關被查出。原來，這些和尚十分貪圖女色。利用子孫堂獻子的幌子招搖撞騙，許多不育婦女慕名而來祈禱。可她們不知住的淨室床下有暗道通往外面，和尚們深夜潛入行奸十分順當，而這些婦女不辨眞假，誤認為是夢中佛祖送子。這些和尚憑此詭計已經不知姦污了多少良家婦女。

證據確鑿，和尚們一個個落入了法網。

抱瓜審案

福建崇安縣盛產香瓜。一個酷暑天，通往城裏的官道上人跡稀少。遠處走來一個懷抱孩子的婦女。烈日高懸，婦女滿頭是汗，懷中小孩啼哭不止。那婦人精疲力竭，擇樹蔭休息。孩子嘶啞著喉嚨直喊口渴，那婦人見不遠處有個瓜園。她走進瓜棚，裏面無人，看瓜的人不知上何處去了。棚內除一張床外並沒有水可喝。婦人見孩子渴得厲害，只好摘了一個香瓜給孩子吃。

正當孩子吃得津津有味之際，瓜棚後面竄出一名粗壯黑漢，大喝道：「大膽賊婦，青天白日居然偷起老子的瓜來！」

婦人嚇得直哆嗦，一時說不出話來。

黑漢道：「人贓俱在，該當何罪？」

婦人臉色蒼白，掏出幾文錢給黑漢，說是瓜錢。

黑漢接過錢，上下仔細打量婦女，見婦人頗具姿色。況且四周無人，頓生歹念。他嘻嘻一笑：「錢，我收下了。不過，事沒完。除非你依我一事。」

婦人膽怯地問：「只要你不把我當賊，有什麼事儘管說。」

黑漢一把摟住婦人道：「小事一樁，只要你依順我上一回床便可了結。」

婦人掙扎不從。黑漢將婦人按倒在床上，不顧小孩在旁嚎哭，竟欲強姦。那婦人誓死不從，一口咬傷了黑漢的肩膀。黑漢大怒道：「你不從，便將你送官，以小偷論罪！」

婦人道：「我寧願見官亦不相從！」

黑漢心想此婦人偷一個香瓜不能治罪，便自己摘了三十個瓜，證明這個婦人罪大。

紀曉嵐此時正在崇安縣察訪疑案。

到得縣衙，黑漢先將婦人偷瓜之事敘述了一遍。而婦人因受剛才驚嚇，傷心不已，只顧低頭哭泣。

紀曉嵐聽罷訴說，便問黑漢道：「婦人眞偷你三十個瓜？」

黑漢道：「是的。老爺不信的話我已把瓜裝來放在門口了。」

紀曉嵐又問：「她偷瓜時帶了什麼樣的筐子？」

黑漢順口道：「沒帶筐。」

紀曉嵐哈哈一笑，命人將黑漢所帶的三十個瓜拿進大堂，對黑漢道：「你抱著小孩把地上的瓜都撿起來。」

黑漢遵命而行，可剛拾到幾個圓溜溜的瓜，就抱不住了，頓時恐慌不已。

紀曉嵐對婦人道：「本官爲你作主，你不是小偷。如有隱情請告之。」

婦人哭訴了剛才的遭遇。紀曉嵐大怒，經審訊，黑漢只得供認自己因姦不成有意誣告的罪行。

紀曉嵐判處了黑漢以「強姦（未遂）」罪監禁一年！

招募擒兇

紀曉嵐正在福建連江縣察訪疑案，忽聽有人擊鼓告狀，便命差役將告狀人傳進大堂。告狀者是一對年老夫婦。訴說他們的兒子大牛在結婚前夕，外出置辦彩禮時突然失蹤，生死不明，要求府衙出面尋找。

紀曉嵐向老夫婦問了一些情況，立即排除了幾種可能。一是大牛與未婚妻秀英是鄉鄰，自小青梅竹馬，感情很深，是絕不會逃婚出走的；二是，大牛力大如牛，也不會被人輕易劫走。那麼，可能是他路遇強人，強盜見他攜帶購買彩禮的鉅款，趁其不備將他殺死。所以當務之急，是要找到大牛的屍體。紀曉嵐安慰了老夫婦幾句，讓他們回家靜候消息。

從大牛的村子到城鎮，途中有一個大塘叫五里汀。紀曉嵐帶人來到這裏，進行打撈。費了半個時辰，果然在水塘中撈出一具年輕男屍，後背有一刀傷，經辨認，死者是大牛。此時正是嚴冬臘月，從死者的形態看是剛被殺不久。紀曉嵐卻當眾宣稱，大牛是被入侵的倭寇殺害。當時地處東南沿海的連江周圍正是倭冠經常騷擾之地，所以眾人也都信以爲眞。

紀曉嵐當即命人貼出布告重金招募一百名鄉勇，保衛地方，以防倭寇再來燒殺搶掠。告示一出，應募者甚多。紀曉嵐把這些人召集在一起，發現應募者個個腰圓闊，孔武有力，他一個個親加慰勉。

紀曉嵐突然在一個漢子面前停住了腳步，兩眼緊緊盯住了他的眼睛，那漢子被他看得不知所措，侷促不安地低下了頭。紀曉嵐厲聲問：「你爲什麼反穿棉襖？」

那漢子一時無以對答，半晌才說：「我趕著來應徵，不意穿反了棉襖！」

紀曉嵐命人將漢子的棉襖脫下，見正面的布上沾上不少血跡，便問道：「這血跡因何留下？」

那漢子支吾其詞：「我也遇到了倭寇，與他們拚殺，不意留下了血跡。」

「胡說！」紀曉嵐揭穿說：「倭冠今年夏天曾來滋事，已被肅清，近日已無倭寇犯境，你身上的血跡，明明是新沾上的。」

漢子說：「聽說老爺曾宣稱塘中撈出的屍體是被倭冠殺死，怎麼又說沒有倭寇呢？」

紀曉嵐說道：「這就是我設下的計策，我故意布下迷陣，使得你這個殺人兇手放下心來，再以重金作爲魚餌，引你上鈎，現在你還有什麼可說？」

這時眾人才知紀曉嵐招募鄉勇之舉是爲了捕獲兇手。那漢子正是兇手，此時再無可辨駁，只得承認自己殺害了大牛。

引蛇出洞

紀曉嵐到福建光澤縣察訪疑案時，正遇上中秋佳節。突然貼心差役丁大勇來向紀曉嵐報告：「城門外有一人被殺，尚未斷氣。」

紀曉嵐忙跟著丁大勇來到現場，見一人臥在當街。胸前插著一把刀，雖未斷氣，但已奄奄一息，緊閉雙眼，不能言語。見其衣著，是商人打扮。看來也是回家過中秋節的，背囊已被洗劫一空，明顯是一樁圖財害命的案件。但兇手並沒留下痕跡，被害者又不能說話，這個案件該如何偵破呢？

圍觀的百姓越來越多，差役丁大勇怕妨礙知府大人判案，要將眾百姓驅散。紀曉嵐喝住丁大勇：「讓大家觀看好了，我還有事向眾人相求呢！」接著他高聲對圍觀的百姓說：「這個商人還未斷氣，尚有救活的可能。誰能救活此人，本府定有重賞！」

重賞之下果有勇夫。有兩個先後來爲傷者診治，但因被害者傷勢太重，他們都束手無策，搖搖頭退出了人群。

紀曉嵐又告示眾人：「救人一命，勝造七級浮屠，本官只好親自來救治這個商人了。」

丁大勇一聽此言，大吃一驚，扯了扯紀曉嵐的衣袖悄悄說：「此人傷勢嚴重，即使華佗轉世，恐也難……大人你？——」

紀曉嵐說：「本官深明醫理，你在這裏好生守護，待我回家去取家傳傷藥！」說罷向丁大勇使了一個眼色，就逕自走了。

這時，有個漢子，走近商人，好像也要試著為傷者診治。他俯下身來察看傷勢，趁人不備之際，將手掌輕輕按住商人的喉嚨，突然猛一發力，苟延殘喘的商人立即停止了呼吸，那漢子裝出無可奈何的神態，也退出了人群。

但未等漢子走遠，丁大勇已將他一把抓住。原來，丁大勇跟隨紀曉嵐多年，知道大人並不懂醫術，家中也根本無祖傳治傷妙藥，看見大人向他使眼色，命他「在此好生守護」，知道紀大人必有用意，便毫不怠慢地注視著現場。那漢子剛俯身察看傷勢時，他還並不介意，待等他的手掌接近傷者的咽喉時，他就覺得情況有異，他知道咽喉乃人之要害，再說他也懂得武功，那漢子手掌發力瞞不住他的眼睛，所以他當場將那漢子擒獲了。

其實紀曉嵐並未走遠，他剛才施用的「引蛇出洞」之計。那兇手不知是計，深怕知府把商人救活，說出實情，所以趁紀曉嵐離開之時，裝作為商人診治的樣子來將商人扼死，以滅活口。不料自投羅網了。

瘢痕作證

這一年，紀曉嵐以翰林侍讀學士兼福建學政的身分在福建松溪縣按試秀才，學堂門前，可熱鬧了，人流如潮，爭睹由學政老爺親自主考考中的秀才們舉行慶賀活動。學宮附近，一位少女對其中一位風度翩翩的秀才產生仰慕之情，目不轉睛盯著。

旁邊一位老太太看在眼裏，便悄悄地說：「這是我鄰居家的兒子。你如有意，我來作媒，成全你們的姻緣。」

少女害羞地低頭不語。

那媒婆找到了秀才，全力撮合，哪知秀才拒絕了少女一片愛慕之情。媒婆家的浪蕩兒子聽說後，當夜假冒秀才跟少女幽會。少女未能識出眞僞，委身相許了。

沒幾天，少女家來了位遠方客人。她的父母騰出自己住房招待客人休息，將女兒安置在別處，老兩口睡在女兒床上。哪知時間到半夜，有人偷偷溜進去，砍掉少女父母的頭顱，揚長而去。

第二天，這兇殺案報到縣署。剛巧紀曉嵐又在察訪疑案，他令人勘察現場後，左思右想：死者雖在家中被害，但東西並未短缺，這殺人害命圖啥呢？他問：「這張床原來睡的是誰？」

有人搶道：「是這家的女兒。」

紀曉嵐恍然大悟：「噢，快，將這家女兒拘押起來！」

公堂上，紀曉嵐厲聲追問少女：「姦夫是誰？」

少女有苦難言，支支吾吾說出是那秀才。

紀曉嵐發令，一會兒逮來秀才。

秀才振振有詞：我早已回絕那媒婆說媒，從沒去這姑娘家，哪扯得上因姦殺人呢？」

紀曉嵐追問少女：「你姦夫是秀才，那麼他身上可有什麼記號特徵？」

少女忙答話：「他胳膊上有塊瘢痕。」

紀曉嵐當場令衙役查看秀才胳膊，卻光光滑滑的，沒有一點瘢痕。

紀曉嵐陷入了沈思，過了一會兒，他忽然問左右：「媒婆有兒子嗎？」

知情的衙役說有的。紀曉嵐命令精壯衙役，馬上趕去抓來那傢伙。查看胳膊，一塊朱紅瘢痕赫然入目。紀曉嵐手指媒婆之子說：「你肯定是殺人犯，如不招供，定用重刑！」

那傢伙不得不供認作案經過——

那一夜，他又去找少女私會，進入房中在床上一摸，摸到了兩個人的腦袋。他頓時醋意大發：原來這騷女另有姦夫，於是馬上拔刀猛砍……

案情大白，秀才獲釋了。媒婆之子伏誅。

焦土復形

福建政和縣有個山民叫王通，因爲與兄長王衡爭奪家產發生鬥毆，把王衡打昏後，一不做，二不休，索性用斧子把他劈死。爲了滅跡，他又將兄長的屍體火化了。一切安排妥當後，穿上喪服，上縣衙報案去了。

紀曉嵐此時在政和縣察訪疑案。

王通向紀曉嵐磕頭跪拜後，哭道：「我兄前日被一隻吊睛白額大虎咬死，屍體已被火化，那虎常出沒在山間，懇請大人派遣獵手爲民除害。」

紀曉嵐想：「如果他的哥哥眞的被虎所傷，何必匆忙火化屍體呢？」但他不動聲色地說：「既然屍體已火化，此事也就了結了，你可以回去了。至於派遣獵手之事，本官自有安排。」

王通見官府不深究下去，很是高興，立即回家去了。

第二天，紀曉嵐帶幾個差役去山裏查訪。在峰巒重疊的群山叢中轉了一天，才找到了王通。王通一見紀曉嵐來調查王衡死因，大驚失色。紀曉嵐見他神色驚慌，更覺得應把王衡的死因查清。

面前是一片焦土，這是火化王衡的地方。紀曉嵐問王通的鄰居，王衡是不是被虎咬死的，鄰居們回答說：「我們沒看見王衡被虎所傷，是王通告訴我們的。」

紀曉嵐帶領差役搜查了王通的住所，在角落裏發現了一把斧子，上面有血點，紀曉嵐說：「這是殺人的兇器！」

王通臉色沮喪，但他不肯服罪。

紀曉嵐說：「我會讓你心服口服！」他吩咐在火化屍體的地上燒炭，並撒上芝麻。過了一會兒，又把炭塊兒掃去。這時，原來從屍體上流出來以後凍結的脂肪因受熱而開始融化，芝麻也因受熱而爆裂滲油，兩相融合交流之後，焦土上就呈現出一具人體的形狀，看上去手、腳以及肢體都齊全。左肋下爆裂了芝麻數十粒，肚臍等幾處要害的地方所爆烈的芝麻，有的多，有的少，都是受傷的地方。紀曉嵐指著左肋及肚臍等幾個地方，說：「你在這幾個地方砍了幾斧頭，這是很明顯的事！」

在精明的紀曉嵐面前，罪狀已無法隱瞞了。王通只得跪倒在地，供認了犯罪的事實。以後王通伏誅。

智識假雷

紀曉嵐到福建寧德縣察訪疑案時，碰上一件怪事。

該縣城西一個村莊裏，有一個村民被響雷擊身而死。紀曉嵐聞報後，牽人前往現場勘察驗證。檢查完畢，吩咐死者親屬將屍體裝入棺木埋葬了事，便打道回府。

半月後，紀曉嵐忽然把一個人帶到衙門審問：「你買火藥幹啥？」

「用火藥打鳥！」

「用火槍打鳥，只須幾錢火藥，至多也不過一兩左右足夠用一天了。你卻買了二三十斤，是什麼原因？」

那人說：「我想留著多用些日子。」

紀曉嵐突然又盤問：「你買火藥不到一個月，算來頂多用去二斤吧，剩下的放到哪裏去了呢？」

那壯年男子愣在那兒，一時回答不上了。紀曉嵐派人嚴加審訊，那個男人供認了自己與死者妻子通姦後合謀殺人的罪狀。再去審問死者的妻子，她也哭哭啼啼地承認了謀殺親夫罪。於是紀曉嵐判決兩個人斬首示眾。

結案後，眾人問紀曉嵐：「你怎麼知道兇手是這個人呢？」

紀曉嵐說：「要知道，造雷擊人的假現場沒有幾十斤炸藥是不成的，而要造假雷必須用硫磺，自己沒有，就要到城裏商店去買。現在正值盛夏，並非過節放禮炮的時候，買炸藥的人寥寥無幾。我秘密派人到集市上去查問，挨戶問店主，哪個人買炸藥最多，都說是城西工匠某某人。然後，再查實工匠買炸藥給了誰，又聽工匠說炸藥是替另外一個人代買的，因此獲得了兇手的證據。」

又有人問紀曉嵐：「大人，那夜正是雷雨大作，你怎麼知道那個打死人的雷是假造的呢？」

紀曉嵐道：「雷擊人自上而下，不會裂地；如果毀壞房屋，也必自上而下。可是，我在現場察看時，卻發現山草、屋梁都被炸飛了。同時，那村莊距城不過幾里，雷電應該與城裏相差無幾。可是，那一夜，雷電盤繞在濃雲之中，沒有下擊的樣子。所以知道那擊死人的雷定是人工僞造的。但那個時候死者的妻子回娘家去了，難以馬上問清，所以必須先查兇手，才能審訊同謀的女人。」

紀曉嵐的智識非比尋常，由此更加明白。

颶風捲女

紀曉嵐到福建福安縣察訪疑案時，碰巧遇到本縣城強秀才之子投來訴狀，要求解除他與未婚妻黃姑娘的婚約。理由是五月十日福安地段忽刮大風，黃姑娘當日失蹤，第二天由九十里外的銅井村民護送回城，據黃姑娘講是被狂風刮走的，可強秀才之子懷疑黃姑娘行為不端，便上訴。

紀曉嵐接下訴狀，便把黃姑娘召到衙中瞭解情況。姑娘泣訴說：「那天正在家門前幹活，一陣大風襲來竟被捲到空中，後來便什麼都不知曉了。醒時發現自己睡在一個陌生人家裏，現在說我有什麼姦情，眞是冤枉，叫我日後如何做人？不如一死了之……」

接著，紀曉嵐即派人前往銅井村調查，鄉民作證確有此事。再去黃姑娘家四鄰瞭解，大家都說黃姑娘平時文靜規矩，從不獨自到外面去。

紀曉嵐想：看來黃女是清白無辜的。如何斷此案？如果強家勝訴，黃女性情貞烈必定自斷性命；硬性叫強家娶黃女，將來恐還會出現後遺症。該想個法子讓強家甘心情願才是。忽然他一拍腦門，直奔書房，取出一書，翻了幾頁，便命傳強秀才父子。

強家父子走上堂，果是一副迂腐儒生模樣。紀曉嵐客氣地問：「你們家何時與黃家結親的？」

強家父子答：「自幼便訂婚。」

「黃姑娘平時行爲有何不端嗎？」

「這倒沒聽說，不過這次太可疑了，哪聽說人會被風刮到九十里之外的？我們是書香人家，人言可畏啊！」

紀曉嵐又問：「五月十日刮大風你們可知道？」

「知道的，那風太嚇人了，我家後院屋頂也被掀掉了。」

紀曉嵐微微一笑說：「不錯，風確實駭人。古代有風把女子刮到六千里外的。你們聽說過沒有？」

紀曉嵐說罷便把桌子上的元代郝文忠《陵川集》拿了出來，翻開指著一段話遞給強秀才父子，只見上面寫道：

「八月十五雙星會，花月搖光照金翠。黑風當筵滅紅燭，一朵仙桃落天外。梁家有子是新郎，芊氏負從鍾建背。爭看燈下來鬼物，雲鬢欹斜倒冠佩。須臾舉目視旁人，衣服不同言語異，自說吳門六千里，恍惚不知來此地。甘心肯作梁家婦，詔起高門榜天賜。幾天夫婿作相公，滿眼兒孫盡朝貴。須知伉儷有姻緣，富有莫求貧莫棄。」

強秀才父子看過之後，默不作聲。

紀曉嵐在堂上踱了幾步說：「當時那個女子，竟嫁了個宰相，這個黃姑娘不知可有此福否？」

強家父子想，既然風吹人至六千里古便有之，況且當事人竟作宰相妻，倒是吉祥之極。再說紀曉嵐出面調停亦很體面光彩，竟轉憂為喜。結果兩家和好如初，沒多久便結秦晉之好，一場婚姻糾葛巧妙而圓滿地解決了。

請神破案

福建福鼎縣，有家貧苦人家的女兒從小養在夫家，俗稱童養媳。夫家的婆母對她不好，小姑更把她當做仇敵，百般凌辱虐待，簡直到了無法忍受的地步。

一天，童養媳跟小姑口角，到婆母面前，又相互鬥嘴。事後，小姑十分憤恨，便想了種種辦法報復，後來就悄悄將毒藥摻和在食物裏，企圖將童養媳毒死。誰知，其母誤吃了這盆有毒食物而死。小姑闖下大禍後，卻到外面大造輿論說：「媳婦毒死婆母，目的是報復婆母對她的刻薄。」接著到縣府報了案。

縣令趕到現場查驗，把童養媳鎖銬起來帶回縣署，用盡各種方法嚴刑拷問。童養媳屈打成招。縣令就這樣讓她畫押蓋了手印，書寫公文上報。地方上的人都認爲此案已經了結。

不久，紀曉嵐來福鼎察訪疑案，覺得這件案子可能有冤，便重新提審有關當事人，連連升堂數次，總得不到眞情，案子難以平反。於是，紀曉嵐向外揚言道：「我要請神鬼幫忙，審清此案。」於是他叫差役在夜裏將小姑和童養媳用繩索縛在城隍廟的廊道上，自己卻躲在神像背後，偷偷監聽。

先是聽到兩人爭吵，童養媳說：「天地良心，我連什麼是毒藥也不知道啊！」

小姑說：「你還要抵賴，不是你毒死的，難道是我毒死母親的？」

兩人爭吵了很久，才慢慢止歇。只聽得童養媳自認倒楣的歎氣聲、哭泣聲和小姑對童養媳的辱罵聲。監聽了兩夜還是得不到眞情。

到了第三晚，紀曉嵐派人預先埋伏在神像後，到了半夜，那人將神像向前推舉起來。小姑見了大爲驚恐，連聲告饒道：「菩薩不要懲罰我，我知道自己不對了，我下毒藥的目的其實是想毒死嫂子，誰知母親會誤吃了呢？菩薩，請您寬恕我吧。」話音剛落，神像又退回原處。

紀曉嵐連夜升堂，經過審訊，小姑只得將眞情透露，表示服罪，童養媳的冤枉得以昭雪。

此案平反之後，一時之間，很多缺乏知識的人紛紛傳頌：「紀大人眞是神通廣大，竟能驅使鬼神、菩薩辦案子！」

田契爭執

福建霞浦縣有個陳姓人家，有個兒子，被本州一個叫匡誠的人領去做養子，改名為匡學義。後來匡誠自己有個兒子，取名匡學禮，於是，匡誠便贈給匡學義八畝田，讓他復歸陳氏本宗。過了若干年，匡誠死了，親生兒子匡學禮也一病不起。彌留之際，匡學禮又贈送五畝田給學義，還託付後事，望他照料孤兒寡婦內外家事。

匡學禮遺下田產兩百畝，妻子李氏和兒子匡勝時勤儉持家，過了十七年，又增購田產一百畝，每年的收益日漸豐盈。

一天，有個地主來回贖田產，正好管家匡學義（亦即陳學義）外出，李氏便叫兒子匡勝時尋找田契，發現上面赫然記載的是李氏與匡學義同買，其他田契也是這麼寫的，不由得大驚失色。匡學義（陳學義）回來後，李氏質問他。他堅持說田產原是共同購置的，田租也是共分的，這些都詳細記入租冊了。

李氏又驚又氣，向縣府告狀，縣裏駁回；上告府裏，又被駁回。

恰逢紀曉嵐來到霞浦縣察訪疑案，李氏又向紀曉嵐投訴。

紀曉嵐認爲，匡學義（陳學義）爲李氏管理家務，田產買賣都是他一手經辦，李氏拿了田契也不認得字，所以田契記載不足爲憑。然而丟開田契來判案，又不能使匡學義（陳學義）心服。怎麼辦呢？紀曉嵐略一思索，便叫當事人到公堂上判決道：「現在田契、租冊白紙黑字記得清楚明白，確係共同購置。」李氏哀哀哭訴，請求判明眞假。紀曉嵐嚴厲地揮手趕她出去，卻大大嘉獎匡學義（陳學義）善於經營管理。匡學義（陳學義）很是高興，以爲這個案子從此已經了結了。

紀曉嵐便和他親切地閒聊起來，問：「你有多少家產啊？」

匡學義答：「有十三畝田，每年收租三十一石，淨得十六石米。」

「家裏有多少人啊？」

「我和妻子以及二男二女。」

「家裏收入怎樣啊？」

「我要代李氏管理她家的事務，只有長子才能致力於田間勞作。」

紀曉嵐問：「照這樣看來，你家吃糧都難以自給，怎麼外面都傳說你很有錢呢？」

匡學義（陳學義）答：「我是啞巴吃黃連，有苦說不出啊。」

紀曉嵐頓時將驚堂木一拍，勃然大怒道：「那麼你和李氏共同購買田產的資金一定是偷來、騙來的嘍！」隨即命令左右翻出以前尚未破案的失竊報告，說：「有個失竊案所失銀兩很多，案犯尚未捉到，也是陳姓，難道是你嗎?!」

匡學義（陳學義）又驚又羞，當即叩頭如搗蒜，如實招認道：「我並沒有做賊，所購田產確係李氏獨有。我寫成同買，實在是想等李氏過世後可以同她兒子匡勝時爭奪田產，因此對歷年田租也沒有分文的欺騙貪污。」

紀曉嵐即派人召回李氏，對她安慰一番，將田契上寫有匡學義姓名的字跡塗抹，將偽造的租冊焚毀，確認田產歸李氏所有。

李氏喜出望外，感恩之餘請求嚴辦匡學義（陳學義）。

紀曉嵐說：「匡學義的品行確實可惡，但你丈夫倒很有知人之明。如果不託他當管家，你家原有的田產都將荒廢，怎能再繼續增產？如果他一年年將部分田租侵吞，你今天也無從追回，只是他過分貪心，竟想在田契上做手腳意圖瓜分田產，以致事情敗露，一無所得。上天憎惡貪婪，已經懲罰他了。」於是，寬恕了匡學義，只勒令他復歸陳氏本宗，叫做陳學義。

賞錢送賊

福建古田縣，李家村夜裏失了一頭豬，李老頭在家門口大罵：「哪個該殺的，在半夜裏摸了我家一頭六十多斤的豬！他終究不得好死！」

有人在他耳邊咕嚕了一聲，他一聽，跟著就走，在鄰村揪住一個矮小的中年人吼道：「矮冬瓜！我要告你偷豬！」這場官司打到了縣衙門。

紀曉嵐此時正在古田縣察訪疑案。他便接了這個案子。

矮冬瓜流著淚可憐地說：「大人，小民一向循規蹈矩，安分守己，雖然窮了點，但哪肯為了一口豬壞了我的名聲啊！再說豬走得慢，偷豬人怕被發覺，是不敢在地上趕豬走的。所以他們偷時，總是將豬背在身上的，你看，小人瘦骨伶仃，手無縛雞之力，如何偷得動這口豬呢？」

紀曉嵐認真打量了一會兒，說：「確實如此。我也聽說你向來清白無辜，又可憐你家境貧困。這樣吧，今賞你一千銅錢，回家好好做點小本生意，切莫辜負我的一片苦心。」

差役很不情願地搬出六十多斤重的一堆銅錢，放在堂上一大堆，亮澄澄，金閃閃，喜得矮冬瓜連連磕頭謝恩：「青天大老爺，眞是我的再生父母啊！」心裏卻說：「想不到我矮冬瓜一生吃喝嫖賭，弄得傾家蕩產，今天時來運轉，反而因禍得福哩！嘿！這昏官倒也大方。」彎腰把那一串串錢理好後，麻利地套在肩上，轉身要走。

「慢！」紀曉嵐冷笑道：「你既說自己手無縛雞之力，怎麼六十多斤重的錢，像沒什麼分量似的背上就走了？可見那六十多斤重的豬也背得動吧？」

「這……」

「還有，剛才我沒有問你偷豬的方法，是你自己先說出來的。由此可見，你對偷豬倒十分在行呢！你還敢抵賴嗎？」

矮冬瓜知道無法抵賴，只得說，他偷了豬是賣給某某的，去那戶人家一查，果眞如此。

荊花毒夫

福建壽寧縣農村出了一件怪事：有個村婦到地頭爲丈夫送飯。不料丈夫吃了妻子送去的飯菜，不一會兒就倒地身亡了。那男子身體一直很好，並無痼疾在身，如今突然死去，人們當然要懷疑村婦在飯菜中施放了毒藥。死者的父母就狀告縣衙，村婦也無可辯解。

時值紀曉嵐到壽寧察訪疑案，他便接手審理。紀曉嵐審判案子一向愼重。他先瞭解到這對農村夫婦平時尙稱和睦。再經調查，知道媳婦也頗守婦道，並無不軌行爲。「謀殺親夫」似乎與情理不符。但那已死村民確有被毒跡象，在村婦送去飯菜之前，那人並無進食，說村婦下毒，也屬事出有因。如何判斷，倒也頗費周折。

紀曉嵐想了一想便對村婦說道：「我知你丈夫無故死亡，非常傷心，再遭罪名更覺冤屈，爲搞清眞相，你須把那日送飯菜的情況詳細報告。」

村婦哀哀哭泣，細細回憶。她說：「那天我在家做好了米飯、魚湯，自己先吃了，再給先夫送去。我自吃並無事故，誰知夫君吃了卻一命嗚呼，其中曲折，我也說不清楚。」

紀曉嵐耐心地說：「把送飯的詳情說清楚些。」

村婦繼續說：「我送飯到田頭，要經過一片荊樹林，剛進林中，忽見烏雲蔽日，狂風乍起，像要下雨的樣子，我便加快腳步，不意盛魚湯的瓦壺蓋子在匆忙中掉在地上破碎了，當時我送飯心切，就趕到地頭，丈夫恐要下雨，就趕忙吃飯，飯未吃完，大雨就傾盆而下，不意丈夫就倒斃在雨水之中。」

紀曉嵐對村婦的敘述細加分析。他又做了一次試驗，他叫人煮飯燒魚湯，再將荊花放入飯菜之中，然後給豬狗吃。那些豬狗吃了這些飯菜之後竟然都死了。於是他就據此弄清了案情。

村婦送飯菜時經過荊樹林，由於壺蓋摔破，荊花飄落湯中，荊花原是毒物，只是人們不識其毒罷了。那村民由於吃得匆忙，也沒注意飯菜中的雜物，於是食物進入體內，再加大雨一落，死於非命。故村婦並非「謀殺親夫」，而是湊巧釀成了一個事故。

死者父母見自己錯怪媳婦，非常慚愧，村婦更是感激紀曉嵐爲自己洗刷了冤屈。

驗骨釋疑

福建固寧縣有個差役奉命逮捕一名犯人。在押送去縣衙的途中犯人突然死去。那差役將他就地安葬後，回縣覆命。但死者家屬不服，狀告差役途中殺人。由於當時沒有旁證，無法確認那人是暴病死亡還是被差役害死。而差役與死者家屬又各執一詞，遂成了疑案。上下輾轉了三十年，還無法判處。

紀曉嵐奉聖命來固寧縣察訪疑案時便碰到了這件拖了三十年的老疑案，便下決心弄個水落石出。

紀曉嵐經過仔細考慮，他決定採用驗屍的辦法來證明死者的死因。但事隔時間久遠，驗屍能有效嗎？然而除了驗屍外，別無他法。

擔任驗屍的仵作很有經驗。他命助手挖地架木，將棺材抬到木架之上，棺材的四面卸開後，仵作撥開上面的腐土，顯示出死者的白骨，他又將骨架擺正位置，用草席覆蓋好，然後仵作把醋慢慢地注入屍骨之中，過不多久，屍骨開始軟化分解。仵作抓緊這時間仔細觀察，發現死者腦骨上有紫血痕，約有一寸左右，他將這一發現報告紀曉嵐：「死者腦骨有傷，係被人打擊造成。」

當時參加驗屍的人很多，有府縣官員，有當事人及死者家屬，聽了仵作的報告，群情大嘩，認為死者確係被殺而死。死者的長子，此時亦已作人父。他向紀曉嵐訴說：「家父被捕，本係冤屈，而差役草菅人命竟下手將無辜之人殺死，萬望大老爺為小民伸冤昭雪。」

那當事者差役，已是衰衰老翁，早已退休歸家。他耳聾目花，但記性尚好，慌忙辯解說：「我只是奉命捕人，與他無怨無仇，何必殺他？當時他分明是患了絞腸痧突然死去，務請大老爺作主。」

死者長子更加振振有詞：「家父既然患病死去，你何必倉促掩埋，分明是心虛膽怯，暗做手腳，敲詐不成而殺人才是實情。」

這場官司打了三十年，在場者不去分辨誰是誰非，認為以仵作驗屍結果作出判決最為公正。

紀曉嵐力排眾議，他仔細地察看了死者腦骨上的傷痕，說：「要查實死者的死因，還需觀看血痕是否能被洗去。」

仵作聞聽紀曉嵐之言，不由感到驚奇，說：「血痕入骨三十年，如何能洗去？」

紀曉嵐笑笑說：「不妨洗洗一試。」

仵作依言將傷痕的血跡用清水洗刷，果然將血跡洗淨，露出的白骨並無傷痕，說明了死者並非他殺致死。

紀曉嵐解釋說：「大凡傷處所出之血，總是中心的顏色深，而離中心越遠的地方顏色越淺，可是這腦骨上的紫血痕正與這現象相反，這一定是屍體腐爛滲出的血玷污上的。所以也就能清洗掉。」

仵作佩服地說：「連《洗冤錄》都無此種記載，紀大人眞是明察秋毫。」

字畫斷案

紀曉嵐文才卓絕，早有名聲；如今加上他屢破疑案，更加被人廣為傳頌。想巴結他的人不計其數。

這一天，紀曉嵐到福建屏南縣來了，一個名叫鮑發的紳士邀他前去做客。

這個鮑發家中府第高敞，陳設華麗，廳上掛滿了各種名貴字畫。可是鮑發出言鄙俗，行動粗魯，與其身分很不相稱。

紀曉嵐不由暗暗生疑。更使他疑惑不解的是，當他飯後在花園裏散步時，遇見一個穿著華麗的少婦，他便主動上前施禮：「夫人，可是府上的主婦？」

少婦慌忙回禮：「紀大人為官清正，小女子久聞大名。」說著兩眼含淚，欲語又止。

紀曉嵐見少婦神態優雅，舉止文靜，與鮑發的舉止談吐大相逕庭。又見她似有難言之隱，便問道：「夫人，可有什麼秘事要告訴下官？」

少婦沈吟片刻，還是掩飾道：「不，小女子失禮了，就此告退。」說著淚珠奪眶而出，慌忙離去。

這事使紀曉嵐對鮑發更加生疑。回到廳上，他指著牆上的字畫，讚賞道：「府上如此多的珍品，收藏確非容易。」他想探問這些字畫的來歷。

鮑發洋洋自得地說：「有錢還有辦不到的事嗎？」

紀曉嵐便進而問道：「廳中高掛的那副對聯很是雅致，不知寫聯之人與閣下有何交情？」

鮑發見問，顯出不安神色，搪塞著說：「小民有的是錢，巴結我的人很多，哪裏記得這副對聯是誰送的？」

紀曉嵐又緊接著問：「蓋在字畫上的圖章卻有名有姓，不知與你又是什麼關係？」

鮑發還是原話對答：「我只知花錢，與那些人是買賣關係。」

「那麼，都花了多少錢？」

其實，鮑發並不知那些字畫值多少錢，就隨手指了幅粗草的字，胡亂說了一個價：「這幅字，我花了一千兩銀子。」

其實這一幅唐朝懷素和尚的狂草眞跡，市價在萬兩銀子之上，紀曉嵐從以上種種跡象，判斷出鮑發的這些字畫來路不正。

回到衙中，紀曉嵐派衙役將鮑發拘來審訊，並派人用轎子將鮑妻接來衙中。紀曉嵐善言相勸，讓鮑妻講出眞情。鮑妻見州官如此嚴明，便哭訴了事實。

原來十八年前，原籍在外省的一個官員，告老回鄉，路經福建屏南縣，突然遇到了強盜，一家除一個尚未成年的女兒被搶走外，其他的統統被強盜殺了，官員攜帶的財物，也被擄走。

因此處強盜出沒無常，地方官雖經多次的偵查，也無結果，此案竟被擱置了十八年之久。

誰知，這個鼎鼎大名的鮑發就是這次搶劫案的盜首，他的妻子就是當年擄來的官員女兒。那些字畫則是那官員畢生搜集來的珍藏。

人證物證俱在，經過審訊，鮑發無從抵賴，只得供認不諱，認罪伏誅。

欲擒故縱

紀曉嵐來到福建拓榮察訪疑案時，一上手便遇到了一個爭立嗣子的案件，那是前任知縣遺留下來的疑案。

告狀的是位老婦人，她說她丈夫早就去世，沒留下兒子，她丈夫的哥哥卻有兩個兒子，為了佔有她的產業，大伯想把他的小兒子過繼給她，作合法繼承人。可是，小侄兒的品行很壞，揮霍無度，經常辱罵頂撞嬸母。嬸母十分厭惡他，便收養了另外人家一個孩子。大伯發怒說：「按法律應由我這個兒子繼承！」她也很生氣地說：「立誰為嗣是我的事，我愛立誰就立誰。」雙方告到縣衙，但拖了幾年不能判決。紀曉嵐當然很鄭重地審理這件案子。

雙方齊集於公堂，大伯堅持說：「我有兩個兒子，按法律規定，應過繼一個給我弟弟家。」

紀曉嵐說：「對！你說得很有道理。」於是問女人：「你有什麼理由來告狀？」

婦人說：「照規定是應立他兒子為嗣，可是，按人情應允許我自行選擇。他兒子浪蕩揮霍，來到我家必定敗壞家業；而且他性情凶頑，經常頂撞我，我已年老，怕靠他不住，不如選我稱心如意的人來繼承家產。」

紀曉嵐大怒：「公堂上只能講法律，不能徇人情！怎麼能任你想怎麼樣就怎麼樣呢？」那哥哥一聽趕快叩頭稱謝，旁邊的人也齊聲說對。於是，紀曉嵐讓他們在結狀上簽字畫押，然後把哥哥的小兒子叫到面前說：「你父親已經與你了斷關係，你嬸子就是你的母親了，你趕快去拜認吧。這樣一來，名正言順，免得以後再糾纏了。」那孩子立刻向嬸母跪下拜道：「母親大人，請受孩兒一拜！」

嬸母邊哭邊說：「要立這個不孝之子當我的兒子，這等於要我的命，我還不如死了好！」

紀曉嵐說：「你說這個兒子對你不孝，你能列舉事實嗎？」於是，那婦人便一件件地敘述，說得清清楚楚。紀曉嵐對那哥哥說：「按照法律規定，父母控告兒子不孝，兒子便犯了十惡大罪，應當處死，現在這個孩子也應該按法律處治。」於是立即命令差役：「用棍棒打死那個兒子！」

那個哥哥一聽要打死自己的兒子，慌忙苦苦哀求，旁邊的人也紛紛跪在紀曉嵐面前請求免刑。紀曉嵐沈默許久才說：「我怎麼敢不依法辦事呢！現在只有一個辦法，就是不要他去做嬸母的兒子，這樣，她也無從以不孝重罪來告她侄兒，你兒子也可以不死在棍棒之下了。」

那哥哥叩頭流血，連稱照辦。於是，紀曉嵐讓眾人改口供，由婦人立她所選中的人做了嗣子。

老婦人連連向紀曉嵐磕頭謝恩說：「民婦拜謝青天大老爺，青天大老爺一招『欲擒故縱』謀略，幫民婦卸下了心頭重壓！」

捉鬼判案

福建長汀縣有個年輕人叫秦魁，家境貧困，新娶老婆病夭而死，上有老母尚需供養，無奈幹上了「作俑」的行當，逢死人出葬，便扮成「開路神」走在隊伍前面，地位很是低賤。

秦魁家窮，鄰居屈自明常常周濟他，兩人感情很好，互相以弟兄相稱，秦魁特別是跟屈自明的老婆刁氏的關係更爲融洽。這刁氏年輕貌美，待秦魁十分體貼。

一日，屈自明的耕牛死在田頭。不幾天，養的驢又死在驢棚裏。屈自明不樂，老婆刁氏對他道：「有個稱『柳仙』的算命先生，能言人禍福，你何不去算一下呢？」

屈自明依言而去。「柳仙」見面便驚道：「你的面色灰暗，是否失了財物？」屈自明歎服。「柳仙」推算了他的「生辰八字」，大驚道：「你只剩下三天陽壽了！」屈自明膽戰心驚忙問原因，求「柳仙」救命。「柳仙」道：「你命中不死於疾病，而死於鬼。」並告訴他：「第三天申時，請四個陽剛壯漢一起飲酒，鬼便不敢侵身。過了酉時就沒事了。」

屈自明嚇得魂不附體，回家告訴妻子刁氏，刁氏忙與他商定選邀四個壯漢陪酒。

第三天下午，屈自明在隔壁院子擺上酒席，請四個壯漢大吃大喝。刁氏在家燒菜，秦魁往來傳遞。時值黃昏，眾人喝得半醉，瓶中已無酒，秦魁忙去取酒，可久而不返，刁氏過來道：「秦魁肚痛回家去了。」屈自明踉踉蹌蹌地隨刁氏去取酒。

四個漢子正在等酒，忽聽刁氏驚呼：「鬼，鬼！」

四個人擁進門去，只見廳中鮮血一片，刁氏在發抖。刁氏說：「我隨丈夫進屋，只見有個惡鬼一把揪住我夫，把他吞了下去。轉眼鬼便不見了。」

四個人追出門去，只見遠遠一鬼，紅髮獠牙，青色臉，跳河不見了蹤影。

當天，保正把案子上報縣衙。恰遇紀曉嵐來長汀縣察訪疑案。紀曉嵐見報就問：「這鬼有多大？」

答：「跟普通人無異。」

紀曉嵐又問：「在隔壁院子裏喝酒，傳送人是誰？」

答：「秦魁。」

「秦魁是何人？」

「秦魁是屈自明好友，以『作俑』爲生。」

紀曉嵐當即帶著一班衙役直奔屈家，看見屋後有個小院堆著柴草，搬開一掘，發現鬆土。紀曉嵐說：「找到鬼窟了！」深挖下去，發現一具男屍，竟是屈自明，心口被戳了一刀。

紀曉嵐指著刁氏和秦魁厲聲喝道：「拿下這兩個兇手！」秦魁不服。紀曉嵐馬上下令搜秦家，查獲凶刀一把，正好與傷口吻合。又查出扮鬼的衣服、假髮、獠牙等等。刁氏、秦魁只得招供。

原來，刁氏和秦魁私通已六年，爲做長久夫妻，竟合謀買通「柳仙」，毒死牛、驢，然後設計讓人作證「見鬼」而害死了屈自明。

當有人問紀曉嵐怎麼會如此神速地破案時，紀曉嵐笑道：「那鬼同人一般大，怎能一下子吞人？秦魁能『作倆』，自然能扮鬼。」

審神緝賊

福建上杭縣有個名叫張秀的人。妻子愛貞長得很漂亮。

一次，張秀遠出經商，原定七天返回。不料第三天深夜，愛貞猛聽有人敲門，嚇得心裏撲撲跳，忙問：「誰？」

「張秀，怎麼連我的聲音也聽不出來了？」

愛貞一聽果真是丈夫的聲音，忙把門打開。只見張秀兩手空空，垂頭喪氣道：「倒楣，這趟生意本來很順利，錢賺了不少。急於趕回，可剛才在山那邊遇見狼群，嚇得把包給丟了！」

愛貞大驚道：「沒傷著你嗎？」

「還好沒傷著，可這趟生意蝕大本了！」

「算啦。只要你人好好的，就是上天保佑了。你快上炕休息一下，我給你做飯。」說完愛貞便去生火。然後到酒店打酒。

酒足飯飽，張秀竟高興地唱起戲來，捏著戲腔對愛貞道：「你當眞以爲我把銀子丟了？我把銀子寄存在土地廟裏了。」

「爲啥？」

「嘿嘿，我是考驗你愛人還是愛錢！」

「唉，你眞是尋開心，萬一被人發現藏銀的地方，豈不被拿走？」

「不會，我放在土寺神後窟隆裏，用板蓋著，無人在意的，明早取也不遲。」張秀一把摟住愛貞，吹滅燈，上床休息。

第二天一早，張秀夫妻二人來到土地廟裏，一看大吃一驚，銀子沒了！張秀後悔極了，悔不該開此玩笑。

愛貞道：「急也沒用，報官吧！」

紀曉嵐此時正在上杭縣察訪疑案，便接手辦理。

紀曉嵐聽完兩人敘述後，問：「你二人可曾說起過銀子的藏處？」

「說過。」

「你們可碰到過什麼人？」

張秀搖頭。愛貞道：「當時家中沒酒，我出去了一趟，在興利客棧買了一斤酒。」

紀曉嵐即問：「店裏有些什麼人？」

「只有掌櫃劉二。」

「他問過你什麼？」

「他說，你半夜三更打酒給誰喝？我說丈夫回來了。他不相信，還說了幾句不三不四的話。我沒睬他便回了家。」

紀曉嵐道：「你們暫且不要聲張此事，先回家去，明天本縣定爲你破案。」

當天上午，紀曉嵐喬裝成商人，來到興利客棧落腳，暗自對店主劉二的長相、性情和爲人摸了個清清楚楚。回衙以後，即命差人通知當地地保，說明天知縣大爺要來村審土地破案，所有村民一律觀審，不得漏人。

第二天一早，紀曉嵐坐轎來到了土地廟前，從轎中出來後，先給土地作了個揖，然後坐在土地神側面朝眾人審起土地來了。

「大膽毛神，竟敢侵吞百姓銀兩！我問你，張秀前日夜裏可在你身後放了五錠白銀？……什麼？啊，那銀子哪去啦？是否你給藏掉了？……沒有嗎？噢！叫這村的人拿去了？誰？」紀曉嵐自問自答，眼睛盯在興利店劉二身上，只見劉二神色恐慌不已。「噢，我聽清了，是劉二掌櫃拿的！與你不相干。下官得罪了！」說完又朝土地作一揖。回轉身來厲聲喝道：「把劉二拿上堂來！」

劉二早已嚇得魂飛魄散，面如土色了。紀曉嵐手指劉二道：「大膽賊胚！土地已揭出你的偷盜行爲，張秀的銀兩被你盜去，從實招來！」

劉二見神靈有眼，只得招認。原來，他早就垂涎愛貞姿色，只是愛貞爲人正派，不敢下手。前天夜裏，見愛貞深夜買酒，又知張秀不在家，以爲愛貞和人有私情，就悄悄跟在後面，企圖捏住把柄，迫使愛貞就範。可他在門外聽見確是張秀回來了，十分失望。猛聽張秀藏銀地點，便搶先偷偷拿走了銀子。不想紀曉嵐足智多謀，他落了個可悲的下場。

辨紙斷案

紀曉嵐到福建永安縣察訪疑案時，正巧受理了一樁疑難案子。案由是當地富戶孫天豪告破落戶子弟沈小觀欠四百兩銀子不還，而沈小觀卻不認帳。紀曉嵐將原告、被告傳上堂，可雙方各執一詞，問不出子丑寅卯，孫天豪出示兩張借約為據，沈小觀大呼此是僞證。當日無法審清，只好暫且退堂。

紀曉嵐回到房中，心中悶悶不樂。到了掌燈時分，仍不思飲食，獨自對著桌上兩張借約發愣。忽然一不小心竟碰倒了蠟燭盤，一滴蠟燭油落下。正巧落在兩張並放的借約中間，紀曉嵐忙把兩張紙拿開，只見邊沿已留下一小塊半圓形蠟燭油，顏色玉紅。紀曉嵐隨手把兩張借約的蠟燭油再並攏來，又合成一個圓形，在燭光前一照，紀曉嵐驚奇萬分，只見那燭油形如一輪旭日升于群山去霧之中。原來，這種紙是貢川紙。紙紋粗細不勻，光線一照，十分清晰，有如天然風景畫一般。紀曉嵐竟欣賞起紙紋來。豎看似山脈層層，橫看又海波洶湧。看著看著，他拍案而道：「破了！」原來，他並著的兩紙竟然紋路齊整，走勢乃一紙而裁。此案眞相大白。

次日，紀曉嵐清晨升堂，孫天豪、沈小觀均被傳到。紀曉嵐威聲對孫天豪道：「你乃本地名紳，爲什麼要僞造借約誣詐好人？還不從實招來？」

孫天豪不服地訴道：「冤枉啊，大人斷我僞造借約，從何說起？請大人明察。」

紀曉嵐冷冷一笑道：「我已點穿，你還不服？我問你，這兩張借約可是兩次立的？」

「是。沈小觀去年一月借銀兩百兩，四月借銀兩百兩。兩張借約，分別立於一月與四月。」

紀曉嵐見他仍執迷不悟，怒拍桌案：「不對，本官已斷這兩張借約是同時所寫。」

孫天豪大驚道：「大人此決斷的憑據何在？」

「你問憑據？這借約便是。」紀曉嵐即命人點上一支蠟燭，手舉借約道：「兩紙相並，紙紋完全相連吻合，分明是一張裁開，同時寫成。試問，難道你孫家一月份裁半張紙寫借約，到四月份再找尋另半張紙寫借約嗎？」

孫天豪聽罷頓時目瞪口呆，只得認罪，原來孫家祖輩落難之際，有一柄傳家寶扇存於沈小觀先祖當初開設的當鋪之中。時隔幾代無人再將此當作什麼大事查找。去年孫家有一食客相投，與沈家有舊怨，便說寶扇現在沈小觀之手，並出謀用此計要挾沈小觀，借約亦由此人一手炮製。原以爲天衣無縫，不想被紀曉嵐識破，落了個被處罰判罪的下場。

大收蘿蔔

紀曉嵐奉聖命到福建漳平察訪疑案時，沒有碰到什麼疑案。閑來無事，紀曉嵐便微服私訪。

一天晚上，他來到城外田野裏，突然從一條田埂上跳出一個大漢，將紀曉嵐擒住。

紀曉嵐大聲喝道：「大膽毛賊，居然偷搶到本官身上。」

大漢將紀曉嵐緊緊抓住，「賊喊捉賊，分明是你黑夜來此偷竊，不意被我守候在此，當場捉住，還有何話可說！」

遠遠跟著紀曉嵐的縣衙公差聞訊趕來，喝住大漢。那大漢見是自己誤將官爺當賊擒拿，慌忙磕頭謝罪。原來他在附近田裏種了兩畝蘿蔔，正想收下上街出賣時，發覺蘿蔔已被人偷走大半，他氣怒交加，就守在田埂下，想捉拿賊人。未料想竟捉住了紀翰林紀大人。

大漢傷心地說：「我蘿蔔被偷，斷了生計，如今又冒犯了大人，甘願進監服役，尚能勉強溫飽。」

紀曉嵐說：「你且放心，本官一定想辦法抓住賊人，追回你的蘿蔔。」

他回轉衙門，差人去關照本城最大的醬園店老闆，托他高價收購數萬斤蘿蔔。醬園店老闆不敢怠慢，四處張貼收購蘿蔔的告示。一時間，四面八方聞風而動，肩挑車載的蘿蔔源源不斷地湧向醬園店。

扮作夥計的縣衙公差忙碌地過秤付款。大批量的蘿蔔一律收購，他們邊收購邊和賣主搭訕，詢問蘿蔔種在何地。扮作帳房的公差便暗中記下賣主的人名、地點、數量，隨即派人到實地查核。

在眾多的賣主中，有兩個人對自己出售的數千斤蘿蔔說不清來歷，公差便將這兩個人帶回縣衙。經過審問，證實了這些蘿蔔是偷來的。

原來，這兩個人是兄弟，沾上了賭博的惡習。那天晚上他們大輸特輸，爲了翻本，便鋌而走險，幹起了偷竊的勾當。看到醬園坊的告示，想將偷來的蘿蔔賣個好價錢，不料正中了紀曉嵐的計謀。

泥土慈菇

這年冬天，福建閩侯縣農民金煥根運了一船慈菇到縣城，賣到菜行。老闆匡連誠說泥水很多，硬要打六折。其實，金煥根已將售價打折扣，本應九百文錢一擔，他只要八百文錢。但閩侯縣菜行就此一家，匡連誠老闆欺金煥根遠道而來，又急於卸貨，只肯給他四百八十文一擔。他說：「不然，你把泥土洗淨了，我給足你八百文一擔。」可是泥水都乾了，再淘洗慈菇就會脫落，那樣一來，更賣不出什麼錢。

金煥根只好到縣衙告狀。此時閩侯知縣范正朋是紀曉嵐的老友，又恰遇身任福建學政的紀曉嵐正在縣裏按試童生，范正朋便邀紀曉嵐代審此案。

紀曉嵐故意對金煥根說：「買賣各有自由，人家不收你的慈菇，又不觸犯王法，我怎好處罰人家？若我硬要人家收下慈菇，有人告我袒護菜農，貪贓枉法，我可擔當不起！」

金煥根慌了：「這船慈菇是我們金家莊八戶人家的血汗，八家老小都等著這船慈菇賣錢過年哩！菜行老闆有意壓價，可要我們的命了！」

紀曉嵐其實早已胸有成竹，他對金煥根說：「你先回船，我馬上就來。你聽到鳴鑼喝道的聲音，就在菜行門口潑一點泥水，我自有道理。」

金煥根回船不久，就聽到鳴鑼喝道的聲音，連忙將一桶泥水潑到菜行門口。菜行老闆匡連誠氣得一把抓住金煥根的衣襟。正巧紀曉嵐轎子到了，老闆就扭住金煥根告狀：「這個刁民竟將泥水潑到俺菜行門口，請大老爺懲處。」

紀曉嵐連忙下轎，對著泥水就作起揖來。旁人都看呆了，紀曉嵐卻說：「農民乃我等衣食父母，泥土乃養命糧食之源，焉有不拜之禮！」

匡連誠見狀，只得改變腔調，唯唯喏喏地說：「是！是！官太爺家鄉之土比金子還值錢！」

金煥根恍然大悟，插上話來：「匡老闆，我這帶泥的慈菇大概比金子還值錢了？」

匡連誠老闆自知說漏了嘴，只好吩咐夥計：「這些帶泥土的慈菇，全部按九百文一擔收下！」

紀曉嵐連忙攔住說：「也不必多加一百文一擔，我看，菜農金煥根只要你八百文一擔，你仍按八百文一擔付錢吧！」

就這樣，紀曉嵐既維護了菜農的利益，又制止了菜行老闆加價收購慈菇以求討好巴結官府的醜行。

智罰惡霸

紀曉嵐在福建閩侯縣代替老友知縣范正朋巧治菜霸，使之合理收下一船慈菇的案子之後還沒走，又遇到該縣一起惡霸欲霸佔美女的案子。

原是該閩侯縣張家莊有個張惡霸，橫行霸道，無惡不作。他想霸佔莊西頭一個寡婦的女兒作妾，那個名叫花翠的姑娘被他逼得沒有辦法，只好到縣衙裏去告狀。

張惡霸被傳到縣衙，代縣官審案的紀曉嵐問張惡霸：「你爲何想強佔那寡婦的女兒？」張惡霸說：「老爺，我這是可憐寡婦娘兒們，早晚好照應她們，眞正是好意，怎麼能說是強占呢？」

紀曉嵐順話說話：「照這麼說，你可是個行『善』的『好人』囉？」

那傢伙不知道紀曉嵐說的是反話，還「呵呵」地笑呢。這時，正好來了兩樁官司，紀曉嵐叫張惡霸先跪在一旁，等候發落。

第一樁官司是債主告借錢人欠債不還，被告是個窮人，說他想還錢，只是窮得沒有辦法。紀曉嵐微笑道：「有『善人』在此，這事好辦。張善人，你行行好，替欠債人還了錢吧！」

張惡霸沒法，只好忍痛爲那窮人如數歸還銀子。

第二樁官司是個老人告他的兒子忤逆不孝，可那兒子早已嚇跑了。紀曉嵐故意大怒：「兒子不孝，當重責五十大板。可人不在，打不成；要是不打，老人又難消氣。張善人，你再行行善，替那不孝子挨五十大板子，讓老人出出氣吧！」

衙役舉板子就打。張惡霸哭喊道：「老爺，我不是善人呵，以後我再也不敢行『善』了。」

可是紀曉嵐豈肯輕饒了這個惡霸，仍說：「此次不打你五十大板，你怎麼會知道『霸』道行不得呢！」

三次打賭

紀曉嵐從小聰慧過人，許多人眼紅而行捉弄，總想在他面前掙回一點面子。

一次，紀曉嵐和同鄉們一起赶考。路上，財主家的少爺狗子想捉弄他，說：「今天咱們立個規矩，都不准說『不』，誰先說了誰掏飯錢和店錢。」

紀曉嵐和同鄉們都說行。狗子接著說：「紀曉嵐，今早你請大夥兒的客。」

紀曉嵐說：「行。」

到了飯店，紀曉嵐要了一桌好飯菜，摸了摸口袋，對狗子說：「今天你先請吧，我忘了帶錢。」

狗子說：「不不不，不行，不行。」

紀曉嵐說：「你犯了自己立的規矩了，掏錢吧！」

狗子這才醒過勁兒，自己先說了「不」字，違犯了規矩，只得掏錢。

吃過早飯，走到一條河邊，狗子見到一群野鴨子，就對紀曉嵐說：「這群鴨子我賣給你，一塊錢一隻，一群一百塊。」

紀曉嵐說：「行，我得把鴨子趕過來，數一數，夠一百了給你錢，少了你倒找我一百。」

說著拿起泥塊往那河邊打去，一打野鴨都飛了。

狗子忙喊：「不准打，不准打！」

紀曉嵐笑笑說：「你又犯規矩了，你再掏錢。」

狗子一想又是自己說了「不」字，只好掏了午飯錢。

下午趕路時，狗子對紀曉嵐說：「把你的頭割下來，稱稱有多重？」

紀曉嵐說：「行，你割時要用關雲長的青龍偃月刀。」

狗子又傻眼了，天快黑了也不再提割頭的事。紀曉嵐對狗子說：「我等著你割頭呢！」

狗子說：「沒那刀。」

「那怎麼辦呢？」

「不割了。」

紀曉嵐笑道：「你第三次犯規了，店錢、晚飯錢還得你掏。」

狗子掏了三次錢，心疼得差點哭出來。

佛前釋笑

一天，紀曉嵐陪同乾隆遊覽大佛寺。君臣二人來到天王殿。殿內正中一尊大肚彌勒佛，袒胸露腹，看著他們憨笑。乾隆故意刁難紀曉嵐，因而問道：「此佛爲何見朕笑？」

紀曉嵐從容答道：「此乃佛見佛笑。」

乾隆想了一想，又問：「此話怎講？」

紀曉嵐順著聖意奉承道：「聖上乃文殊菩薩轉世，當今之活佛，今朝又來佛殿禮佛，所以說是佛見佛笑。」

乾隆暗暗讚許，但他並不就走，心裏總在想著，該用個什麼法子也難紀曉嵐一回。想著想著，乾隆來了主意，他見大肚彌勒佛也正對著紀曉嵐笑，又問道：「那佛也看卿笑，又是爲何？」

紀曉嵐說：「聖上，佛看臣笑，是笑臣不能成佛。」

乾隆稱讚紀曉嵐眞正聰慧善辯。

一筆救命

紀曉嵐不僅聰明絕頂，而且學識淵博，加上他有一副同情弱者的好心腸，便有許多人找他巧用文字免災脫險。

這樣的脫險文字當然便是寫狀子。

一次，一個流氓劉金寶調戲農民林阿狗的妻子，正巧被林阿狗撞上，兩人就打了起來。那流氓有些武功，把阿狗打個半死。阿狗妻急了，隨手拿著一把斧子朝流氓劈去，誰想正劈在要命的地方，竟把他打死了。於是官府把阿狗夫妻倆抓到縣衙門去。此縣乃福建福清縣。

恰遇紀曉嵐奉旨在福清微服私訪查冤案，他便仔細研究了此一案卷，見上面的結論是：阿狗妻見丈夫被劉金寶打傷了，急了，就用斧子劈死了劉金寶……如果按照這個結論，會將阿狗妻判爲故意殺人罪，這罪名可大了，輕則要判十幾年甚至無期徒刑，重則要償命。辦案的法吏是紀曉嵐的朋友，紀曉嵐對他說：「劉金寶要入室欺侮女人，而且把阿狗打得要死，阿狗妻是爲了自衛才動了斧子，按情理應該輕判，請老兄筆下留情。」

法吏說：「已經記錄在案，蓋上了官印，不能再更改啦。」

紀曉嵐說：「小弟倒有辦法，只需改動一筆，就可救她。」

「改一筆就能救人？」法吏忽然想起了兩件事：

前些時候，斗笠湖口漂來一具浮屍，法吏前去驗屍，呈報單上寫了「斗笠湖口發現浮屍」，湖口的老百姓很著急，怕官府因此來找麻煩，敲竹槓，當時紀曉嵐就請法吏把「湖口」的「口」字當中加上一豎，改成「斗笠湖中發現浮屍」，這樣就使湖口老百姓沒了關係。

又有一次，有個農民因交不起租，家中的東西全被財主搶去。那農民一時性急，奔到財主家奪回一隻鍋子。財主就告農民「大門而入，明火執仗。」紀曉嵐知道後，在「大」字的右上角加了一點，就變成「犬」字。這樣就顯得不符合事實了：既「明火執仗」，卻「犬門而入」，這根本就不可信，使財主落了個誣告的罪名。

法吏想到這裏，想看看紀曉嵐這次有什麼妙計。就說：「我也同情阿狗夫妻倆，如果你能改得巧妙，就請吧。」

紀曉嵐笑了笑，揮筆在「用柴刀劈死」的「用」字上輕輕一鈎，改成「甩」字。「用刀劈死」，是故意殺人，要償命；可「甩刀」就不一定致對方死命，只是甩得不巧，失手劈死。這樣就把故意殺人罪降爲誤傷致死的過失罪，至多判二三年刑。

法吏笑道：「好個紀大人，你眞是改一筆救一命啊！」

妙狀救命

福建永泰縣布販子胡良，一次和鄰居古光一起外出做生意。出去兩個月後，胡良一人回來了。又過了一個月，古光還沒回來。古光妻著急了，胡良好心寬慰她說：「說不定又做上大生意耽誤了時間，古光不久會回來的。」古光妻是個有心計的女人，認爲胡良做賊心虛，懷疑他謀財害命，但苦於沒有證據。從此處處注意胡良的一舉一動。農曆六月裏，古光妻見胡良家曬棉衣，跑去一看，不由愣住了，有件馬褂竟是自己男人的。因爲這馬褂上的鈕扣掉了一粒，臨走時慌忙，手上沒有黑線，就用藍線釘的。這下清爽了，古光的確被胡良害死了。古光妻子號啕大哭，就去告官。

胡良被帶上堂後，縣官喝道：「大膽胡良，你無視國法，不念鄰居之情，見錢眼開，謀財害命，給本縣如實招來！」說完扔下那件作爲物證的馬褂。

胡良大吃一驚，急忙申辯說：「我同古光有件同樣的馬褂，分手前同住一個客棧，穿錯的事常有。」

縣官吼道：「你是不見棺材不落淚，來人，大刑伺候！」胡良被痛打八十大板，皮綻肉開，痛苦不堪。縣官逼問：「胡良，你招是不招？」

胡良仍申辯：「老爺，我冤枉呀！」

縣官毒毒地點點頭，說：「好！不招，再打八十大板！」

胡良聞言，大驚失色，他哪裏還經得起皮肉之苦，只得屈打成招。這樣，胡良被判處死刑，待秋後處斬。

剛巧紀曉嵐奉乾隆御旨微服私訪冤案疑案到了永泰，胡良妻子就找到紀曉嵐請他救命。

紀曉嵐問清了情由，爲胡良妻子寫了一張狀紙，上寫：「人命關天，豈能以區區一線斷案？我夫還，彼夫未還，殺我夫之首償彼夫之命。若彼夫還，我夫之首有誰還？祈求緩期二三年，彼夫不還再開斬！」縣官覺得字字有力，句句在理，一問，知是大名鼎鼎的紀曉嵐所寫，只得改判緩期三年執行。

一年半後，古光回來了。原來，他和胡良分手後，賣布住在某寡婦開的小客棧，兩人眉來眼去，一個有錢，一個有貌，竟勾搭上了，要好得不得了。可時間一長，小寡婦族裏的人要告官，他只得溜回家。於是案情大白。縣官釋放了胡良，重打古光一百大板，並令他賠償胡家一切損失。

紀曉嵐又用一張絕妙的狀子救了無辜的胡良一命。

復得縣印

紀曉嵐奉乾隆聖旨第二次到福建閩清縣察訪疑案。

閩清縣新任知縣柳東貴是紀曉嵐的老朋友，他滿臉晦氣，渾身疲軟，一旦紀曉嵐來，像見到了救命菩薩，連忙把紀曉嵐拉到密室裏去，顯得神秘莫測。

紀曉嵐不解地問道：「柳知縣莫非遇到了重大的疑案？」

柳東貴神色緊張地說：「疑案雖沒有，倒是出了一件比什麼疑案都大的怪事，非請紀大人幫忙不可。」

紀曉嵐問：「什麼事，瞧你都嚇成這個樣子了。」

柳東貴說：「我能不嚇成這個樣子嗎？我的縣衙大印丟了，丟了官印輕則要丟烏紗，重則要掉腦袋，我能不急嗎？」

紀曉嵐問：「縣衙丟了官印，這多半不是外部的人所爲，而且多是玩笑性質的惡作劇。柳縣令你新來不久，估計不會是什麼仇人想陷害你吧？你有沒有懷疑對象？」

柳東貴說：「有，我懷疑是那個名叫『賽諸葛』的小官吏諸葛春所爲，但是沒有證據，拿他沒有辦法。」

紀曉嵐說：「你懷疑是小諸葛所爲，總不會沒有一點根據吧？」

柳東貴說：「有根據，這根據就是我的前任縣令胡大人，胡大人是有名的糊塗官，他曾經和小諸葛打過一次賭……」

柳東貴於是認認眞眞地講述了前任胡縣令與小諸葛打賭盜印的故事——

前任胡縣令上任之初，聽說小諸葛絕頂聰明，便把他叫來說：「聽說你絕頂聰明，賽過諸葛亮，可我不信你有多大的本事。這樣吧，三天內你把縣印盜去，我就佩服你，如果辦不到，我就把你趕出縣衙。」

小諸葛說：「你一定要這樣做，就叫打賭，說是偷盜，我可不幹！」

胡縣令說：「好！」

胡縣令吩咐把縣印放在大堂上，讓八個衙役輪班看著。兩天無事。

第三天傍晚，兩個漢子抬了一籮麵粉，來到堂上，在放印的桌旁停下，一個人向衙役說：「這麵粉是老爺的夫人叫送來的。」

另一個拿起桌上的印包說：「這是什麼呀？」

衙役猛聲喝道：「呸！放下！」

那人嚇了一跳，手一哆嗦，縣印掉到麵粉籮裏去了。他忙從麵粉籮裏拿出印，吹吹粉屑，放到原處。兩人抬起麵粉籮，按衙役指的路走了。

原來這就是小諸葛設下的調包計，在那個眞印掉到麵粉籮裏又取出來放回原處時，眞印已被掉包盜走了。

第三天早上，小諸葛把眞印交給胡縣令說：「我請人把用黃泥做的印坯調走了堂上的眞印，這叫『調包計』。往後，還請父母官少出點餿點子。不然的話，這烏紗帽就別想戴啦！」

紀曉嵐聽完這個前任糊塗縣官丟印的故事，馬上斷定是小諸葛又使出了偷印這個方法，來考驗新縣令柳東貴的應變能力。

於是，紀曉嵐向好朋友柳東貴如此這般地交代了一番。

這天傍晚，縣衙突然失火，頓時火光沖天，鑼聲四起。縣令召集所有衙役救火，那個小諸葛也來了。

柳東貴縣令當著大家的面對小諸葛說：「現在火勢很大，本縣令要親自去救，此印箱請你暫且保管。」說完把印箱交給了他，還未等小諸葛打開印箱驗看，柳東貴縣令已帶領其他衙役離開大堂，救火去了。

小諸葛確實盜了縣印，此刻才知道上當。

第二天，小諸葛在大堂上獻上印箱，柳東貴縣令打開一看，那顆縣印果然好端端地在印箱裏，不由得暗暗佩服紀曉嵐的妙計。他對紀曉嵐說：「紀大人眞行，你的智謀降服了小諸葛，也就是賽過了小諸葛！」

青天老爺

紀曉嵐善斷疑案，多次爲黎民百姓伸了冤，黎民百姓都把紀曉嵐比喻爲「紀青天大老爺」。

爲了不辜負百姓們送給自己這個「青天老爺」的外號，紀曉嵐常常是每到一處都微服私訪，瞭解民眾疾苦，然後幫他們解決困難。

紀曉嵐又一次來到福建福清縣訪察疑案時，就微服私訪到民眾中去了。

微服私訪的紀曉嵐路過福清縣大東門外一戶賣豆腐的人家時，只聽賣豆腐的老兩口子在說話。

那老頭對老伴說：「都說紀翰林來了，說紀翰林是『青天老爺』，我看不一定，咱老倆口子都這麼大歲數了，全指望賣豆腐過活，還得我老頭子推磨。他要眞是『青天老爺』，就應該給咱們買個小毛驢推磨，那我才佩服呢！」

第二天，紀曉嵐升堂，把那個賣豆腐的老頭傳來問：「你昨天晚上爲什麼一邊推磨一邊罵我？」

老頭嚇出一身冷汗，想：不愧是「青天老爺」，我在家裏叨咕他，他在大堂就聽見了，連我推磨他都知道。忙磕頭求饒。

紀曉嵐說：「你罵大人是有罪的，你是認打還是認罰？認打，四十大板；認罰，你吃半斤鹽。」

老頭怕挨打，只好說：「小人願罰。」

紀曉嵐就叫衙役到衙門前一個雜貨鋪買半斤鹽。鹽買來了，紀曉嵐又吩咐衙役去把賣鹽的掌櫃傳來，再拿一桿秤來，紀曉嵐早就訪聽好了，這個掌櫃賣東西總是缺斤少兩，早就想懲治他了。這時，當堂過秤，只有六兩（那時是老秤，十六兩爲一斤，半斤應爲八兩）。

紀曉嵐大怒：「我叫衙役買鹽你尚且少給二兩，百姓買東西你豈不是給得更少？來人呀！」

掌櫃的連忙一個勁兒地磕頭求饒。

紀曉嵐說：「這次不能輕饒！你認打還是認罰？認打，打你一百大板；認罰，罰你一頭毛驢。」

掌櫃心想，哪能抗得住一百大板呢？只好認罰一頭毛驢。

不多時，掌櫃就把毛驢牽到大堂上。紀曉嵐對賣豆腐的老頭說：「這鹽不夠半斤，不用你吃了，你不是說我沒給你買小毛驢嗎？這頭毛驢就送給你吧，以後就不用抱磨杆推磨了。」又對掌櫃的說：「你以後再欺騙老百姓，叫我知道，絕不輕饒！」

好個聰明的紀曉嵐，一箭雙鵰，既處罰了短斤少兩的鹽行掌櫃，又給了貧窮的豆腐老頭一頭毛驢。

賣豆腐的老頭連忙對紀曉嵐磕頭謝道：「多謝青天老爺的大智謀！」

智鬥劣紳

紀曉嵐用智謀懲罰短斤少兩的鹽行掌櫃，罰他買一頭毛驢送給賣豆腐老頭之後，黎民百姓們個個揚眉吐氣，凡有什麼疑難事情都來請紀曉嵐幫忙。紀曉嵐又一次來到福建連江縣，縣郊有個名叫貫洞的地方來了百姓，報告說那個貫洞地方有個桂劣紳，百姓們背地裏罵他「鬼劣紳」。這個「鬼劣紳」專門欺壓百姓，百姓們對他又恨又怕，特來請求紀大人「青天老爺」去治一治那個「鬼劣伸」。

紀曉嵐便背著包袱，扛著書箱，作一個書生模樣打扮，來到福建連江郊區貫洞。傍晚時，他找到鬼劣紳家，請求借宿。鬼劣紳見是一個五官端正，相貌堂堂的書生，就連忙叫他進屋，熱情款待。

睡覺時，紀曉嵐說：「我們讀書人最愛乾淨，要蓋新被窩才睡得著。錢多少照付，請你放心。」

鬼劣紳就把新被子給他。睡到半夜，紀曉嵐拆開被面，用火燒了棉絮一個洞，又把被面縫好。第二天，天剛亮，紀曉嵐不告而別，連那條新被子也背走了。劣紳追上他，爭執到縣官那裏。

縣官要他們出示證據。鬼劣紳說：「我的被子，裏裏外外都是新的。」紀曉嵐說：「是我的被子，裏面有個火燒洞。」拆開一看，果然如此。縣官就把被子判給紀曉嵐背走。出了大門，紀曉嵐把被子交給鬼劣紳說：「被子是你的！縣官太不公道了，我退還給你。」

鬼劣紳得了被子，又跑進公堂稟報縣官道：「明明是我的被子，你硬說是他的，一出大門，他就退還給我，還罵你太不公道哩！」

縣官正在爲難，紀曉嵐在門外滾了一身泥巴，跑進來稟報縣官道：「大人呀！你正直公道，把被子判給我，他心裏不服，目中無法，一出大門，以老欺少，把我打倒在地，搶走了被子，反而出口傷人，請大人作主再次判處。」

縣官大怒，把鬼劣紳打了十五板屁股，推出門外。紀曉嵐出了大門，又對鬼劣紳說：「被子還給你，我就是青天老爺紀曉嵐。」

鬼劣紳聽說是紀曉嵐，知道不是對手，只好摸著屁股，扛著被子回去了。

智找黃金

紀曉嵐再次來到福建長樂縣訪查疑案時，碰巧遇上了一件黃金失竊案。

原是一個村落裏的文起波兄弟倆，曾把一袋黃金寄放在一戶人家，上面蓋些鱔魚。但當他們回來取時，只見袋裏光有鱔魚，沒有黃金。那家人家的一對老年夫婦說：「你們走時，不是明明說只有一袋鱔魚嗎？哪來的黃金？」於是，這個黃金案就告到長樂縣衙，由紀曉嵐接手辦案。

第二天清早，紀曉嵐對文起波兄弟和老年夫婦說：「你們的案子，雙方都沒有理由！現在我要罰你們抬著我的大鼓，到森林去繞一轉。」

衙役便抬出兩隻笨重的大鼓。失去黃金的文起波兄弟倆抬一隻，保管黃金又不認帳的老年夫婦抬一隻。

笨重的大鼓壓得老年夫婦彎著腰直喘氣。當他們快要上坡時，老太婆抱怨起丈夫來：「老頭子呀，你怎麼忍心騙別人的黃金！」

老頭子說：「笨貨，你知道那些黃金夠我們吃幾輩子嗎？」

老太婆把鼓放在地上，嚷道：「埋黃金你不讓我知道，抬大鼓就有我的份，我不抬啦！」

老頭子說：「別吵了！金子我埋在三叉丫的那棵老茶樹下。把鼓抬回去，我分一半給你保存就是了！」

老太婆這才把大鼓抬起來，往森林走去。當他們在一片陰暗的森林裏歇腳時，忽然聽見前面有兩人在歎氣，原來是失去黃金的文起波兄弟在罵紀曉嵐，說他沒替他們找回金子，還罰他們抬鼓。

老頭子對老伴說：「這就是丟失黃金的文起波兄弟倆，我們快躲起來，讓他們先過去吧！」

當四個人轉了一圈，又把鼓抬到縣衙裏時，紀曉嵐命令把兩個鼓打開，從鼓裏各走出一個拿著筆和紙的錄事，他們把路上的記錄呈給紀曉嵐，盜竊黃金的老年夫婦一見，昏倒在地上了。

紀曉嵐就用這個聰明的法子幫文起波兄弟找回了失竊的黃金。盜金的老年夫婦受到了應有的懲罰。

巧除惡狗

福建長樂縣巴根村有個白地主，特別喜歡狗。他家養的狗少說也有幾十條，而且種類俱全。這位白地主秉性也很壞，他看見路過他家門口的人不順眼，就放出狗來咬。這樣，不知有多少窮人被他家的狗咬傷。

紀曉嵐來長樂縣訪查疑案，百姓們就請他幫忙制伏白地主的惡狗。紀曉嵐說：「你們只要給我借來十匹駿馬，我一定能叫白地主殺掉他的狗。」人們照辦。

第二天，紀曉嵐騎上十匹馬中一匹最好的馬，牽著另外九匹，故意從白地主家門口經過。白地主看見，命令手下人把細腰狗、花白狗、狼狗和獅子狗全放開。紀曉嵐在馬上一邊用鞭子抽打狗，一邊大聲喊道：「快看住狗！我是來報告好消息的。」

白地主馬上叫傭人呼喚狗，問道：「有啥好消息？」

「聽說您是個有名的馬販子，很會相馬，請您給我相一相這十匹馬，好嗎？」

白地主見匹匹馬胸脯寬闊，脊背滾圓，膘肥體壯，確實是好馬，便問：「你怎麼弄到這些馬的？」

紀曉嵐說：「前天我進城，碰上了收狗皮的販子，他用一匹馬換一張狗皮。當時，我正好有十張狗皮，就換了這十匹馬。」

「你別撒謊了，我看世上沒有這樣的傻瓜……」

「是啊！當時連我也沒有想到，前些日子，我的狗吃了一塊骨頭噎死了。我把皮子剝下來，進城想換幾碗鹽吃。可萬萬沒有想到碰上個從內地來的收狗皮的販子，他竟用一匹馬換取了我的一張狗皮。我立刻返回家來，把其餘九條狗都殺掉，剝下皮子，背著又進了城，找到那個內地販子，又換了九匹馬。聽說那收狗皮的販子很快就要走了！」說完，紀曉嵐加鞭奔馳而去。

紀曉嵐走後，白地主思謀開了：信吧，哪有用一匹馬換一張狗皮的蠢人？不信吧，剛才這個漢子不像一個富人，他哪能弄到這些好馬！最後，白地主帶領傭人，把細腰狗、花白狗、狼狗和獅子狗……統統殺掉，剝下皮便進城了。

「誰買狗皮？」白地主放開嗓子沿街叫賣，「我這都是上等的好狗皮，一張換一匹馬！」

街上的人們看到他的模樣，聽他的叫喊，都以為是個瘋子。白地主沿街叫賣很長時間，連一張狗皮也沒有換出去。

倒是紀曉嵐運用自己的智謀讓白地主殺掉自家惡狗的故事久久流傳。

老驢識途

紀曉嵐再一次來到福建平潭縣查訪疑案。在縣衙管轄的糧庫跟前，看見有個小夥子嗚嗚嚎哭，嗓門都啞了。紀曉嵐詢問他哭的原因。他說：「我叫匡小寶，家住河水堡，今兒進城探親，順便替鄉親們代交河灘公地稅金。這裏人多擠不進去，正巧來了一個四十多歲的漢子，假裝好心，說他自己也去交稅金，讓我替他拉著驢，他一併替我去交。這樣，我從上午等到現在，不見他的人影。」

這可真是個無頭無尾的怪案子。紀曉嵐問明瞭代交稅金的錢數，說：「噢，騙走了三條驢的錢。」隨即讓衙役把匡小寶和驢一起帶到縣衙，又吩咐今兒個不准給驢喂草料。第二天，紀曉嵐吩咐三個衙役，讓他們隨著驢快步出了城。這頭大驢約走了七里多路，就走進了一個莊戶院子。這時，屋內的老婆問老頭：「驢賣了！價錢賣得不錯吧？」

老頭笑道：「價錢如果少了我還能賣？」

話沒落音，兒子大喊：「爹呀！咱家的灰驢回來啦！」

這時三個衙役進了門，把老頭捆了。

原來騙錢的四十歲漢子名叫曹聰明，是個賭棍，他輸了錢還不了帳，把自己的驢子拉到集市上去賣，因驢子口齒不好，賣不出去，只好拉著驢去糧庫找熟人想借點盤纏。正好見到匡小寶手拿著一疊票子，他騙了錢就從人群中溜走了。

衙役把曹聰明帶回縣衙開審。剛開審時，曹聰明不肯承認。紀曉嵐說：「老驢識途是牲畜的本性，匡小寶不認識你，這條老驢可認識你呀！騙匡小寶三條驢的錢還能是別個嗎？」

曹聰明只好低頭認罪。

紀曉嵐判處他歸還騙走匡小寶的錢，還以「詐騙罪」監禁一年。

智鬥掌櫃

紀曉嵐這次到福建平潭縣鄉下去微服私訪，裝扮成一個鄉下農民的樣子，趕著一頭騾子，裝著給一個商販當腳夫，來到了繁華的桑果鎮。卸完貨，他走進一家肉麵館，想吃一碗肉炒麵。這家炒麵館的掌櫃，爲人趨炎附勢，刻薄成性。見了衣衫襤褸的鄉下人進來，他就讓夥計高聲叫喝：「鄉裏的阿爸來了，前槽（前鍋）裏的拉到後槽（後鍋）裏，後槽裏的拉到前槽裏。」這麼一喊，廚師便把隔日的剩飯殘羹倒在前鍋裏一煎，胡亂湊合著端給鄉下人。紀曉嵐也被這樣當做「鄉下人」對待了。

要裝鄉下人就要裝得像。紀曉嵐開始狼吞虎嚥起來，眼角一掃，見旁邊桌上的一個富漢那盤肉炒麵好不豐盛，既新鮮又噴噴香，掌櫃還站在旁邊，鹽鹹醋酸地奉承。再看看自己的這碗肉炒麵儘是些糊糊麵、湯湯菜，連肉渣渣也不見幾粒。想：同樣是十個銅錢，爲啥肉炒麵不一樣？正在這時，又有一個鄉下人進館子來了，堂倌照樣「前槽後槽」地喊起來。紀曉嵐仔細窺看了掌勺廚師的動作，才明白過來了。哦！原來這幫勢利鬼在欺負鄉下人哩！紀曉嵐放下筷子，裝著解手的樣子出去了一會兒，又進來坐下，不露聲色地吃完了他的肉炒麵。付了錢以後，又討了一杯蓋碗茶，便問：「大掌櫃，我的騾子拴在你家後院的馬槽裏，我在這裏喝茶吃飯，騾子不會丟吧？」

掌櫃的有點火了，說：「我的後槽裏大官家的玉麒麟也拴過幾百幾十哩，你那一匹臭騾子算個啥，一根毛也丟不了。」

紀曉嵐說：「聽掌櫃的這麼一說，我可就放心了。」喝了一陣子茶，付清了茶錢，紀曉嵐便到後槽裏牽騾子去了。一會兒慌慌張張跑進來問掌櫃的：「我的騾子咋不見啦？你把它藏到哪兒去啦？」

掌櫃的發火了，說紀曉嵐簡直是胡說。紀曉嵐說：「我一進館子，你們就喊叫『前槽的拉到後槽』。你究竟把它藏在哪兒啦？」兩人你撕我扯，一直鬧到縣衙門。

縣太爺問館子家喊前槽後槽是怎麼回事。館子家掌櫃不好明說，支支吾吾講不出個所以然來。縣太爺以為館子家是做賊心虛，便叫衙役打了館子家掌櫃三十大板。館子家掌櫃只好招認說，前槽後槽指的是前鍋後鍋，是開館子的一句黑話，專為給鄉人推銷剩飯剩菜，實在沒偷人家的牲口。

縣太爺哪裏肯信，又要動刑。掌櫃的害怕再挨打，只好招認騾子給藏在後院裏了。縣官差人去尋，騾子果然在後院裏的磨房裏拴著（其實是紀曉嵐乘著出去解手的機會把騾子牽到那兒的)。縣官罰了館子家掌櫃兩百兩元寶入官。

紀曉嵐巧妙地把這個趨炎附勢、利欲熏心的館子家掌櫃治了一頓。從此後,這家炒肉麵館裏再也聽不到「前槽後槽」的吆喝聲了。

這時紀曉嵐向縣令亮出了自己的眞實身份,那縣令嚇得忙吐舌頭,悄悄地向紀曉嵐賠罪說:「哦!原來是紀翰林大人到了。下官有眼不識泰山。下官認罪,下官罰館子家掌櫃的兩百兩元寶本想私進腰包,現在交入官庫,保證再不犯此罪過了!」

巧治吝嗇

紀曉嵐微服私訪福建羅源縣時，遇見了兩個吝嗇鬼親兄弟黃克折和黃克扣，紀曉嵐走進屋時，兩兄弟鍋裏正煮著一隻鵪鶉。一見鄉下打扮的紀曉嵐進來，他們馬上撤去了鍋下的柴火，在鍋架上掛了一壺茶。

「你們幹嘛煮茶添麻煩呢？我喝上一碗肉湯，讓油花沾沾嘴唇，不就行了嗎？」紀曉嵐說。

「您先喝碗茶吧！鍋裏煮的只有一隻鵪鶉，我和我弟弟兩人打算睡覺時分別做上一夢，第二天喝早茶時，各自把夢講述一遍，我倆誰的夢好，這只鵪鶉就歸誰吃！」哥哥黃克折說。

「這麼說，我也需要做夢嗎？」紀曉嵐問道。

「當然，您同樣需要做夢。假如您的夢比我們兩人的夢都好的話，鵪鶉就歸您吃！怎麼樣？現在請喝茶吧！」弟弟黃克扣說。

就這樣，紀曉嵐在這一對吝嗇兄弟的捉弄下，癟著肚子躺下了。

第二天清晨，當他們起床穿衣服的時候，紀曉嵐便問起夢來，大哥黃克折說：「我夢見我的妻子和兩個孩子全都披綢穿緞，騎著神鳥，在遼闊的藍天裏自由翺翔，穿過一團團白雲，向天空中最美的太陽和月亮飛去。那裏應有盡有，地上遍佈著財寶，星星都簇擁在我們周圍。」

弟弟黃克扣說：「我哥哥在天空飛翔的情景，我也在夢中見到了。但是，我的夢更奇特。我一下子娶了三個老婆，又生下了十三個孩子。我們全家想吃什麼便有什麼，過上了非常富裕的生活。我又被百姓們推選爲首領。一天，我們坐上了轎子，來到了海邊。然後，又坐上船，在無邊無際的大海裏遊玩、散心。世上的百姓全都驚異地望著我們。可是，我們連看也不看他們。」

這時，紀曉嵐說：「呵呵，你們兩個的夢都很有趣。我在夢中一直看著你們倆幹這又幹那，我想：你們兩個都過上了這樣幸福、豪華的生活，一個在天上飛，一個在海裏遊，對你們說來，這口黑鍋中煮的這只又小又不好吃的鵪鶉，還有什麼用呢？於是，我半夜爬起來，把它吃了！」

黃克折和黃克扣兩兄弟目瞪口呆，把鍋蓋掀開一看，鵪鶉肉眞的沒有了。

智鬥財主

紀曉嵐到福建同安縣鄉下微服私訪時，看見了一個名叫屈得伸的大財主家門口高掛著一塊「鬥智」牌，就進去和那屈得伸鬥一鬥看。

天很熱，大家吃西瓜解暑。屈得伸偷偷把自己啃的瓜皮都放在紀曉嵐跟前。等到瓜吃完了。屈得伸叫道：「朋友們，快看哪，這個人跟前有多大的一堆瓜皮啊！他的嘴多饞呀！」大家都笑了起來。

紀曉嵐笑道：「我吃瓜還留下瓜皮，屈財主吃瓜，可連瓜皮都吞下去了。你們瞧，他面前半塊瓜皮也沒剩下呀！」

屈得伸自討個沒趣，更想刁難一下紀曉嵐，要他難堪。他說：「昨天晚上我正睡得香甜，一只老鼠從我的嘴裏鑽到肚子裏去了。這怎麼治療啊？」

紀曉嵐隨即說：「你馬上抓一隻貓兒把它活活吞下去，貓兒就把老鼠吃了嗎！」

屈得伸兩次敗在紀曉嵐手裏，心裏很惱火，就讓自家養的狗去咬紀曉嵐。

紀曉嵐被狗咬了一口後，很生氣，一棒子就把這只凶狗打死了。

屈得伸說：「我的狗只是咬你一口，它並沒有想把你咬死，你爲什麼把它打死呢？」

紀曉嵐說：「你和它合謀來咬我，我當然要把它打死。」

屈得伸問：「我怎麼和它合謀呢？」

紀曉嵐說：「如果你沒有和它合謀，你怎麼知道它只準備咬我一口呢？」

屈得伸又無話可說啦。

屈得伸雖然死了一條狗，家裏還有一條叭兒狗，他教它打滾，搖尾，呼來喚去，非常靈活。可就是有一個缺點，它晚上愛叫，打攪屈得伸的睡眠。於是，屈得伸問紀曉嵐：「你有法子讓我的叭兒狗晚上不叫嗎？」

紀曉嵐說：「如果交給我辦，我擔保它晚上不叫。」

屈得伸說；「只要它晚上不叫，隨你用什麼法子都行。」

紀曉嵐把狗喚去，這天晚上它果然一聲也沒叫，屈得伸睡了一夜好覺。早上，屈得伸一開門，發現叭兒狗被吊在門前的樹上，早沒氣了。他大怒，問紀曉嵐：「爲什麼把叭兒狗吊死？」紀曉嵐說：「你不是說只要讓叭兒狗不叫，隨我用什麼法子都行嗎？」

屈得伸雖然懷恨在心，可是再也沒有法子在「鬥智」方面鬥贏紀曉嵐了。只好自己把那塊「鬥智」牌取下來砸爛了。

三句謊言

紀曉嵐到福建永安縣微服私訪時，看見一個名叫余金斗的財主出了一張布告，上面說：誰能用三句謊言叫他說出那是扯謊，他就分給他一半家產。如果不會說謊的，還得倒交飯錢。紀曉嵐不希罕地主的家產，但對這張要求講「三句謊言」的布告很感興趣。

於是紀曉嵐認眞觀察了好幾天。觀察之後紀曉嵐發現，這個余金斗對發財的故事特感興趣。但不管別人怎麼說，他都不說那是撒謊。

這一天清早，余金斗搬出帳本和筆墨準備記帳。紀曉嵐順手拿過一杆毛筆瞧了瞧，連聲稱讚是一杆好狼毫筆，接著又漫不經心地說：「從前我爺爺捉黃鼠狼可賺了不少錢。」

財主余金斗一聽是賺錢的事兒，馬上豎起了耳朵。

「我爺爺每年晚秋時，就到黃鼠狼經常出沒的地方，找根胳膊粗的木樁子，往地上打許多小洞。等到地凍上了，他把老鼠肉烤得香噴噴的，丟進洞裏。黃鼠狼夜裏出來尋找食物，聞到肉香味，就鑽進洞裏去吃肉。不過吃完了再想爬出來就不行了。小洞凍得又硬又滑，黃鼠狼的頭朝下尾朝上，哪能出得來呀。第二天就會看見黃鼠狼的尾巴像一片穀穗似地被風吹倒哩。我爺爺就用鐮刀把尾巴一條條割下來，一割就是一大捆，一冬就堆成一座小山，這可是一筆錢哪！」

用黃鼠狼的尾巴堆成小山？財主佘金斗聽了垂涎三尺，可細細一琢磨，哪兒有這麼便宜的事，就順嘴說了一聲：「你胡說，我不信！」財主說完馬上後悔自己說走了嘴。

紀曉嵐哈哈大笑著說：「主人家，我是在撒謊哩！」

這天中午，吃飯時有一碗豬肉，紀曉嵐對主人說，他好多日子沒吃肉了，今天吃的肉特別香，並道了謝。接著，他好像在無意中說道：「在我們老家只要養一頭豬，就不愁每天沒肉吃了。」

「養一頭豬可以天天吃肉？」財主佘金斗的耳朵頓時豎了起來。

「您先把豬餵到一定的個頭就不要再餵了，讓牠變瘦。等到豬瘦成皮包骨頭了，就用鉛絲織成緊身的網子，套在豬身上。套好網子之後再拼命餵牠，餵得豬長膘了，就從各個網眼裏擠出拳頭大的肉塊，家裏每天隨吃隨割，割過肉後的傷口別忘了抹上點藥。」

貪婪的財主佘金斗彷彿看見了網眼裏擠出的一串串豬肉。妙啊！但一想，天天從豬身上割肉，豬還能活嗎？便說：「你胡扯！」

紀曉嵐哈哈笑了：「我已經撒了兩次謊了。」

打這以後一連幾天，紀曉嵐講了許多撒謊故事。余金斗都不說他是在撒謊。一天，紀曉嵐在家悶得無聊，就跟著財主下地看莊稼。只見莊稼地裏野草叢生，像根本沒鋤過地似的，財主氣得直罵長工和佃戶。

紀曉嵐說：「這些人壓根兒就不會種地，我爺爺種地從來不費什麼力氣。他在開春時整地撒種，撒完種蓋上蘆席。等種子一發芽，全部從席子眼裏鑽出來。您知道稗子和草都比稻子長得慢，席子縫和小眼兒已經被稻子占了，別的草就壓根兒鑽不出來，這麼一來，一個夏天不用除草，只等秋天稻子熟了，兩個人一抬席子，稻穗就脫了粒，席子上就只留下稻穀。這樣又省了打場，收穫也大。」

財主一聽，眞是新鮮極了，又省鋤地、又省打場。不過他細細一琢磨，不對呀！草席在水裏整整一個春夏，漚也漚爛了。他大聲說：「你胡說！」

紀曉嵐說：「對了，我撒了三次謊，你該分一半田產給我了！」

余金斗沒法子，只得按布告上的說法，分出一半田產給紀曉嵐。

紀曉嵐這時才說：「你當我是誰，我是紀曉嵐。你的一半家產我要它幹什麼。我全部捐獻救助永安縣的鰥寡孤獨！」

巧證愚蠢

紀曉嵐到福建明溪縣微服私訪疑難案件時，疑案沒看到，卻看到一件怪事。有個名叫牛愚的財主出了一張告示說：「都說我『牛愚』的名字的意思是『像牛一樣愚蠢』，若是有人能證明我眞的『愚蠢』，我願意出一千兩銀子請他做我的聰明老師……」

紀曉嵐看完這布告，就走進牛愚的家裏去。他身上揣著十兩銀子。

見紀曉嵐進了屋，牛愚睜眼迎接。

紀曉嵐說：「聰明人從來不睜開眼睛迎接客人。」

牛愚馬上閉上了眼睛。

看到牛愚閉上眼，紀曉嵐趕緊把身上帶的十兩銀子塞到牛愚的席子底下。

這時，幾隻鳥兒在空中飛來吱吱歡叫，紀曉嵐聽了哈哈大笑起來，牛愚驚奇地問道：「你笑什麼？」

紀曉嵐說：「我只是聽了鳥的話語才笑起來的。鳥兒告訴我，你撿到了十兩銀子，藏在這張席子底下。」

牛愚掀開席子，果然找到了十兩銀子，心裏樂滋滋的。

第二天，紀曉嵐又到牛愚家裏去了，他像昨天那樣如法炮製一番，第三天也是如此。這樣，牛愚三天內得了三十兩銀子的意外之財。同時牛愚把紀曉嵐的話奉若神明。

第四天，紀曉嵐照常來到牛愚家裏，不久又聽到鳥兒在牛愚的屋脊上鳴叫，他突然哭泣起來，牛愚急忙問他哭什麼。紀曉嵐答：「我聽到鳥兒對我說，牛愚快死了。」

牛愚臉色刷的一下子變得死白。

紀曉嵐說：「爲了避免發生那種可怕的事，如果你願意聽我的指導，我會給你想辦法。」

牛愚說：「那你趕快採取措施吧，你怎麼吩咐我都會聽從你的。」

紀曉嵐說：「好吧，現在就請你馬上裝死。」

於是他立即對外宣佈牛愚死了，牛愚的生前好友聞訊都趕來吊喪。牛愚的「遺體」由紀曉嵐親自洗淨和包紮。爲「死者」舉行祭拜儀式後，「屍體」就被抬到墳場埋葬。

睡在棺材裏裝死的牛愚覺得沒死就埋太划不來了，便在棺材裏邊叫道：「你你你！你還沒證明我像牛一樣愚蠢，怎麼就把我抬去埋呢？」

紀曉嵐大笑起來：「哈哈哈哈！人沒死裝死，自己躺到棺材讓人抬著，這不是比牛還愚蠢，又是什麼呢？我是紀曉嵐，我會要一千兩銀子來做一個蠢人的聰明老師麼？呵呵呵呵！」

死馬說活

福建寧化縣有個惡霸地主名叫史奇博，他有一匹母馬，這匹馬個頭高，皮毛油黑發亮，細軟如絲，四肢靈活，步伐矯健。不論是誰從這匹馬所在的馬廄或牧場回來，史奇博都要向他打聽馬的情況，而大家總說：「馬很好！」

史奇博聽後很高興，說：「這就好，這就好。假如有人對我說那匹馬死了，我一定要打得他五癆七傷，因爲我太愛那匹馬了，所以，有關它的壞消息我無法接受。」

一天，史奇博的馬突然得了重病，當天就死了。馬夫和馴馬的人都哭了，他們相互問道：「我們應當叫誰去告訴史奇博呀？」

好心腸的人都勸告他們說：「你們別幹蠢事了，誰把這個壞消息告訴史奇博，誰就會遭痛打。」不久，誰都知道這件事了，只有史奇博還蒙在鼓裏。

後來，飼養馬和馴馬的人共同商量說：「我們總得把馬死的事想法報告史奇博呀，要不有朝一日他想騎馬打獵時，我們怎麼辦呀？」

可是有誰能去向史奇博報告呢？

剛好這時紀曉嵐微服私訪來到了寧化縣，聽到這件事之後就說：「這有何難，我去和史奇博說。」

紀曉嵐來到史奇博的家裏，興高采烈地向史奇博說：「哈哈！史老太爺！你的那匹母馬眞是太活潑可愛了，它背著地，四腳朝天，肚子挺得高高的，好像十分自豪。」

史奇博越聽越糊塗，他問：「它是在打滾嗎？馬都是用打滾來表示快活的吧？」

紀曉嵐回答說：「不，它不是在打滾！我還從來沒見過像它那樣快活和活潑可愛的馬，以至看起來每個部位都各得其所：它的臭味在微風中飄蕩，它的一隻眼睛從一隻烏鴉的嘴裏看我，它的另一隻眼睛從一隻兀鷹的嘴裏看我，它的一部分軀體騎在螞蟻的背上，它的另一部分軀體跟隨野狗奔跑，還有一部分軀體跟隨野貓上了樹，我從來沒見過那樣可愛的馬！」

史奇博聽到這，知道自己心愛的馬死了，怒不可遏地說：「你這傻瓜！它死了！它死了！」

紀曉嵐裝作若無其事的樣子說：「哦，這就叫做馬死了嗎？我還以爲這是你史老太爺寶馬的另一種活法呢！」

巧治瘋漢

紀曉嵐到福建清流縣微服私訪時，碰見了一個重病的怪瘋子。這個瘋子名叫楊和風，他的瘋病實際上是一種妄想症，他覺得自己已變成了一頭母牛。於是停止了吃飯和喝水，只是反覆說：「我是頭母牛，我是頭母牛！快讓屠夫來宰了我吧！」請了許多醫生都治不好。

紀曉嵐向病人的親友詳細詢問過病的經過後，對他們說：「你們去對病人說，『你該高興了，屠夫找到了，他馬上就要來宰割你了』！」

第二天，紀曉嵐拿著一把大刀，來到病人那裏。病人高興得叫了起來：「噢，屠夫，我是一頭母牛，你現在就宰了我吧！用我的肉來爲客人們準備烤肉！」

紀曉嵐吩咐僕人們將瘋病人楊和風的手、腳都捆好，自己開始在磨刀石上磨刀，發出響亮的聲音。然後他拿起刀，將刀貼近病人的喉嚨，做出要宰割的樣子。紀曉嵐仿佛無意中捏了捏那瘋病人的雙腳、雙手和身體，「噢，你是多麼瘦呀，你的肉不適合做烤肉！」紀曉嵐對楊和風說，「我不能宰你，我最好去找一頭肥一點的奶牛來宰割。」

聽完這話後，病人楊和風失望了，痛哭起來：「請宰割我吧，宰割我吧！」

「你不夠肥嘛，」紀曉嵐回答說，「如果你夠肥，那我立即可以宰割你。但是你不適合我的要求，誰也不願吃你的肉，如果你變得胖起來，我馬上就來宰割你。」

「好吧，好吧！」楊和風回答說，「你告訴我怎樣才會變胖吧！」

紀曉嵐說：「這很容易，你只要聽從我的話，我給你吃什麼，你就吃什麼，吃掉所有我給你的東西，無論什麼食物，無論什麼食物，你都吃得乾乾淨淨，不久就會胖了。」

「很好！」病人楊和風同意了。

於是，紀曉嵐命人開始用可口的、有益的食物來餵養楊和風，除此以外，還給他吃一些草，那些不是普通的青草，而是藥草。就這樣，病人開始吃東西，服用藥物，很快恢復了健康。

巧補借據

福建尤溪縣有個名叫趙西元的人，許是沾了「趙公元帥」財神菩薩的光吧，頗有積蓄，為人厚道，樂於助人。

一天，服裝商人裘皮伏前來拜訪趙西元，趙西元熱情接待。裘皮伏愁眉苦臉地說：「唉，有了現成生意，卻缺本錢。」

趙西元關心地問道：「缺多少錢？」

裘皮伏見趙西元開口，知道借錢有門，於是開口要借兩千兩銀子。趙西元覺得數額大了點，可既然別人有難，這個忙一定幫。便慷慨地答應：「好。」

一張借據，一頓千恩萬謝，裘皮伏便滿足了。

可過了幾天，趙西元的妻子問起借錢的事，要看借據。趙西元找遍房間也沒找到。妻子提醒趙西元：「沒了借據，小心將來裘皮伏把錢全部賴光。」趙西元心裏也著急了。

剛巧這時紀曉嵐到了尤溪縣。趙西元早知道紀曉嵐聰明絕頂，便去請他。紀曉嵐問：

「借錢時有沒有別人看見？」

趙西元搖了搖頭。

紀曉嵐又問：「借錢的期限多久？」

趙西元伸出一個食指：「一年。」

紀曉嵐略一思忖，就說：「有辦法了，你馬上寫封信給裘皮伏，催他儘快歸還你的兩千五百兩銀子。」

趙西元說：「我只借給他兩千兩銀子呀！」

紀曉嵐說：「你別管這麼多，趕快寫信催他還兩千五百兩銀子就是了。」

趙西元只好照辦。

不久以後，裘皮伏回信說：「我只借你兩千兩銀子，你怎麼要我還兩千五百兩銀子呢？」

紀曉嵐對趙西元說：「好好收著這封信，這不是裘皮伏欠你兩千兩銀子的最好借據麼？」

機智找馬

紀曉嵐到福建將樂縣去微服私訪時，是騎的一匹黃鬃矮腳馬。人和人相親，馬和馬相近。紀曉嵐在路上和幾個騎馬的人走在一起了。晚上，大家一起載歌載舞，歡笑談說，騎馬的弟兄們一邊聽著紀曉嵐講述風趣幽默的笑話，一邊輪番給他敬酒。因爲高興，又因爲不便折了新結識的朋友們的一片情意，不喜喝酒的紀曉嵐開懷暢飲。終於，大家都因飲酒過度醉倒了。

第二天早晨，紀曉嵐一覺醒來，已是旭日東昇了。「啊呀！我還要急著趕路呢！」紀曉嵐說完一翻身，披衣出門，急匆匆地趕到馬棚裏，準備牽馬趕路。

可是，昨晚他把自己的馬與別的馬拴在一起了。他大睜著雙眼去尋找自己的黃鬃矮腳馬，然而他的眼中看到的黃鬃矮腳馬有好幾匹。這匹看看也像，那匹看看也像，眞是傷透腦筋了。

「究竟如何從那麼多匹馬中，尋出自己的馬來呢？倒是時間不等人，上午還要趕幾十里山路呢。」紀曉嵐想著想著，突然眼睛一亮：「對，去請朋友幫我找。」

紀曉嵐一轉身，趕回棧房，對著那些還在酣睡的朋友們大聲喊道：「伙計們，你們誰把馬丟了？」

朋友們一聽喊聲，紛紛起床去牽自己的馬。最後只剩下一匹馬了，紀曉嵐終於認出這匹正是自己的黃鬃矮腳馬。

紀曉嵐一下跨上馬背，笑呵呵地對朋友們說：「對不起，打擾了你們的好夢。謝謝你們幫我找到了我的馬。」

看著笑呵呵離去的紀曉嵐，朋友們終於明白了是怎麼一回事，一下子也都樂了：「這真是個鬼精靈呵！」

大樹作證

福建省建寧縣，有兩個十分要好的朋友：楊丙與柳丁。

一次，楊丙與柳丁兩人同時出門到了外地。

楊丙給妻子買了不少金銀首飾，裝在一只小盒子裏。

突然，楊丙要到另外一個遠地方去，他不能隨身帶著貴重的金銀首飾走路，就想請柳丁將首飾帶回家去交給自己的妻子。

此時，楊丙與柳丁並沒有住在一起，楊丙便帶著首飾去找柳丁。剛好在路上遇到了柳丁。七、八月間，日照很烈，路旁有一棵大楊樹，兩人便站在樹蔭下談起來。楊丙說明了來意，然後說：「這是首飾盒，這是首飾清單，盒子已經上了鎖，你如果不放心，咱們當面清點一下。」

柳丁說：「你放心地去吧，不要錯過了出門的好時辰。我把盒子拿回家去，仔細保存起來，你不必擔心。」

柳丁把沈重的首飾盒帶回家後，起了貪財之心。楊丙從遠地回來，問起自己的首飾盒，柳丁矢口否認。

楊丙只好把柳丁告到了縣衙。

剛好此時紀曉嵐在建寧縣衙代審疑案。

紀曉嵐聽完楊丙的訴狀之後，把柳丁找來，問他有無此事。柳丁還是矢口否認。紀曉嵐再問楊丙：「你在什麼地方，當著誰的面把首飾盒交給柳丁的？首飾有清單嗎？」

楊丙把清單副本交給了紀曉嵐，說：「老爺，交給他的時候，沒有第三人在場，路旁只有一棵楊樹，我是站在楊樹下把首飾盒交給柳丁的。」

紀曉嵐產生了懷疑，只是苦於沒有證據，他靈機一動，命令差人道：「你馬上到那棵大楊樹下去一趟，告訴它，就說紀曉嵐叫它到縣衙來作證。」衙門裏的人們聽了都大爲驚訝：一棵樹難道還能到衙門來作證？差人去了很久還沒有回來，紀曉嵐不耐煩地說：「這差人眞會磨蹭，哎，柳丁，那棵樹離這兒有多遠？」

柳丁脫口而出，回答道：「沒有到，老爺，那棵樹離這兒有五里多路，差人現在還到不了那裏。」

紀曉嵐聽了，覺得調查已經完成了一半。他又看了看首飾清單，上面寫著瑪瑙、珍珠、寶石等。紀曉嵐對柳丁說：「根據楊丙的清單，盒子裏裝有瑪瑙、寶石做的首飾，還有銀項鍊、手鐲、項圈等，你說對嗎？」此時紀曉嵐故意添加了其他一大堆首飾的名字。

柳丁驚慌地說：「老爺，不到一尺長的小盒子怎麼能放下這麼多銀首飾？這是謊話，完全是謊話。盒子裏只有瑪瑙、珍珠、寶石、金器一共八樣。」柳丁慌不擇言，據實說了出來。

這時，紀曉嵐宣判說：「從柳丁剛才所說的話，完全證實他知道那棵他曾在下面接過首飾盒的大楊樹；他還知道盒子裏只裝了瑪瑙、珍珠、寶石，沒有裝銀首飾。這一切證明柳丁拿了楊丙的盒子，現在最好把盒子還給楊丙，只有這樣做，才能保住名譽。」柳丁別無它法，只好承認自己起了貪財之心，並將首飾全部歸還了楊丙。

寶石奇案

福建省沙縣有個名叫路拾寶的人，窮苦潦倒。

這一天，他到深山裏去砍柴，撿到了一顆光耀無比的寶石，他心想，還是爹媽給我取這個「路拾寶」的名字取得好，我眞的拾到了寶貝。

路拾寶高高興興回家去，在路上遇到了一個相識的和尚伊方結，法名度遠。路拾寶忍不住向度遠和尚講述了拾得寶石的好事。度遠和尚說：「這是佛，佛像幫助你找到寶石，你把寶石交給我，我把它帶給你的雙親。你到廟裏去，念一個月的經文感謝佛像，感謝它們給你帶來幸福。一個月之內你不要回家。」

路拾寶聽從了度遠和尚的話，到廟裏去朝拜各尊神像和念經文。一個月以後，他回家了，周圍的一切如故。「爲什麼你們還在貧困中生活？」他問雙親，「應該賣掉寶石，爲自己造一座新居，買一些田地，過上好日子！」

雙親驚奇地說：「你從哪兒給我們拿來了寶石？」

「難道度遠和尚沒有將寶石轉交給你們嗎？」

「我們連度遠和尚的影子都沒有看到過，更甭說看到什麼寶石啦……」

路拾寶找了很長時間，終於在一個寺院裏找到了那個度遠和尚，他向度遠要回自己的寶石。但是度遠死不承認。於是，路拾寶把案子告到了沙縣縣衙。

奉旨審理疑案的紀曉嵐接辦了這一件案子。紀曉嵐正式審案。路拾寶說自己撿到了那顆寶石，交給了度遠和尚，但是沒有證人。

度遠和尚說：「寶石是我自己撿到的。」

紀曉嵐問度遠和尚：「你有證人嗎？」

度遠回答說：「我有證人，有三個證人。」

「很好！」紀曉嵐說，「將你的三個證人都帶上來。」

紀曉嵐將證人安排在不同地方，讓他們互相之間背對背，而他自己則到河邊去，在那裏取了五塊一樣大小的泥巴，然後轉回來。紀曉嵐給每個證人一塊泥巴，第四塊泥巴給度遠，第五塊給了路拾寶，然後說：「我將從一數到一百，在這段時間裏，你們都要把泥巴捏成寶石的形狀……」當紀曉嵐數到一百時，他立即從五個人手中取回泥土捏成的寶石形像，只有度遠和路拾寶捏成的形狀與寶石一樣，而度遠的三個證人捏成的形狀彼此都不一樣。

這時，紀曉嵐說：「路拾寶捏成的模型是正確的，因為寶石是他找到的。度遠捏成正確的模型，是因為他將這塊寶石已收藏多時。而三個證人從來沒有看到過這塊寶石，所以他們每個人捏成了不同形狀的寶石模型。度遠和尚將假證人帶到這兒來了，這意味著這塊寶石是從路拾寶手裏騙來的。」

在紀曉嵐聰明睿智的推斷之下，度遠和尚只好承認自己隱匿路拾寶交來的寶石的罪過。寶石歸還了路拾寶。度遠和尚受到了應有的懲罰。

巧辨生母

紀曉嵐再次到福建大田縣察訪疑難案件時，有兩個女人爲爭奪一個孩子而告到縣衙。女人甲和女人乙分別陳述，都說這孩子是自己生的，可是誰都提不出任何證據。

紀曉嵐對她倆說：「你們兩個在我面前搶奪這個孩子，誰力氣大，把孩子搶到手，孩子就歸誰。」

於是，甲、乙兩個女人一個拽著孩子的左臂，另一個抓住孩子的右手，各自向自己這邊拼命拉。

孩子被她們拽得哭喊起來，疼得受不了。那位眞正的母親女人甲聽見孩子的哭聲心疼極了，不忍心再使勁拽下去，不得不鬆了手。可是那個不是眞母親的女人乙聽見哭聲毫不動心，依舊使勁地拉，終於把孩子拉過去了。她滿以爲自己贏了，笑得十分得意，也不管孩子哭不哭。

這時，紀曉嵐判決說：「沒搶到孩子的甲女人贏了，這孩子應該歸她。」他的斷案根據是：「我斷定她是眞正的母親，因爲她心疼自己的孩子，不願孩子繼續受苦，所以她才先鬆了手。」

那個騙子乙女人自覺無理，只好乖乖地把孩子交還給孩子的母親。

破傘斷案

福建泰寧縣有一個名叫解開作的人，出門的時候，帶了一把雨傘。他走得口乾舌燥，見路邊有個池塘，就把傘放在池塘邊的斜坡上，走下去喝水。

就在他喝水的時候，有個名叫柏得來的人從那兒路過，看見那把傘，拿起來就走。解開作拼命追上前去，終於追上了柏得來。可是柏得來矢口否認，堅持說傘是他自己的。

兩人爭執了半天，毫無結果。最後，他倆決定去縣衙請求斷案。

紀曉嵐正在泰寧縣了斷疑案，他想了想，吩咐手下人說：「把傘掰成兩半，讓你們一人拿一半回家去吧！」

解開作和柏得來只好各拿一半回家去了。兩人誰也沒有想到紀曉嵐已派了兩名衙役喬裝改扮，悄悄跟著他們，一直跟到他們家的門口。

偷傘的柏得來剛到家門口，就聽見他的兒子嚷嚷起來：「爹！爹！你從哪兒撿到了這半把破傘？幹嘛不買把新傘給我？」衙役把這幾句話偷偷記錄下來。

這時，傘的主人解開作垂頭喪氣走進了自家屋子。他老婆和孩子見他手中的半把破傘都叫了起來：「啊！你把咱們家的那把漂亮雨傘拿出去幹什麼了？怎麼弄成這樣子？」

跟在後面的衙役把這話記了下來。兩名衙役同時回到紀曉嵐那兒，把他們聽到的話一五一十的講了一遍。他們的記錄清楚地表明誰是傘的主人，誰是偷傘的人。

紀曉嵐再次傳訊解開作和柏得來，判偷傘的柏得來賠把新傘給傘主人解開作。

何為二月

紀曉嵐奉旨再次到福建莆田縣了斷疑案時，剛好碰見了一個借金疑案。

事情的起因是莆田縣一個自稱聰明絕頂的人，名叫夏或秋，他總能把一件無理的事情說得處處有理。

他找一個女財主借過五斤金子，說明月利二錢，他向女財主保證說：「到了二月的時候，我會連本帶利還給你。」

兩個月過去了，女財主向夏或秋要帳，得到的回答是：「要等到二月呀，現在還不是二月呀，老奶奶！」

女財主每次去要帳，夏或秋總一口咬定還不是二月。等了一個月又一個月，一年過去又一年，夏或秋還是不還。最後，女財主實在忍耐不下去，便向縣衙告狀。

紀曉嵐接下了這個案子。他仔細瞭解了一下夏或秋的過去經歷，有人告訴他夏或秋的一個「西瓜是黑是白」的故事。

夏或秋曾與一個名叫桑在春的人爭論西瓜是黑是白的問題。

桑在春抱起一個西瓜說：「我把西瓜切開來，裏面是白的還是黑的？」

夏或秋回答說：「是白的。」

桑在春立刻把西瓜切開。「是黑的，看見了嗎？」桑在春指著黑色的西瓜籽說。

夏或秋說：「但西瓜瓤是白的。」

「西瓜瓤是白的並沒有錯，但瓤裏的東西是籽，它是黑的，我方才問你的是西瓜裏面是什麼顏色，所以，應該指的是它的籽，因爲籽是在裏面的。」

夏或秋卻對桑在春說：「西瓜籽並不是西瓜最裏面的東西，比西瓜籽更處在裏面的東西還有……」說著，夏或秋馬上拿起一顆西瓜籽，用嘴把它嗑開，露出了西瓜籽的仁兒，然後放到桑在春面前說：「西瓜籽裏面的東西的確是白的吧？你輸給我了是不是？」於是桑在春只好認輸。

聽完了夏或秋與桑在春這一場爭論，紀曉嵐心想：夏或秋原來果然有些狡黠聰明。

紀曉嵐對女財主和夏或秋說：「這個案子很複雜，還有些關節沒解開，需要繼續審問，而且太陽已經快要落山，應該休息一下，先吃飯，等到掌燈的時候再來。」

當縣衙被火把照得通明的時候，被告和原告都到齊了，紀曉嵐對夏或秋進行了重新審問：「按照你們說定的條件，所謂的『二月』，你指的是一年當中的『月』，還是天空中的

『月』？」

夏或秋說：「天空的月。」

紀曉嵐於是指著縣衙外邊映在池塘水面上一輪滿月的清影，說：「這塘裏泛著淡黃光輝的圓圓的東西是什麼？」

夏或秋說：「月亮。」

「那是什麼？」紀曉嵐又指著天上的月亮問道。

夏或秋說：「月亮。」

紀曉嵐放聲大笑：「塘裏有一個月亮，天上也有一個月亮，加起來不是二月嗎！所以，你必須在今天連本帶利把這筆債還清！」

夏或秋汗流滿面，張口結舌，在大庭廣眾之間丟了臉。終於不得不把借女財主的金子連本帶利都還清了。他逢人便說：「紀翰林紀大人的聰明無人可及！」

胡說八道

紀曉嵐到福建仙遊縣時，那裏正在舉行一個說謊比賽。主持者是當地一個名叫麻江風的財主，他唯一的條件就是：如果他在誰講的故事裏找到一句眞話，誰就要給他當奴隸。

紀曉嵐便問麻江風說：「打賭要講輸贏，若你在我講的故事中找不到一句眞話時，你輸給我什麼？」

麻江風說：「我輸十頭耕牛。」

紀曉嵐於是開始胡說八道：「我是我父親的哥哥。父親生下來時，我八歲了。我的祖母把他交給我抱著，叫我哄他別哭。但是我怎麼也不能逗他高興，後來他叫我帶他趕集去。離開市場之前，他一定要買一個新鮮雞蛋。他剛買來，一隻小雞就啄破蛋殼鑽了出來。那小雞很大，我們兩人都累了，就騎在小雞背上回家。但是我們到家的時候，小雞已長得像駱駝那麼大了，我不得不把父親從小雞背上遞給我祖父——也就是我的父親，因爲我父親是我的弟弟。」

麻江風從中挑不出一句眞話，也就一言不發。

紀曉嵐繼續往下講：「那隻小雞，胃口可大了。它吃得那麼多，不久我們全家都快挨餓了。我們決定叫小雞做工。讓它馱柴回家，把我們院子都堆滿了。但是木柴把雞背擦傷了，小雞生了病，我祖父用胡桃做成糊藥敷在小雞背上。第二天早上，小雞病好了，可它背上長出了一棵胡桃樹。才一星期，樹枝上就結滿了纍纍的胡桃。那些胡桃要用十二個人來摘，摘完胡桃，我在樹的周圍走一趟看看胡桃是不是都摘光了。這就花了整整一天的功夫。我正要回家，看見我父親的小雞棲在樹枝上，準備在上面過夜。我拾起一塊土，對準牠擲過去。那塊土到了樹上並不落下來。土塊越變越大，把樹頂整個蓋滿了。我高興極了，因爲半空中有四十畝新田地。我們把牲口趕到那兒去吃草，到了該播種的季節，播下了芝麻。但是過了一個月我們去看看，什麼也沒長出來。鄰居說不該種芝麻，因爲新耕的地只能種甜瓜。因此祖父叫我和我弟弟——也就是我父親——到樹上去把播下的芝麻統統給挖出來。那件事花了我們大約一個鐘頭。挖出了大約兩百八十八公升芝麻。可是我們做完發現丟了一粒芝麻。於是我們又回去找。忽然看見一隻螞蟻將那粒芝麻往蟻洞裏拖。我抓住了那粒芝麻，但螞蟻不肯放。我們狠狠地打起來，打得正激烈時，芝麻裂成兩半了，裏面流出很多油，成了一條河。在播種甜瓜時，一陣大風暴刮來了。在這片四十畝的土地上沒有一塊可以藏身的地方。我和祖父就跳進了我父親的一個牙洞裏。最後我父親向周圍看了一眼，隨手抓了一頭肥羊，也隨著我們跳進了牙洞。風暴一直鬧了四十七天。要不是我父親帶了那隻肥羊，我們都得餓死在那個牙洞裏啦。最後，我們看見了燦爛的陽光。從牙洞裏爬出來時，發現雨水已把那四十畝地全部沖走了，我們懸在半空中了。幸虧我父親帶了一條繩子，我們把繩子繫得穩穩的，讓它垂到地面上；於是我們一個個沿著繩子滑下來而得救了。」

麻江風問：「這個故事是眞的還是假的？」

紀曉嵐說：「這故事從頭到尾都是眞的啊。」

「你就沒有達到要求啦。因爲我要你講的故事不許有一句眞話。」

紀曉嵐微笑著說：「這更說明我贏了，因爲我說那故事是眞的，更是一句明顯的假話。」

麻江風只好說：「你從頭到尾胡說八道，沒一句眞話，我輸給你十頭耕牛。」

紀曉嵐把這十頭耕牛送給了最窮苦的農民。

連判三案

紀曉嵐奉乾隆聖旨再次來到福建晉江縣查辦疑案時，一下就遇到了三件疑案。

有個案子是二人爭馬。爭馬的人一個是朝廷命官，一個是要飯的乞丐。

據那命官投訴說，他騎馬走在路上，那個乞丐向他討了些錢後說：「你能不能讓我騎上你的馬到城裏去？」官員讓乞丐上馬坐在他後面。可是來到那個城市後，乞丐卻說馬是他的，竟要趕官員走。兩人爭吵不休，最後扭扯到縣衙。

此時紀曉嵐正在審理二人爭女僕的案子。爭女僕的是一個有學問的人，另一個是農夫。

紀曉嵐聽完他倆的申訴後，便說：「把女僕留下，明天再來吧。」

下一個案子涉及到一個賣肉的人和一個賣油的人。賣肉的說道：「我到那人鋪子去買油，當我拿出錢時，他想把錢搶去。」

「他說謊！」賣油的說：「他來買油，並要我給他找開一枚金幣。當我拿出錢時，他想把錢搶走。我抓住他的手，拉他一起到這兒來解決問題。」

「把錢留下，」紀曉嵐說，「明天再來吧。」

接下來輪到命官與乞丐。他們把事情經過講了一遍，都說馬是自己的。

紀曉嵐說：「把馬留下，明天再來吧！」

第二天，當那個有學問的人和那個不識字的農夫出現時，紀曉嵐對有學問的人說：「這個女僕是你的，把她帶回去吧！這個農夫將挨五十鞭子，以示懲處。」下一個，他叫來賣肉的說：「錢是你的，賣油的是個賊，他將受到懲處。」接下來，他問命官和乞丐是否能在許多馬中認出自己的馬，兩人都說能。於是紀曉嵐分別把他們帶到馬廄裏，那裏有許多馬，他們都不費力地認出了自己的馬。當他們回到堂上時，紀曉嵐對命官說：「把馬牽走，它是你的。」然後又下令打乞丐五十鞭子。

命官問紀曉嵐：「你能否告訴我，這三起案子你是怎麼定的案？」

紀曉嵐說：「今天早上我把那個女僕叫來，我要她在我的墨水瓶裏灌滿墨水，她拿起墨水瓶仔細地擦乾淨，然後灌滿了墨水——一共只用了幾分鐘時間，而且做得十分出色。顯然這樣的差使對她來說並不是新的。假如她是不識字的農夫家的女僕，是不會做得那麼乾淨利索的。至於講到那個賣肉的錢，我把錢放在水裏，今天早上我注意看水面上是否有油花。如果錢是屬於那個賣油的人，那麼錢上一定會有油的痕跡，正像我發現的，他雙手沾滿了那種油，然而水面並沒有那種油花。馬案是這樣斷的：當你走進馬廄時，我看到那匹馬把頭轉過來看你。而當乞丐走近馬時，那匹馬地提起一條腿準備蹶他，頭轉向另一個方向，這樣我就知道那匹馬是屬於你的。」

命官說：「紀大人眞是名不虛傳的青天大老爺！」

智審銀案

福建惠安縣有個貧窮的樵夫名叫閔思源，這天他又到山上去砍柴，準備用砍來的柴去換錢買點吃的給他的幾個孩子充饑。在路上，他撿到了一只袋子，裏面有五塊銀錠。閔思源高興地數著銀子，腦子裏盤算，展現在自己面前的是一幅富裕、幸福的前景。但接著他又想到那錢袋是有主人的，他對自己的想法感到羞愧。於是把銀袋藏了起來，到山裏去砍柴。

直到晚上柴也沒賣掉，閔思源和他的全家只好挨餓。

第二天早上，按照那時風行的做法，錢袋失主的名字在大街上傳了開來，那是個叫傅得快的商人，他許諾說把錢袋交還給他的人將能得到一錠銀子的賞銀。

好心的閔思源來到他面前說：「這是你的錢袋。」

但是傅得快爲了賴掉許諾的酬金，仔細地查看了錢袋，數了數銀錠，假裝生氣地說：「我的好人，這錢袋是我的，但錢已少了，我的錢袋裏有六塊銀錠，但現在只有五塊，毫無疑問，一個銀錠是你偷了。我要去控告，要求懲罰你這個小偷。」

閔思源說：「天老爺是公正的，他知道我說的是實話。」

於是，富商傅得快扭著樵夫閔思源去縣衙打官司，剛巧紀曉嵐到惠安縣審辦疑案。

紀曉嵐叫閔思源把事情的經過如實地簡述一下。

「老爺，我去山上的路上拾到了這個錢袋，我數了一下裏面的銀錠，只有五個。」

紀曉嵐問：「你難道沒有想到過有了這些錢，你可以生活得很幸福嗎？」

閔思源說：「我家裏有妻子和六個孩子，他們等著我把柴換錢買吃食帶回家。老爺，您原諒我嗎！在這種情況下，我是想過要用這些銀子的，但後來我考慮到錢是有主人的，他比我更有權用這個錢。於是，我把錢藏起來了，我沒有回家，而是直接去山上砍柴了。」

紀曉嵐問：「你把拾到錢的事告訴你妻子了嗎？」

「我怕她貪心，所以沒告訴她。」

「袋裏的東西，你肯定一點都沒拿嗎？」

「老爺，我妻子、我可憐的孩子連晚飯都沒吃哩，因為柴沒能賣掉。」

紀曉嵐問傅得快：「你有什麼說的？」

「老爺，這人說的全是捏造的。我錢袋裏原先有六塊銀錠，一定是他拿走了那少了的一塊銀錠。」

「你們雙方都沒有證據。」紀曉嵐說，「但是，儘管如此，我相信這場官司還是容易裁決的。你，可憐的樵夫，你講得是那麼的自然，根本無法懷疑你說的事。至於你呢，商人，你享有這麼高的地位和信譽，根本就不容我們懷疑會行騙。你們兩個人說的都是實話。很明顯，這個樵夫拾到的這只裝著五塊銀錠的錢袋，不是你傅得快丟失的那只。因此，閔思源，你拿著這只錢袋回去，等它的主人來取吧！」

狡猾的傅得快眼巴巴地失掉了五塊銀錠，誠實的閔思源得到了五塊銀錠。人都說紀曉嵐懲治奸佞有智謀！

三個商人

福建南安縣詔平鎮住著兄弟三人——三個年輕的商人。他們一起做買賣，平分利潤。爲了賺錢，他們什麼事都幹得出來。

有一次，這三個商人準備到很遠的地方去做生意。可是，家裏的錢怎麼辦呢？老三說：「我認識一個農民，他叫任老成，他很窮，但很誠實。他就住在離我們詔平鎮不遠的地方，我們請他幫我們把錢保管一下，回來取就是了。怎麼樣？」

老三、老二表示同意。於是他們就把錢交給農民任老成，並且說定：只有他們兄弟三個一起來取錢時，才能把錢交還。

這三個商人放心地去了。他們到了很多地方，做了很多買賣，賺了很多錢，然後回到家裏，來到替他們保管錢的那個農民住的村子。

老大說：「這個農民爲我們做了好事，我們怎麼向他表示敬意呢？」

老三說：「明天是趕場天，我知道，每逢趕場天他總是坐在窗前看大街。一是謹愼地守家，二是謹慎地提防外邊來賊竊錢。明天一早我們從他窗前走一趟，路過窗口時脫下帽子，向他深深地鞠一躬，然後就可以去拿錢了。」

兩個哥哥覺得這個主意不錯，因爲一個銅子兒也不必花。

老三心裏可早打好了算盤。他當天晚上就跑到農民的家裏，對他說：「我們兄弟三個想在附近買些田產，你明天就得付錢。我的兩個哥哥派我來把情況向你說一說，讓你把錢交給我好了。我是不騙你的，明天一早我們兄弟三個一塊兒到你窗前來一下，向你脫帽鞠躬爲證，然後我再來你這兒拿錢。」

第二天一早，任老成就坐在窗前等候。一會兒，這三個商人果然一起來到了他的窗前，摘下帽子，向他深深地鞠了一躬。然後，三人分手做自己的事去了。分手前約定：中午時分，他們一起去飯店吃飯，飯後一起去找農民取錢。

分手後老三很快又到了任老成家。任老成以爲眞是他哥哥派來的，就把錢給了他。老三拿著錢逃走了。

兩個哥哥在飯店裏坐著，等呀，等呀，可是一直不見弟弟來。就跑到任老成家裏，問他看見他們弟弟沒有。當知道弟弟已取走了錢，氣得要死，狠狠地罵了任老成一頓。然後到縣衙去告了他。縣令判決任老成賠錢，不然就要他拿出全部家產作抵押。

任老成被冤，到處上訪告狀伸冤，就告到了紀曉嵐這裏。

紀曉嵐仔細向任老成瞭解了事情的經過，就升堂審判說：「你們的錢就在任老成的口袋裏，他可以馬上還給你們，只是任老成和你們三人之間有這麼一個約定：只有你們兄弟三個一起來的時候，才能把錢交還。這樣吧，你們兄弟三人一起來，就可以把任老成這裏的錢取回去。」

於是老大、老二去找老三，而老三早已失蹤，兩個商人什麼也沒有撈到，任老成便什麼也沒有損失。

無聲辯護

福建安溪縣農村有個窮人名叫祝和氣。

這一天，他騎著馬到鎮上去。中午，他感到又渴又餓，於是就把馬拴在一棵樹上，然後坐下來吃午飯。這時，一個名叫滕太高的有錢有勢的人也來到這裏，並把自己的馬也往同一棵樹上拴。

祝和氣說：「請不要把你的馬拴在這棵樹上，我的馬還沒馴服，它會踢死你的馬呢！」但是，滕太高卻回答說：「我願意把馬拴在哪裏就拴在哪裏！」就這樣，他把馬拴牢後，也坐下來吃午飯。

但是，不一會兒，他們就聽到了可怕的嘶叫聲，並看到兩匹馬踢咬起來。兩個人向馬奔去，但已經遲了——有錢有勢的滕太高的馬已被踢死了。

「看你的馬做的好事！你必須賠我一匹馬！」滕太高拉起祝和氣就去縣衙告官。

紀曉嵐到了安溪，這官司就到了他手裏。他接手辦案後，分別向祝和氣和滕太高問清了爭訴的原委，然後對祝和氣如此這般交代了一番。

紀曉嵐問祝和氣：「你的馬眞的踢死他的馬了嗎？」

祝和氣什麼也沒回答。接著，紀曉嵐又對祝和氣提了許多問題，他還是一字不答。

最後紀曉嵐無可奈何地說：「這有什麼辦法呢？他是個啞巴，不會說話。」

滕太高驚奇地喊道：「我剛見到他時，他還說話呢！」

紀曉嵐說：「眞的嗎？他說什麼啦？」

「當然是眞的！他告訴我，不要把馬拴在他拴馬的那棵樹上。他的馬還沒有馴服，如果拴在一起，他的馬會踢死我的馬。」

紀曉嵐說：「哎呀！這樣說來你是無理的了，因爲他事先曾警告過你。因此，現在他是不應該賠償你的馬的。」

原來紀曉嵐事先交代了，叫祝和氣一言不發。

就這樣，紀曉嵐爲窮人祝和氣爭得了不賠馬的公平結果。

煮吃斧頭

一次紀曉嵐來到福建永春縣鄉下，迷了路，黃昏時在荒涼的山坳裏發現有一戶人家。

「裏面有人嗎？」餓極了的紀曉嵐上前敲門。

出來開門的是滿臉皺紋的老太婆。

「您老人家好！」口齒伶俐的紀曉嵐又是打躬又是請安。「我想借個宿，行嗎？」

老太婆說：「行呀行呀，住到柴房裏去吧！」

「老人家，您再行行好，我一天沒吃東西了。」

「可是我家也沒什麼可吃的，好在天很快就要亮了，你就忍耐一夜吧！」

紀曉嵐心裏不舒服，一眼看見地上有一把斧頭，便仍然陪著笑，「啊，沒關係，沒關係。不過，你鍋子總是有的吧？」

「你煮什麼吃呢？」老太婆好奇地問。

「煮您老人家的斧頭。」紀曉嵐拾起斧頭在水裏洗得乾乾淨淨。

「斧頭怎麼能吃呢？」

「您沒吃過嗎？很好吃呢！」

老太婆想看個究竟，就把鍋子借給了他。

紀曉嵐把斧頭和水放進鍋裏燒了起來。一會兒，水燒開了，他嘗了一口水說：「要是放上一點鹽就好了。」老太婆就給了他一些鹽。

紀曉嵐又嘗了一嘗說：「要是再加一點油，味道就更妙啦！」老太婆又給了他一點油。

紀曉嵐把油放了進去，攪了攪一嘗，又說：「要是再加一點土豆，味道一定更好。」老太婆又拿出一捧土豆。

最後紀曉嵐說：「可以吃啦，我們一起來吃吧，不過，最好再加點麵粉。」老太婆這時知道上了當了，不過已到了這一步，也只好忍痛挖了一碗麵粉。

這時一鍋麵糊糊燒成了，紀曉嵐取出斧頭洗了洗放好，然後很有禮貌地說：「老人家，我們一起吃吧！」

大事化小

福建德化縣發生了一件千人械鬥的大案子。事情起因爲有個叫李北輝的百姓，和當地富豪趙玉成結仇。李北輝抓住趙玉成的家人鞭打了一頓，並帶回家拘禁起來。趙玉成的哥哥趙玉汝和他的兒子氣極了，就集合一千多人，包圍了李北輝的家，奪回被抓走的家人，並將李北輝綁了，在路上用棍棒亂打了一頓，直打得李北輝奄奄一息，才將他放掉。

李北輝兄弟五個到縣裏告狀，他們在公堂上斷指出血，發誓要與趙玉成全家死在一起。此時紀曉嵐奉旨來查辦疑案，自然由他接手辦理。紀曉嵐想，此案如果深究下去，將涉及一千多人，事情會越搞越複雜。於是，紀曉嵐問李北輝：「只有趙玉成一家人來包圍你們家嗎？」

李北輝回答：「有一千多人。」

紀曉嵐又問：「那一千多人都侮辱了你嗎？」

李北輝回答：「只有幾個人罷了。」

紀曉嵐再問：「你因爲恨這幾個人，就連累了一千多人，那樣好嗎？況且眾怒難犯，倘若這些人都不怕死，一怒之下把你全家都斬盡殺絕，雖然我可以把他們都抓來伏法，但對你有什麼好處呢？」

李北輝一聽，頓時醒悟了，忙向紀曉嵐叩頭，表示聽從他的意見。紀曉嵐就將用棍棒打李北輝的那四個人抓來，當著李北輝的面，各打三十大板，直打得皮開肉綻，血流到腳後跟。又命趙玉成的哥哥向李北輝下跪認罪，李北輝家解了氣，這場糾紛才算了結。

紀曉嵐將大事化小，順利地解決了這場糾紛，不失爲是高明的做法。

黎庶百姓紛紛讚揚說：「若不是紀大人大事化小，一場一千多人的大劫殺就難免了！」

智拆民房

紀曉嵐擔任朝中高官之後，見家鄉的教育很落後，就決定在那裏蓋一所學堂。房屋基地規劃好以後，見在那基地範圍之內，有一座很破舊的民房，主管蓋學堂的人走到這戶人家一看，見是一家賣煙酒蔬菜的小店，就對戶主說：「我們紀大人想在這裏造一所學堂，想買下你這所房子，你開個價吧，總之不會讓你吃虧。」

戶主說：「辦學堂好是好，可我這房屋是祖傳下來的，在我的手裏賣掉，會讓我的同族人恥笑的，我不想賣。」

主管蓋學堂的人跟他好說歹說，他就是不答應，只得回去向紀曉嵐稟報。

紀曉嵐說：「他不肯賣，先不要逼他。你們先動工興建其他的房屋，到時我自有辦法讓他搬遷。」主管人忙問有什麼妙計？紀曉嵐說：「老夫沒什麼妙計，只是工地需要的煙酒蔬菜，全都上他家買就得了，也不必和他計較價錢，要什麼價就給什麼價，而且要預先付款。」

幾天後，開始大興土木。工地上人來人往，一片繁忙景象。幾百個人的吃喝，全都到那戶人家採辦，他家的生意頓時興隆起來。全家出動還忙不過來，只得僱人幫忙。沒多久，便賺了很多很多的錢。舊家具換成了新家具，滿屋子裏儲存的煙酒豆菜，走路時簡直屁股碰屁股。可是工地上的活還沒做完一半，照這樣下去，這所小屋實在不夠用啦。

這天主管人又去採辦東西，對店主說：「我說店家，我們工地還要增加好多人，以後你們的生意更加興隆啦！」

店主滿臉歉意，說：「託紀曉嵐大人的照應，我們才有今日。紀大人以前想買下我這破陋的小屋，我沒答應，實在是太不應該了，現在我答應讓出這屋子啦！」紀曉嵐就讓主管人在附近找到一所寬敞的新屋賣給店主，那家人很快就搬走了。

大家都稱紀曉嵐是個既有智謀，又能體諒百姓疾苦的大清官。

戲弄刁商

廈門物產豐富，街肆豪華，人流鼎沸。

年關時節，紀曉嵐便到廈門街市上去閒逛，只見有個瘦弱中年男子蹲在牆角痛哭。一詢問，知那男子名叫萬小兒，在一家名叫蔡發財的古董店當雜工，除夕夜，店主祭祀祖宗，他上供時，不慎碰落桌邊一把酒壺，刁鑽刻薄的店主蔡伯雲硬誣陷他敗壞財氣，賴掉他全年工錢，將他趕出了門，所以他躲在街角哭泣。

紀曉嵐聽罷，請萬小兒到自己住處，開箱取出紋銀十兩相贈，又從書桌上拿起一只陳漆斑駁的硯臺盒蓋，鄭重其事地交給萬小兒說：「千萬保存好……以後或有大用。」

年關剛過，紀曉嵐衣冠華貴地來到那家蔡發財古董店，喚出店主蔡伯雲，漫不經心地遞上紋銀二十兩，打開隨身帶來的一只包，手指包內的無蓋硯臺盒，道：「店家，這是我們王爺新弄到的寶物，可惜盒蓋流落民間；如能找回盒蓋，王爺願出銀五百兩，先付二十兩，限時三個月要貨，你能辦到嗎？」

店主蔡伯雲聞言，連忙點頭應允。第二天，蔡發財古董店掛出醒目的大招牌，寫明出銀五十兩，收買一只能與店內硯臺盒匹配的盒蓋。這條新聞很快流傳開去。

蔡發財古董店高價收硯臺盒蓋的奇聞傳到以前該店雜工萬小兒耳裏，他尋出那只放在雜物堆裏差點遺忘的盒蓋，想碰碰運氣。急得眼睛發紅的店主蔡發財，天天坐鎮店堂，見萬小兒拿出了與硯臺盒完全相配的盒蓋，驚喜萬分，吩咐夥計趕快用五十兩銀子收下。萬小兒拿到銀子，立即拿出三十兩去酬謝紀曉嵐，可是紀曉嵐早已不知道搬到哪裏住去了。

古董店主日夜監守硯臺盒，一天好幾次扳指頭計算交貨期限還有幾天。期滿那天上午，紀曉嵐騎馬來到古董店，店主蔡伯雲恭敬地獻上硯臺。紀曉嵐認眞查看後，忽然沈下臉喝道：「店家，你想詐騙，硯臺盒是紅木雕成的，盒蓋爲何卻是柚木的？王爺面前，你吃罪得起嗎？」

店主蔡伯雲聞言，驚出一身冷汗，雙手顫抖地接過硯臺盒蓋，細細一看，果然破綻明顯，嚇得他連連賠罪。紀曉嵐氣呼呼地接過定銀，端上其實值不了幾個錢的沒蓋的硯臺盒，昂首出店，騎馬離去。走到不遠的地方，紀曉嵐在馬上回頭對蔡伯雲高喊一聲：「記住，大路不平旁人鏟挖！你可不要再欺侮雜工了！」

哭聲辨凶

俗話說：喜怒哀樂，現形於色。意思是說人的精神狀態能夠透過臉部表達出來。最能表達人的心理的，當然是哭和笑。然而哭和笑的種類很多，各類哭笑，表達了各種不同的感情。對此，紀曉嵐從中學到了許多絕竅。

紀曉嵐奉乾隆聖諭去各地查訪疑案。這一天，他帶著隨從在街上漫步，忽聽得一戶人家中傳出了一個女人恐懼的哭聲。待他走到近處時，哭聲越來越顯得膽顫心驚，聲聲敲擊著紀曉嵐的心扉。他便對隨從說：「這婦人一定有親人快要死了，你們快去看看。」

隨從奉命前往那戶人家察看，見一男子直僵僵地躺在床板上，一個女子正在痛哭。詢問之後，知道那女人是死者的妻子。

紀曉嵐聽了隨從的報告後似乎不信，問道：「果眞是那女人的丈夫死了？」

隨從回答：「已死了有一個時辰的光景。」

紀曉嵐立即面露怒色：「這就不近情理了。」

隨從不解紀曉嵐爲何發怒。丈夫死了，妻子當然要哭，有何不合情理之處？

紀曉嵐對隨從說：「快去驗屍，那男子死得蹊蹺！」

隨從雖然不解紀曉嵐之意，然而還是按照紀曉嵐的意思辦了。不一會兒，就派人去那戶人家驗屍。

在回歸的路上，紀曉嵐對隨從解釋說：「按人的常情，親人有病則憂，臨死則懼，既死則哀。我聽了那婦人恐懼的哭聲，以爲她的親人即將死亡，誰知她丈夫死了一個多時辰，那她爲何要發出恐懼的哭聲呢？」

隨從若有所悟地聆聽著紀曉嵐的話。

紀曉嵐繼續說道：「她聽到我們的腳步聲，恐懼的哭聲更甚了，這又說明什麼呢？」

隨從這才恍然大悟：「我明白了，那男子是她害死的，她既然要殺死丈夫，說明夫妻間早已恩斷義絕，根本不會悲哀的。她怕外人議論，爲了遮蓋其殺人眞相，又不得不哭。但哭聲中不免流露出恐懼來，聽到我們的腳步聲，恐懼越加深重了。」

紀曉嵐點頭稱是。

不一會兒，那女子就被押來了。驗屍結果，她丈夫果然是在熟睡時被她用刀子捅死的，有她行兇的刀子和滲血的衣服作證。

那女子不得不在事實面前服罪，但她還不知是她的哭聲洩露了「天機」。

憑劍判產

紀曉嵐再次來到了福建德化縣。剛來，便有一件爭遺產案報來，原告是個十五歲的少年強振家，被告是他的姐姐、姐夫儲堅桂。

原來這少年強振家三歲喪母。父親強業茂是個有二十餘萬家產的富翁。幾年後，父親病危。他覺得女兒很不賢慧，女婿儲堅桂又是個十分貪婪的人，強業茂恐怕他們爲了財產禍害兒子的性命，他家已沒有其他的親戚，那富翁強業茂於是召集族人在場，寫下遺書，決定將全部遺產都交給女兒，只留下一支寶劍，說是等兒子長到十五歲時再給他。兒子強振家終於長到了十五歲，已經懂事了。一日，他向姐姐和姐夫儲堅桂要那支寶劍。可是姐姐、姐夫哪裏肯給。少年就告到德化縣衙，此案由紀曉嵐接辦。

紀曉嵐在大堂上對原告、被告宣讀了一遍富翁強業茂的遺囑，問道：「此遺書是否係僞造？」富翁的女兒女婿忙說：「不是僞造。」紀曉嵐道：「既然不是僞造，你等爲何還不把寶劍送上來？」

那兩個貪心不足的人很不情願地遞上了寶劍。

紀曉嵐對左右的官吏說：「你們看，那強業茂的女兒女婿連一把寶劍都不肯自覺留給自家兄弟，可見是多麼心狠貪財啊！那老翁事先是料到的，所以他認爲，如果把財產留給兒子，兒子的性命必然難保，只得把財產暫時寄放在女兒女婿那兒。」紀曉嵐說到這裏，揚了揚寶劍又說：「而這把劍，意味著要決斷這件事情。他估計，今後女兒和女婿儲堅桂必定不肯把劍給他兒子，到那時，兒子長到十五歲了，其智力和體力足以保護自己。這樣，告到衙門，如遇到清正廉明的官員，或許能明白他這番苦心，就可爲他的小兒作主。你們看，這老翁考慮得多麼深遠啊！」眾官員齊聲稱是。

紀曉嵐最後對強業茂的女婿儲堅桂說：「根據你岳父的這番苦心，本官判決把遺產全部判給你的小舅子強振家。」

那女兒、女婿一起跪在地上求紀曉嵐重新判決。

紀曉嵐說：「你們這兩個貪心不足之徒，已經得到了十年的好處，難道還不算走運嗎？」

割絹斷案

福建龍海縣有個名叫苟炎棄的人，帶了一匹微黃色的絹去集市上賣。不想行至半途下起雨來。所到之地前不著村，後不著店，竟無避雨之地。只得把絹展開來遮雨。

雨越下越大，他直發急。正在此時，遠處奔來一人，渾身冷得發抖，衣服全濕透了，請求到絹下避雨，舉絹者答應。過了一會兒，雨止天晴，賣絹者苟炎棄正欲背絹趕路，卻被後到之人一把拉住，說絹是他的。賣絹者苟炎棄大怒，於是爭執起來。兩人各不相讓，竟大打出手。路人紛紛勸架，他倆仍爭執不下。

此時，正巧紀曉嵐坐轎經過，看熱鬧者見紀大人駕到，紛紛讓道。那兩人也停止了爭吵。紀曉嵐問明緣由後說：「你們各有其理。那絹上可有記號？」

二人回答皆同。

紀曉嵐歎了口氣說：「這樣吧，既然你們都道黃絹屬於自己，又都不肯放棄。本官作個判決，不知你們可有異議？」兩人點頭同意。紀曉嵐當即命手下拿出寶劍，將那匹絹一分爲二說：「各人一半，免得再爭。」

兩人離去後，紀曉嵐馬上派人悄悄跟蹤，聽他倆說些什麼。盯梢的人一直跟到集市，只見苟炎棄碰到同村人便滿臉憤恨地訴說了剛才的遭遇，大罵紀曉嵐是糊塗官。另外那個人手拿半匹絹喜氣洋洋地叫賣，價錢喊得特別便宜。盯梢者立即報告紀曉嵐。紀曉嵐命令將兩人喊來。賴絹者見此，知已敗露，只得老實承認，將絹交出，並得到應有的懲處。

黃絹主人苟炎棄見黃絹去而復歸，連忙跪在紀曉嵐跟前謝恩，高喊：「多謝青天大老爺！」

與屍對話

紀曉嵐奉旨查案再次來到福建雲霄縣。忽然聞報：附近一座寺院的門上掛著一具屍體，且手腳全無。紀曉嵐大驚，覺得此案非同小可。他立即趕至寺院，見那裏早圍了不少看熱鬧的人。他走上前去，果見一具血肉模糊的屍體掛在門上，手腳被砍。就吩咐眾人散開，自己站在屍體旁細細察看，發現屍體的斷處並無多少血跡，好似死去後手腳被砍的樣子。

紀曉嵐見狀心中閃過一念，便裝作與死屍談話的樣子，不時點頭。眾人遠遠望著，覺得奇怪。半晌，紀曉嵐才命兵卒將屍體搬走，又對一個兵卒耳語了一番。

回到衙門，紀曉嵐便將眾官吏召來，嚴肅地說：「本官奉旨來此查案，恰出如此嚴重的兇殺案，我要承擔責任。此案如何破，本官已有眉目。剛才我已詢問了死者，案情已基本掌握，馬上可破。請各位稍等片刻便可揭出眞相。」

眾官吏心中暗笑：怎麼能與死人談話呢？

不多時，外面跑進來一個兵卒，悄悄在紀曉嵐耳旁說了幾句什麼。紀曉嵐點點頭，微微一笑說：「各位注意了，此案已經水落石出，廷掾（官名）站出來。」

廷掾惶恐地站起來走到堂中。

紀曉嵐道：「你很聰明。不過你要說清楚，爲何要惡作劇？」

廷掾頓時面紅耳赤，口中喃喃道：「小人不知大人所指何事？」

紀曉嵐臉色一沉道：「你不從實招來，便以殺人罪論處！」

廷掾知已闖大禍，只得招供：原來他聽說紀曉嵐辦案如神，就想試一試他的眞本事。那天晚上他下鄉回城，見荒丘上有個新葬墳墓被盜墓者掘開，屍體拋於荒野，被盜墓者砸得面目全非。他心生歹意，欲將屍體裝入隨身所帶裝稻子的空口袋，屍體太大無法裝進，便取刀將手腳砍去。進城後，他悄悄將屍體掛在衙門近處的寺院門上，製造兇殺樣子，煞一煞紀曉嵐的威風，沒想到竟被紀曉嵐識破。

原來，紀曉嵐當時觀察屍體，發現稻芒和砍痕有異的情況後，便命令兵卒到守城門的士兵處詢問昨夜都有誰背口袋進城。答是只有廷掾一人，因此認定是他所爲。

如此疑案，紀曉嵐僅僅經過「與屍體談話」的小小把戲，便很快告破了。

拷打羊皮

福建漳浦縣有個名叫江邊贊的鹽販子背著一袋鹽到漳浦城去賣，半路上遇到一個名叫陶出山的賣柴的樵夫。走了一段路，他們在一棵大樹下一起休息。當他們站起來準備趕路時，卻爲鋪在地上的一張羊皮爭執起來。都說是自己的，最後竟打了起來。過路的人把他們拉開，叫他們到縣衙那裏去告狀。「去就去！」兩人面紅耳赤地趕到縣衙。

剛好紀曉嵐奉旨查案再一次來到了漳浦縣。自然接手辦理。

紀曉嵐讓他們講講事情的前因後果。

背鹽的江邊贊搶著說：「這羊皮是我的，我帶著它走南闖北販鹽，用了五年了。」

砍柴的陶出山也嚷道：「你好不知羞！竟要把我的東西說成是你的！我進山砍柴時總要披著它取暖，背柴的時候總拿它墊在肩上。」

兩個人滔滔不絕地講得頭頭是道，一時分不清誰說的是眞誰說的是假了。

紀曉嵐對兩人說：「你們先到前庭去一下，等一會兒就會有審理結果的。」兩人退下大堂後，紀曉嵐問左右差役：「如果拷打這張羊皮，能問出它的主人是誰嗎？」左右覺得很奇怪，心中暗笑著不回答。紀曉嵐吩咐道：「把羊皮放在席子上，打它四十大板！」四十大板打過之後，紀曉嵐上前拎起羊皮看了看，說：「它果真吃不住打，已經招供了。」接著又喝道：「傳他們上來！」

江邊贊和陶出山上堂後，紀曉嵐說：「羊皮已經招供了，說江邊贊是它的主人。」

陶出山紅著臉說：「大人，羊皮怎麼能說話招供？」

紀曉嵐指著散落在地上的鹽屑說：「那你自己看看吧。」

陶出山知道已無法矇騙，只好認錯，並接受了懲處。

詐供破案

福建詔安縣有一對犯案被判苦役的兄弟，名叫解慶賓和解思安，弟弟思安爲了逃避艱苦的勞役，在一個風雨之夜逃走了。哥哥慶賓害怕另外再承擔弟弟的勞動任務，就冒認江邊一具屍體是自己弟弟，謊稱弟弟被他人所殺害，買了一塊地埋葬了。解慶賓還勾結城裏一個姓楊的巫婆，叫她自稱前幾天夜裏看見了鬼，正是思安，謊說思安是被人勒死的，現在做了鬼整天整夜哭叫。接著，慶賓便誣陷是和弟弟在一起的蘇顯甫、李蓋殺害的，告狀到了縣衙。

縣衙派人把蘇顯甫、李蓋兩人抓去審訊。這兩人禁不起嚴刑拷打，承認是他倆殺害了解思安。將要結此案時，紀曉嵐奉查疑案到了詔安，產生了懷疑。他秘密指派詔安城裏兩位無人認識的人，僞裝是從外地來到詔安，探望牢中的解慶賓。

他倆見到解慶賓說：「我們住在離此地三百里的地方，不久前的某晚，有一人路過我們村要求住宿，從他談話中，發現他有可疑之處，便立即追問他。他說自己是被判刑服勞役的犯人，剛從牢裏逃出來，姓解名思安。當夜，我們把他綁在樹上，要把他捉到官府去。他苦苦哀求，說：『我有一個哥哥叫慶賓，現住在詔安勞役場，如果你們有憐憫之心的話，請去一趟轉告我哥哥，我哥哥重情義，講義氣，會變賣家產重謝你們的。現在把我留下當做人質好啦。如果見到我哥哥，通報了情況得不到酬金，到那時送我進官府也不晚。』因此，我們不辭辛勞把消息告訴給你，你打算出多少酬金謝我們，我們好趕回去，放你弟弟。」

解慶賓頓時臉色發白，立即準備禮物重謝他們。兩人拿著禮品火速回衙，上報紀曉嵐。

第二天一早，紀曉嵐派人到牢房提審解慶賓。紀曉嵐敲一下驚堂木喝問：「大膽解慶賓，你的弟弟逃出牢房，你爲何妄認別人屍體做你弟弟？從實招來！」

慶賓見一旁有那兩個「外地人」作證，只得認罪。

紀曉嵐重新把蘇顯甫、李蓋兩人帶到法庭審問，兩人承認是受不住棒打招了假供。過了大約一個月，弟弟解思安也被拘捕歸案，投進牢房。紀曉嵐又派人到城裏捉來與解慶賓串通一氣的巫婆，鞭笞一百下，予以懲罰。

以賊治賊

福建長奉縣盜賊案屢破不止。

乾隆發聖諭，要紀曉嵐去當刺史，運用自己的超群智謀止住那裏的盜案。

紀曉嵐去後，首先暗地瞭解情況。他深入民間，秘密查訪，發現許多大案竟是當地一些豪強富戶幹的。前幾任官吏均懼怕這些地頭蛇，不敢眞正治盜，致使盜風猖獗。紀曉嵐思考了幾天，終於想出了一條妙計。

那天紀曉嵐發出請柬，宴請當地所有豪門富戶。酒過三巡，紀曉嵐站起雙手作揖道：「我這個人是書生出身，新來乍到，請各位多幫忙。聽說此地盜竊案很多，可我對於督查盜賊一竅不通，全靠你們這些人和我共同分憂啊！」

說完，紀曉嵐雙手連拍幾下，廂房內又走出幾十個年輕人，豪門富戶見狀詫異，原來這些年輕人都是平常危害鄉里的凶頑狡詐之輩，大家頓時提心吊膽起來，不知紀曉嵐賣的什麼藥。

紀曉嵐對這幫年輕人笑臉相迎，請之入座用餐。安頓畢。紀曉嵐又道：「今日宴請有一事安排。從即日起，本官將按地區劃分分管地段，每一段設一主帥，主帥由該地段的豪門富戶擔任，而你們在座的年輕人擔任捕頭，按住所劃分小組，統統實行包乾制。規定界內發生盜案必須負責破案，包括幾起大案，倘若不能破案，本官只得將各位以故意放縱盜賊罪論處。」

當即，一個官吏持書上堂宣讀了分工及任命。

眾人大驚，沒想到新任刺史如此厲害。交頭接耳之後便有人誠惶誠恐上前對紀曉嵐耳語了一番。

紀曉嵐微微一笑，不出所料，此招很靈。原來那人代表所有作過案的豪門富戶招供，前些日子的大案是他們作的，並保證以後不再犯。取出紙筆，叫他們作案的同夥寫上，然後列冊。

第二天街上貼了一張很大的布告，說：「自知行盜的人，趕緊前來自首，當即免除他的罪過。本月內不來自首的人，本人棄市，妻子兒女籍沒賞給先行自首的人。」

十天以內，眾盜全部自首完畢。紀曉嵐取出名冊核對，毫無差異，一律赦免了他們的罪行，允許他們改過自新。這些群盜驚恐畏懼，不敢再胡作非爲了。紀曉嵐以賊治賊一法取得了驚人的效果。

水中撈銀

福建晉江的江中，一艘小貨船在江中行進。船很沈重，速度很慢。這中間有一個大商人，怕身邊的銀子遭人偷竊，趁著其他商人不注意的時候，悄悄把銀子藏在貨物中間。但是他的舉動卻被一旁掌舵的船夫看在眼裏。

船行了十餘里，停靠到一個碼頭，船上的人們都到鎮上買東西或散步去了。等人全部上岸，年輕的船夫偷了那個大商人的銀子，卻照原樣將貨物安置好，然後也上岸去了。

第二天，船終於到了一個碼頭。那個大商人發現自己藏在貨物裏的銀子不見了，在船上翻了幾遍，均沒發現。於是，大商人便扭著年輕的船夫到了官府，官府派人對小船重新進行搜索，始終沒見銀子的蹤影。

恰逢紀曉嵐奉旨查訪疑案再次到了晉江。案子自然交到了紀曉嵐手上。紀曉嵐對船夫審訊幾句後也沒有結果，最後紀曉嵐問幾個同船人，小船昨夜停靠在什麼地方。同船人們如實以告。

知道詳細地點後，紀曉嵐命令幾個差役立即趕到臨夜停船的碼頭，到水中打撈，並說誰撈到贓物給予重賞。結果眞的撈出了一只小箱子，裏面全是銀子。

原來，那年輕船夫經常採用這種巧妙的方法逃避檢查，等風波平息後再去取贓物。現在人贓俱在，那個船夫只好認罪伏法。

銀子失而復得的大商人對紀曉嵐磕頭稱謝說：「都說水中撈月一場空，大人是青天大老爺，水中撈銀破了案。」

兩審牛案

此時正是春耕時節，水西村農民王和和張貴一天在田裏同耕，休息時坐在田邊閒聊，讓兩頭牛在坡上吃草。一會兒，兩頭牛抵起角來，王和和張貴沒當一回事，竟在一邊看熱鬧，誰知道王和的牛把張貴的牛抵死了。這下兩個好朋友翻了臉，張貴告到縣衙門，要王和賠牛。

紀曉嵐一審，知道了事情的原因，就笑哈哈地對他們說：「你們本是一對好朋友，只是漫不經心使牛抵角死亡，以致朋友反目成仇人，這實在是不應該的。今天本官勸你們言歸於好。」說罷，提筆寫了四行字：

二牛抵角，
不死即活；
活牛同耕，

死牛同剝。

兩個農民聽完判決，都說這樣公平合理，謝過紀曉嵐，攜手走出公堂。誰知那兩人剛走，又來一人報案。

那是水東村農民，名叫龍全。今天早晨正要牽牛下地幹活，來到牛圈時大吃一驚：原來他的大黃牛滿口血淋淋，牛舌頭不知給誰割掉了。他心疼得哭了一場，急來縣衙門要求破案。

紀曉嵐看了狀紙，心想：這很可能是龍全的仇人幹的。就對龍全說：「看來，這頭牛是活不長了，你乾脆把牛宰了，肉可以賣。我再資助你一些錢，這樣你又可新買一頭牛了。」龍全感激地揮淚告別。

龍全剛走，紀曉嵐當即出了一張禁殺耕牛的布告：

本縣曉諭黎民百姓：爲確保春耕春種，保養好耕牛，嚴禁私自宰殺。如有病牛，須請牛醫診治；診治無效的，先報呈縣衙，經查驗後，方可宰殺。未經查驗，擅自殺牛的，一律嚴懲不貸。有人捕捉到殺牛者，官府賞銀三百貫。此布。

第二天，龍全的鄰居張安前來報告說，龍全擅自宰殺耕牛。紀曉嵐想：村中的人一定都知道，龍全宰殺的是沒有舌頭的殘廢牛，而這個自稱龍全鄰居的人明知殺殘廢牛而來告他，不就是誣陷好人嗎？這人肯定和龍全有仇。紀曉嵐出布告本來就是要引龍全的仇人出來。現在問過姓名，知他叫張安。龍全曾告訴紀曉嵐，張安曾和他有仇，看來此人必定是偷割牛舌的人。

一審問，張安只得供認了自己割牛舌而又來誣告的罪狀。

審石擒凶

紀曉嵐奉聖命微服私訪查疑案，這一天他來到福建東山縣。

紀曉嵐帶著衙吏經過某山崗時，見前面草叢上方蒼蠅亂飛，並有一股血腥味撲來，便令衙吏察看。草叢裏躺著一具男屍，身體已經腐爛，面目難辨，背上壓著塊大青石板，肩上還搭著只馬褡褳子，內有木制「宋記」戳記——原來是個收賣粗布的。查問地保，知本地沒有姓宋的販布商人。紀曉嵐斷定這是謀財害命的案子。那麼殺人犯是誰呢？

第二天，紀曉嵐貼出布告，說要在大堂上審石板。大家覺得好奇，都到堂上看稀奇事。那塊青石板正放在堂中央，鐵面無私的紀曉嵐喝道：「大膽石板，竟敢謀財害命，目無國法，給我狠打四十大板！」差役揚起板子，狠狠向石板打去，「劈劈啪啪」震得差役虎口疼痛。大家見狀，都忍不住笑出聲來。紀曉嵐斥責道：「本官斷案，大堂上理應肅靜，你們竟敢喧嘩公堂，該當何罪？」

眾人見紀曉嵐發怒，一齊跪下，口稱「知罪」。

紀曉嵐說，「那好，你們講，願打還是願罰？願打，每人打四十大板；願罰，每人舉保畫押，限定三日，交上三尺大布。違者嚴懲！」

大家願罰。心想：「紀曉嵐眞有意思，找不到兇犯，讓眾人來獻一條孝布。」

三天之內，近街遠集的粗大布一購而空。紀曉嵐手下一邊收布，一邊核對布頭上的印記，竟發現不少人交上的粗大布上有「宋記」戳印，與死者的印戳，絲毫不差。經查問知是某布莊的。當下把某布莊老闆抓來。老闆一見死者的印戳，面如土灰，只得供認：死者宋某從外地收購粗大布，蓋上印戳後寄存在他那裏。他謀財害命，但匆忙之中忘了毀掉馬褡褳子。

紀曉嵐審石破案傳爲佳話。

妙點鴛鴦

福建的南靖縣有這樣一件案子。

南靖縣王員外的小姐自幼許配給李員外的兒子李侃。後來李員外家道中落，王員外嫌貧愛富，賴婚後將王小姐許配給翟秀才。王小姐與李侃從小青梅竹馬，情深誼厚，死活不肯。偏等到紀曉嵐來南靖縣訪查疑案的這一天，李侃告王員外賴婚。

紀曉嵐瞭解眞相後，叫李侃、王小姐和翟秀才一起上堂，紀曉嵐對翟秀才說：「李侃是王小姐的前夫，有約在先。你還是成人之美爲好。」

翟秀才說：「憑什麼說我是搶人？是王小姐自願的。」

紀曉嵐說：「既然這樣，那就讓王小姐自認吧！」

紀曉嵐叫他們排成一行：前頭是翟秀才，中間是王小姐，末後是李侃。然後對王小姐說：「如今本官決定，你是願與前夫陪伴終身，還是願與後夫白頭偕老，讓你自選。一旦認了，落文爲憑。」

王小姐張嘴就想喊李侃，但老爺只准講「前夫」或「後夫」。她向後面看看李侃，想說「後夫」，又怕翟秀才糾纏，一時無以作答。紀曉嵐請她快說，王小姐一急，就脫口而出：「老爺，小女子願與前夫陪伴終身。」

三人落了手印。

跪在一邊的翟秀才樂顛顛的，李侃愣住了，王小姐流下眼淚。

紀曉嵐卻哈哈大笑說：「好！王小姐不嫌貧寒，既然願與前夫伴侶終身，李侃，那你就帶她回去成親吧！退堂！」這時王小姐破涕為笑，李侃也化愁為喜，獨有翟秀才無話可說。

原來，紀曉嵐故意把李侃安排在後邊，不管王小姐願認前夫還是後夫，都可以把她判給李侃。說「前夫」，王小姐原先許佩的是李侃；說「後夫」，李侃正跪在王小姐的身後。

紀曉嵐眞不愧為風流才子，成全了一對美好的姻緣。

智識釘案

斷案如神的紀曉嵐終於遇到了一件難以決斷的大疑案。

這事發生在紀曉嵐奉聖命再次到福建泉州府查案的時候，泉州街民法南猝然死亡，族人因其死得蹊蹺，便狀告到泉州府。

紀曉嵐將法南之妻子夏菊傳訊，夏菊雖言詞哀切，但面露妖冶之色，外著喪服，內套紅襖，分明有殺夫嫌疑，但她聲稱丈夫係「氣鼓症」死亡。

紀曉嵐問道：「既患氣鼓症，可曾請醫治療？」

紀曉嵐便命仵作蘇放開棺驗屍。蘇放經驗豐富，但驗屍結果雖見法南死狀異樣，卻並未查出謀害痕跡。他回轉家中，夜不成寐，不知如何向紀曉嵐稟報。

蘇放之妻香英見他心事重重便問道：「你可曾驗看那屍體的鼻子？」

蘇放反問：「驗那鼻子何用？」

香英說道：「那鼻子內大有可作文章，倘從中釘上利釘，直通腦門，豈非能不留痕跡而致人死亡！」

蘇放將信將疑地連夜再去複驗屍體，果見法南的鼻孔內有兩根鐵釘，於是眞相大白，遂將夏菊緝拿問罪。夏菊抵賴不過，承認了串通姘夫謀害親夫的事實。

事後，紀曉嵐詢問蘇放：「夏菊作案手段奇特，你是如何想到驗看屍體鼻孔的。」

蘇放回答：「此是小的妻子提醒的。」

紀曉嵐說：「請你妻子來府，我要當面酬謝。」

第二天，蘇放高興地帶著妻子到府裏領賞。紀曉嵐像是熟人似地對香英端詳了一會兒，開口問道：「你嫁給蘇放幾年了？」香英答道：「我們係半路夫妻，只因我前夫暴病死亡，才改嫁蘇放爲妻。」

「你前夫的名字可叫門緊？」

香英面露驚異之色：「大人如何得知？」

「門緊暴死一案由縣衙呈送本府，我昨晚查閱卷宗，得知縣衙已對此案作了正常病故的結語。但我覺得此種結語頗存疑問。」

香英更是呈恐慌之色：「大人以爲……」

「本府認爲，門緊係被人從鼻孔釘釘謀害。」

蘇放奉命前往門緊墓地，掘墓開棺，雖屍體已腐爛，但在鼻孔部位露出兩根已鏽的長釘。

紀曉嵐繼續審理門緊案件。他對香英說：「想你一個平常女子，如何懂得鼻孔釘釘的奇特方法，除非有過親身經歷，才能一語點破。」

香英只得如實招供事實：原來她也是個水性楊花的女子，在與門緊結婚之後，經常與人姘居，有個姘夫是個慣犯，與她合謀用鐵釘釘鼻之法害死了門緊，後來那個姘夫在鬥毆中被人殺死，香英才改嫁蘇放。

蘇放聽了如夢初醒：「想不到此女這般蛇蠍心腸，若非大人明察秋毫，我也幾乎作了她砧上之肉。」

香英懊喪不已：「若不是我多言多語，此案也斷不能破。」

紀曉嵐正色道：「非也，作案之人，僥倖取巧，只能蒙蔽一時，不能長久隱藏，終有一天會暴露出來自食惡果。此乃天網恢恢，疏而不漏！」

驗布伸冤

福建南靖縣有個財主名叫王義，一日夜晚擁進一幫蒙面強盜，將王家老小全部捆綁，關入柴房，房內細軟洗劫一空。

案子報到了州府縣衙，縣令命手下限期破案。幾天下來，毫無進展。縣令細心察看了王家失物的清單，便將清單分發給辦案官吏，要求以此為線索，在街頭巷尾注意觀察。

一天早上，捕快在市場上巡視，只見有一個攤上五個大漢在賣舊衣服，價格很便宜，他頓時想到王義失竊清單上有此物，立即招呼其他捕快，將五個壯漢拘捕到衙門審理。不想五個壯漢卻大喊冤枉，不承認與盜案有涉。官吏命大刑伺候。不一會兒，五個大漢便被打得皮開肉綻，終於招供。罪狀和贓物都已俱全，請示要以極刑懲處。

正在此時，紀曉嵐奉旨查訪疑案再次來到南靖縣。紀曉嵐仔細審閱卷宗，發現五人招供有幾處不符，馬上派人前往調查五人的家境及平時的德行。發現這幾個人平時老實本分，家境尚可，均以合夥販物為生。紀曉嵐又將那繡有王字的衫褲取來察看，覺得有異。便傳王義到府查證。

紀曉嵐問：「你所失的衫褲是同一塊布做的嗎？」

王義答道：「是。」

紀曉嵐比量衫褲用布的幅尺，發現二者闊窄不同，疏密有異。將衫褲上的王字給王義看，王義道：「這不是我的。我的那王字是用黃線繡的。」

一切明瞭後，紀曉嵐將五個囚犯帶上詢問，五人又大呼冤屈。紀曉嵐問：「先前爲什麼認罪？」

五人齊道：「不能忍受毒刑拷打，只求速死算了。」

證據不足，紀曉嵐慰撫五人一番，立即將他們釋放。

過了幾天，在紀曉嵐的精心佈置下，捉住了眞正的罪犯，原來他們搶劫了王義家之後，將所搶得的衣物便宜販賣，那五個便宜賣舊衣服的壯漢卻並未從他們那裏販到衣物。那些繡有「王」字的衫褲是從別處販得。

那五個壯漢磕頭感謝紀曉嵐的再造之恩。

眞正的罪犯沒有逃脫紀曉嵐睿智的追捕。

詰童雪冤

福建平和縣有個名叫戴魯漢的木匠住在山嶺下邊。嶺上有條驛道，人們在他的屋後沿著驛道往來。

一天五更時分，戴魯漢帶著工具外出幹活，在離開驛道五六丈遠的地方發現了一具屍體，血肉模糊。他稍瞥了幾眼，置之不理，自顧離開了。原來這屍體早就被人發現報了案。時間到了中午，里長和鄰居前來看屍首，見致命傷口是斧子的痕跡，議論紛紛，都說這肯定是戴魯漢木匠作的案，不分青紅皂白，便把木匠戴魯漢夫婦捆綁著送往官府。一陣接一陣的嚴刑拷打，這對夫妻沒法辯白，只能含冤招認。但這案件漏洞百出，且缺乏證據，拖了一年之久，一直懸著。

紀曉嵐奉乾隆聖諭到各地訪查疑案，這天再一次到了平和縣，自然接手辦理這拖了一年的老疑案。

紀曉嵐幾次來到獄中審訊，木匠戴魯漢夫婦供詞如原來一樣，提不出啥新線索。

有一天，紀曉嵐正在訊問，看到一個小孩來找獄卒。小孩跟獄卒貼得很近，嘀嘀咕咕說了大半天。

紀曉嵐心存狐疑，走上前去詰問獄卒。獄卒支支吾吾，故意轉移話題。

紀曉嵐想：這裏頭肯定有鬼！他將手一揮，讓周圍的人統統走開，自己跟小孩單獨交談。

開始，這小孩守口如瓶，隻字不提，經過反覆安慰、勸誘，他才說：「有一個人在茶館裏給了我五十文錢，讓我打聽審案中木匠夫婦是不是承認了殺人。我告訴你，你可不能告訴別人！」這小孩還挺嚴肅地囑咐紀曉嵐。

紀曉嵐心中大喜過望。馬上命令兩個獄卒跟隨小孩來到茶館，逮捕了唆使小孩探聽消息的人。

紀曉嵐劈頭責罵：「你自己行兇殺人，爲何要讓別人償命？還不趕快招認！」

這人再也無法抵賴，只好乖乖地供認了殺人搶劫的罪行。木匠戴魯漢夫婦的冤案馬上得到了昭雪。

驗屍斷案

福建華安縣的一個小山村裏的村民古天明、古天日兄弟倆，抬著大哥古天聰的屍體，踏著彎彎小路，到了縣府門口，跪在衙門直喊冤屈，要求縣官爲民作主，懲治殺害哥哥的兇手勞日青。

剛巧紀曉嵐奉旨查辦疑案到了華安縣，案子自然到了紀曉嵐的手中。

紀曉嵐仔細查看屍體，只見屍體全身上下都有血跡和傷痕。他便問古氏兄弟倆要怎樣處置殺害哥哥的山民勞日青。

兄弟倆異口同聲道：「還我土地，殺兇手替我大哥報仇！」

勞日青在大堂上一跪三磕頭：「爭土地之事確有過，但殺人之事從來沒有，請大人明鑒。」

紀曉嵐再次驗屍，發現死者身上的血跡洗不掉，不像眞血跡。

他派人到山寨找來膠脂，放在上面用火烤一會，然後再洗刷。洗刷了幾次，盆裏的水發紅了，骨頭上還留有紅血。這哪裏是血跡？於是，嚴厲審問古天明、古天日兄弟倆，在事實面前，古氏兄弟不得不承認是誣告。

原來，古天聰過去同勞日青曾有過爭奪山村土地的糾紛。古家一個外甥也同勞日青家有過宿怨。他們對勞日青懷恨在心已久，正好這時古天聰發病突然死去。古氏兄弟以爲報仇時機已到，便在大哥身上作了假傷痕，又塗上赤脂，冒充血跡。沒想到機關算盡還是沒能逃過紀曉嵐的眼睛。

紀曉嵐機智斷案的故事被人越傳越神。

智懲凶頑

福建總督古芒峰有個兒子古亦今，是個浪蕩公子，經常帶一班惡少到附近州府闖禍。

這天，古亦今帶著一幫浪蕩公子竄到閩侯閒逛，並派人請縣令安排食宿。古亦今的惡名紀曉嵐早有所聞，他想了一下，關照專管接待的驛站公差說：「他們不是奉公而來，照規矩可以不接待。不過他們既然來了，就讓他們住下，一日三頓便餐就行了。如果他們胡作非爲，即時報我。」

古亦今一夥在閩侯往了一天，便傳來消息，說這幫人搶掠東西，調戲婦女，鬧得城裏雞犬不寧。紀曉嵐雖然不露聲色，心中卻生了一計。

晚上，古亦今等人吃飯時，桌上只擺了三菜一湯，而且無酒。古亦今便破口大罵，還把桌子掀翻。驛站公差辯解了幾句，古亦今不由分說便命隨從將他捆綁起來，吊打一頓。

紀曉嵐大怒，命衙役們將古亦今一幫人捆到公堂受審。古亦今一見紀曉嵐，不肯下跪，高叫：「我是古總督的兒子，古總督是你的頂頭上司，你這樣對待我，要讓我父知曉，你輕則革職，重則性命難保！」

紀曉嵐哈哈大笑說：「總督大人我是知道的，他可是朝中宰相多次誇獎過的廉潔奉公之人。」

「知道就好，趕快鬆綁，給我賠罪！」古亦今趾高氣揚地說。

紀曉嵐忽地沈下臉道：「總督大人是大清官，你是他公子，怎會如此胡作非爲？你哪一點像總督大人家的人！你老實說來，你是誰家的惡少，竟敢冒充總督大人的公子，敗壞總督大人的名聲？」說罷讓衙役重打了四十大板。

古亦今的一個家奴忙跪下說：「大人息怒，我們出遊有老爺的親筆信，可不是冒充的。」

紀曉嵐又拍了一下驚堂木：「大膽小賊，竟敢僞造總督大人信件，再打四十大板。」

古亦今一夥人，嚇得魂不附體，連連磕頭求饒。

紀曉嵐立即給總督大人寫了個公文，說有一起冒充總督大人親屬的案件，要求嚴辦。接著派人押著犯人連夜趕往總督府。

人押走後，縣吏們很爲紀曉嵐擔心，因爲那古亦今確實是總督的兒子。紀曉嵐說：「正因爲是眞的我才說他是假的，不以眞當假，豈可打他四十大板？」眾人恍然大悟。

不出所料，古總督對此果眞是啞巴吃黃連有苦說不出，奈何紀曉嵐不得。

十年積案

紀曉嵐奉乾隆聖諭，到福建華安縣了斷一件拖了十年的積案。

十多年前，華安縣的一條河中發現了一具屍體，身上壓著一塊大石頭。撈上後經人辨認，知是縣民蒯續的妹夫伊五孫。華安縣官根據蒯續提供的線索，動用大刑，逼吏員楊天麒和伊五孫妻蒯氏承認是「因姦殺夫」，判蒯氏凌遲處死，楊天麒斬首。經報刑部複審，終於駁回。於是再審，審出蒯續爲「幫兇」。於是，「幫兇」蒯續擬處絞刑，「淫婦」蒯氏仍處凌遲，「奸夫」楊天麒仍處斬首，蒯氏、楊天麒屢次告冤，上面屢次難定。整整拖了十多年，這案子終未定下。

半夜三更，來此查辦疑案的紀曉嵐仍藉著燭光在細閱卷宗。越往下看，心裏疑點越多：蒯氏跟伊五孫結婚後，感情一直很好，生了二男一女，怎麼會謀殺親夫？楊天麒有妻室兒女，並非好色之徒，「姦情」從何說起？他又翻翻原判決書，一行字赫然入目：「蒯氏串通了她哥哥，楊天麒串通家中僕人楊小毛，掩護他倆通姦。」紀曉嵐更是生疑：「世上哪有這種大事聲張的通姦？」

紀曉嵐脫去官服換成便裝，深入鄰里，細細查訪。他找到了一條重要線索：蒯續的母親湯氏曾經借給伊五孫三兩銀子。後來，蒯續多次向伊五孫索付，但都沒討到。

紀曉嵐心中有了底，回衙後再次提審蒯續。蒯續眼珠骨碌碌轉，正欲狡辯，紀曉嵐突然厲聲呵責：「大膽刁民，爲了三兩銀子就殺人害命，還想抵賴嗎？」

蒯續見那形勢，是紙包不住火了，就顫抖著交代了害人經過——

伊五孫借了三兩銀子久久不還，蒯續懷恨在心。那天，楊天麒帶著僕人楊小毛因公外出，投宿在伊五孫家。伊五孫外出買酒菜招待，正好碰上蒯續，便樂呵呵請蒯續一塊兒到他家喝酒。

蒯續沈下了臉：「三兩銀子到底什麼時候還？」

伊五孫忙請求：「手頭較緊，寬限幾天吧！」

蒯續惡聲惡氣發怒：「我看你是千年不賴，萬年不還了！」

伊五孫氣不過，回嘴頂了幾句。蒯續惱差成怒，操起身邊的石塊，砸死了伊五孫，再將屍體扔進了河裏。

蒯續氣喘吁吁講完這些事，口吐白沫。昏死在大堂上。一件十載積案，終於水落石出。蒯氏和楊天麒的生命和名譽也得以保全了。

智擒真凶

福建南平縣發生了一件兇殺案。

一位農婦橫屍山野，當地山民向前往查案的官府衙役反映：案發時，經過那地方的有二十個役卒，正好進山砍樹。

官府將那二十個人全部逮捕。一番嚴刑拷打，那二十個役卒被迫承認：「是我們調戲了她，然後殺了她。」

剛好紀曉嵐奉旨來南平查辦疑案。他細細查閱案卷，暗暗納悶：「殺一個農家婦女，哪裏用得上這二十個人？看來，這二十個人裏面，肯定魚龍混雜，不能全部判刑啊。明天，一定要一個個過堂再審！」

第二天，那被押解而來的二十個人被一一過堂複審。

複審至半途，紀曉嵐發現其中兩人前言不搭後語，驚慌萬狀。紀曉嵐霍然而起，拍案斥責：「殺人元兇，趕快服罪！」

那兩人嚇得雙膝一軟，撲通跪下，慌忙交代了罪行：「我們兩個上山時落在最後，見到那農婦頗有幾分姿色，上前調戲。那農婦不答應，還高聲叫罵。我們兩個又氣又急，舉起劈柴斧頭砍死了她。殺人的斧頭都藏在我們的床底下。大人，請饒命啊，是小的一念之差啊！」

紀曉嵐令人快馬趕路，取回那兩把斧頭。斧頭上血跡尚在，紀曉嵐將那兩個兇手依法處決，釋放了那十八個無辜役卒。

大堂之上，有同僚問紀曉嵐：「你憑什麼猜不是二十個人一塊兒殺的呢？」

紀曉嵐笑道：「人多心雜，二十個人在一塊兒，不可能同時欺侮一個婦女，哪會一塊兒殺一個人呢？」

眾人都誇讚紀曉嵐斷事如神。

稀奇命案

福建南平縣發生了一起稀奇命案，南平城外有戶姓李的財主，家僱兩個夥計。大夥計叫易老大，小夥計叫楊老面。那天啓明星剛露臉，李財主便把兩個夥計叫醒下地割麥子。

易老大扛著一把鋒利的大鐮刀在前頭走，楊老面忽感肚子痛，招呼了一聲便鑽進竹林去出恭。完事後楊老面趕到地頭，見前面溝頭躺著一個人，不由得喊起娘來。原來是易老大的脖子上直冒鮮血，已倒地身亡。楊老面發瘋似地奔回李財主家。

李財主趕到地頭驚呆了，這人命案非同小可，就沈下臉說道：「這裏並無他人腳印，必是楊老面所爲！」當下地保、里正一擁而上，將楊老面押到官府。

適逢紀曉嵐奉旨查辦疑案乘船路過此地，紀曉嵐見岸上圍了一大群人，就上岸察看。只見南平知縣正在驗屍，苦於無法破案，就請紀曉嵐幫助他分析案情。紀曉嵐只見屍體周圍麥棵整齊，腳印清晰，並無搏鬥痕跡，旁邊一把賊亮的大鐮刀，刀刃鋒利，上沾鮮血。鄉人作證：此刀是易老大的。

紀曉嵐又調查了楊老面平日的稟性，人們都說他膽小怕事，逆來順受，連雞也不敢宰，是有名的軟面疙瘩。紀曉嵐又仔細將屍首查看，又見屍身下躺著只隻蛤蟆。他搖搖頭歎息：蛤蟆當了兇手？自古未曾聽說過。不過此案不是自殺，亦非他殺，其中定有蹊蹺。忽然身旁有個隨從叫起來：「這兒有血！」

紀曉嵐細瞧，果見草叢裏有幾點淡血跡，可不像人血。旁邊還有一條二尺多長的死蛇，蛇腰上有一道很深的傷痕。他想：怪了，蛇和蛤蟆不可能操起鐮刀割易老大的脖子，但為啥現場有這兩個死物？便和南平縣知縣帶著死蛇和死蛤蟆回了衙門。

第二天，紀曉嵐扮成江湖郎中到百姓家中串門，和幾位老者話家常，講得興起，便把那蛇拿出，請教為何物所傷。大家同聲道：「像是刀螂鋸的。」

一個老者問：「在撿到處可見到蛤蟆、老鼠等物？」

紀曉嵐驚道：「果有一隻蛤蟆。不知何故此說，請賜教。」

老者笑道：「先生有所不知。這幾物是天敵，蛇吞蛤蟆、老鼠為常情，刀螂拔刀相救為天性，跳到蛇腹咬緊蛇身，不愁鋸不開皮肉。還有一說，大凡刀螂救出被害之物，精疲力盡，往往就變成被搭救之物的一頓美餐。這蟲豸之類也有恩將仇報的。」

紀曉嵐聽此欣喜萬分，回到縣衙即叫南平知縣升堂斷案。百姓聽說奇案已破，相約趕來，衙門口圍了個水泄不通。

紀曉嵐說：「據本官查明，易老大屬自己誤殺身亡。究其原因，乃是蛇、蛤蟆兩物作祟。」人群中發出一片驚歎聲。

紀曉嵐又道：「易老大來到地頭，看見一條蛇正吞蛤蟆，一隻刀螂跳過來，鋸開蛇肚，救出蛤蟆，蛤蟆見面前的刀螂，一口把牠吞進肚中。萬老大是個忠孝子，見這蛤蟆恩將仇報，氣極了。肩上扛著大鐮刀，便提著刀把用力拉下去打蛤蟆，誰知莽撞之中鋒利的大鐮刀把自己的脖子給割斷了。易老大身子倒下壓死了蛤蟆。楊老面在後面出恭，不知這一切，故造成此樁奇案。」

此言一出，符合情理，案情大白。

群眾都說紀曉嵐審案智識超群，條理分明。

善察小偷

紀曉嵐奉旨微服私訪查疑案，這一天來到了福建邵武縣，紀曉嵐記不得自己是第幾次到邵武了。

紀曉嵐前往市集，在人群中穿行，迎面過來一位衣帽十分整齊的年輕人。紀曉嵐發現此人穿著雖然像個模樣，可臉膛卻不乾淨，而且耳旁有污垢，走路也不斯文，心中感到奇怪，便跟蹤而行。行了一段路，前面過來一個挑草的人。那年輕人悄然伸手在擦肩而過的一剎那抽出一把草，匆匆地朝路旁廁所走去。紀曉嵐見狀，認定此人來路不正，便在外等候。過了一會兒，那年輕人從廁所走出，紀曉嵐猛地朝他大喝一聲，那人立刻驚恐萬分，拔腿而逃。紀曉嵐緊緊追趕，高呼捉賊。路人聞之亦追，將那年輕人捉住，送到官府。審問下來，不出紀曉嵐所料，此人正是官府正在追緝的慣竊。

另一次，紀曉嵐上山去古廟遊玩。時值三伏天，十分悶熱。來到古廟，只見有三個漢子躺在地上呼呼大睡。旁邊有個劈開的西瓜一動不動，沒吃。西瓜上面滿是嗡嗡亂飛的蒼蠅。

紀曉嵐派出多名捕快，飛奔古廟。進得廟內，那幾個漢子仍在呼呼大睡。捕快二話沒說，上前捕住。經審訊，近幾日該地幾樁大的盜竊案果真是這夥人所爲。

人們對紀曉嵐的識賊能力驚歎不已，問有何竅門。紀曉嵐說：「只要留點神，動動腦便可。一般小偷總有不同常人的神態舉止。像那次廁所捉賊的事來說，那小偷雖然穿著斯文，人卻不斯文，臉上骯髒，上廁偷草擦屎，我便斷定他是個無賴小人。他的衣帽必定是偷來的。再像這次古廟捉賊吧，幾個人疲憊不堪，大熱天睡在古廟裏，身旁並無行李包裹，不像旅途之人，我猜想肯定是夜晚勞累過度白天才如此疲倦的；再說劈開西瓜不吃，是用來躲避蒼蠅的。我斷定這幫人是夜裏作案之人。」

果然紀曉嵐判斷如神。

智擒淫魔

福建省建陽縣有個小戶人家的婦人，生得天姿國色。一日，丈夫喝得酒氣沖天回到家中，跟她商量一事。說是有位富商早已看上她，並願意出重金娶她。而她丈夫已收受鉅額黃金，答應此事。婦人痛哭不已，丈夫威脅強迫。無奈，婦人只好同意。丈夫大喜，選擇了一個晚上，準備了酒食招請富商前來。

那天準備完畢，婦人的丈夫故意藏起來，叫婦人招待。富商有事耽擱，來得遲了一些，走進房裏大吃一驚：婦人已被殺死，她的頭也沒有了。富商恐怖之極大叫起來，驚動了左右鄰舍。婦人的丈夫也聞聲趕來，見狀一把揪住富商，拉他見官，說富商殺了他的妻子。

富商連喊冤屈說：「我看上他的老婆，這件事是有的，即使不從，還可以慢慢商量，怎麼會因而殺她呢？」

此案到了奉旨查辦疑案的紀曉嵐手中。紀曉嵐派捕頭調查街鄰，一個老人說：「以前這兒有個巡夜的化緣和尚，在殺人後的第二天就沒聽見他的聲音，這很可疑。」

紀曉嵐聽說之後，立即僱人調查和尚的行蹤，果然在鄰近地方找到了。紀曉嵐便設一計，讓一個人穿著婦人的衣服，躲在林中。和尚經過此林，那人學著婦人的聲音叫他：「和尚，還我頭來！」

和尚嚇得面如土色，以為鬼魂出現，忙答：「頭在你宅上第三戶人家的鋪架上。」早已埋伏在林中的眾人聞言一擁而上，將和尚捉住。和尚自知說漏嘴上了當，只得老實交代：那夜他巡街化緣，見婦人家門半掩，不見裏面有人，便溜進去偷東西，進入房內見一漂亮女子，心生歹念欲強姦她。不想婦子反抗激烈，一怒之下就殺了她，把她的頭帶出去，掛在了第三戶人家的鋪架上。

紀曉嵐把第三戶人家的主人抓來，那人說：「有這麼一回事。當時因害怕招惹是非，就把人頭埋在園子裏了。」

紀曉嵐派人前往挖掘，果然挖出了婦人的頭。於是淫魔和尚被判處了死刑。

虛構命案

福建省建甌縣有一戶弟兄倆，兄長黃大，已成家多年；弟弟黃二，剛剛成家。成家之前，兄弟合著過，兄弟關係尚可，只是叔嫂之間有些不和。他們的父親生前經商有些積蓄。照理這筆錢應該是兄弟倆的，可黃大媳婦爲人刁橫，想獨吞這筆遺產。黃大一向怕老婆，只得依順。黃二成家後提出分家之事，並要求得到遺產的一半。黃大媳婦一聽便哭道：「你眞沒良心！爹娘死得早，這些年你哥好不容易把你拉扯大。爹娘死時剩下的一點錢早就爲你花光了！你還要遺產，眞是恩將仇報，令人心寒哪！」嫂子這麼一鬧，老實的黃二一時沒了主意，只得回房跟媳婦商量。

媳婦問：「你可知道有多少遺產？」

黃二答：「有一箱銀元寶，是我親眼看見的。」

媳婦想了想說；「你嫂子不講理，心又狠。聽說紀曉嵐大人奉旨來縣裏辦案，紀大人斷案如神，咱們去向他告狀。」

第二天清晨，黃二便將狀子呈上縣衙。紀曉嵐看完狀子，問黃二：「你爹死時，你多大？」

「七歲。」

「那麼小，你怎麼知道你爹留下了遺產呢？」

「我記得爹的喪事剛完，哥哥就讓我幫他把滿滿一大箱銀元寶裝在一口大缸裏。」

「那缸放在什麼地方？」

「不知道。後來，我再沒見過此缸。」

聽完黃二的話，紀曉嵐一拍桌案，怒道：「大膽黃二，竟敢胡說八道。你自己搞不清楚，叫本官如何去查？來人，把他趕出去。」

黃二回到家中，委屈地與媳婦抱頭痛哭。黃大夫妻聽說此事，高興極了。

幾天後的一個深夜，紀曉嵐帶著一班衙役，忽然闖進黃大家中，將黃大拿住。紀曉嵐怒喝道：「有人檢舉，說你參與了鄰縣的殺人搶劫案！」

黃大夫妻嚇得面如土色，連連喊冤。紀曉嵐板著鐵青的臉，喝道：「搜！」

房裏房後，一下子被衙役翻了個底朝天。終於在床底下浮土中挖出一隻缸，打開一看，裏面全是銀元寶。紀曉嵐道：「贓物在此，還有何話可說？」

黃大忙跪於地上分辯道：「冤枉，這不是贓物，而是家父留下的遺產，請老爺明察。」

紀曉嵐又喝道：「大膽！事到如今，不說實話，還想蒙哄本官！」

黃大夫妻嚇得直哭道：「這些錢，眞是家父留給我們哥倆的遺產哪！」

紀曉嵐見黃大夫妻說出實話，命人取下口供。然後，叫來黃二，說：「這兒有一份你哥哥的自供，說這些錢是你父親留下的遺產，請你拿走一半吧。」

見此，黃大夫妻再也出聲不得。黃二這才明白紀曉嵐的良苦用心。夫妻倆感恩不盡。黃二媳婦當即取出若干銀元寶給哥嫂，以謝撫養黃二之恩，黃大夫妻慚愧不已。

出庭對證

福建浦城縣有戶富裕的人家娶媳婦，喜事辦得熱熱鬧鬧，親戚朋友成群結隊前來赴宴。這當兒，有個小偷趁人多雜亂時一頭溜進洞房，鑽到了床底下，想到天黑時偷些值錢的首飾什麼的。沒料到，洞房裏一連三日燈火通明，新房裏也沒斷過人。小偷苦苦捱了三天三夜，餓得他肚皮貼到背上，渴得他喉嚨裏冒煙。他實在受不了，乘新房裏只有新郎新娘時，爬出來就往外竄。

新郎新娘見了驚叫道：「抓小偷啊！抓小偷啊！」

這戶人家還有一些幫忙的人沒走，見一個陌生人鬼頭鬼腦竄出新房，他身後又傳出呼喊抓小偷的聲音，馬上撲過去，把小偷綁了個結結實實，推推擠擠地押到了官府。

正巧是前來查辦疑案的紀曉嵐接辦此案。

小偷說：「我不是賊，是醫生。」

紀曉嵐喝道：「既是醫生，怎麼躲到人家的新房裏？」

小偷假裝鎮靜地說：「大人，那新娘子患有特殊的婦女病，出嫁前曾求我跟隨著她，以便隨時上藥。」

紀曉嵐再三審問，小偷對新娘子家的事說得頭頭是道，似乎有根有據。原來，小偷在床下三天三夜，自然聽了那新婚夫婦的全部私房話。

紀曉嵐將信將疑，就對原告說：「被告到底是醫生還是小偷，只有請新娘子上堂來作證了。」

原告是新郎的父親，他回家一商量，新娘子愛面子，死活不肯上堂對證。她覺得自己眞是太丟人了：一結婚就上堂跟人家打官司，而且被告居然躲在床底下三天三夜，對她來說，眞是奇恥大辱。

紀曉嵐聽說新娘子不肯上堂，就同身邊的一位老吏商量。

老吏說：「新娘子不肯上堂，是怕丟面子，這是人之常情。我認爲，小偷躲在床底下，又突然逃出來，不一定認識新娘子。如果請另外一個年輕女人出庭對證，我們就可以看一齣好戲了。」

紀曉嵐一想很對，便叫老吏去請一位妓女。一會兒，老吏找來一名妓女，讓她穿著結婚禮服，打扮成新娘，用花轎抬到縣府公堂。

紀曉嵐對小偷說：「現在新娘子來了，你敢和她對證嗎？」

小偷硬著頭皮說：「敢！怎麼不敢！」

紀曉嵐叫老吏揭開轎簾，裝扮得很漂亮的妓女從裏面走了出來。小偷忙上前說：「新娘子，是你叫我跟來治病的，爲什麼讓你婆家的人把我當作賊？」

妓女和在場的人都大笑起來。紀曉嵐再一審問，小偷只好認了罪。

毒殺辨疑

福建福州兵營一個名叫劉旦黃的士兵忽然中毒身亡。當地知府在辦案時查得死者劉旦黃生前與一個叫王足淺的兵士不和，經過調查，發現王足淺前一陣曾買過一包砒霜。便將王足淺拘至大堂。

開始王足淺說買了砒霜是毒老鼠，經過一頓大板後，他把供詞改爲：「我買了幾個饅頭，將砒霜夾在裏面，給劉旦黃吃後死的。」

知府進一步逼問道：「在哪裏買的砒霜和饅頭？給死者吃饅頭時，有誰看見？」

「在仁和藥店買的砒霜，在十字街口買的饅頭。給他吃時兵營隔壁大嫂看見了。」

「來人！」知府向衙役發令：「速將幾位證人傳來！」

不到一刻，幾個證人到齊，當堂對質無誤，便呈文上報要將王足淺處以極刑。這個案子偏巧被奉旨查辦疑案的紀曉嵐查出，紀曉嵐看了案卷心中犯疑：這兩人既然平時關係不好，死者劉旦黃怎麼會輕易食用王足淺的饅頭呢？此案有假，他決定重審。

紀曉嵐先找證人核實。問賣饅頭的：「你一天接待多少人？」

「一百多個。」

「這些人都是些什麼樣子，你能記住嗎？」

「不記得。」

「那麼，你怎麼記得王足淺呢？」

賣饅頭的人一時無話可說。紀曉嵐厲聲喝道：「要知道作僞證是犯法的。」

「紀大人，」賣饅頭的道：「這事與我無關。是捕役對我說有個殺人犯已經招認了，缺一個賣饅頭的證人，叫我作證。我想他招了，作證就作證，其實我不認識他。」

紀曉嵐又問那位大嫂，她也是被捕役硬拉來當證人的。

複審的結果，王足淺買砒霜毒老鼠是眞，其餘都是假的。紀曉嵐令知縣和捕役立刻來府。將複審經過細說一遍，並訓斥一頓說：「不能只憑板子辦案。回去重新審理，速將結果報來。」

知府埋怨捕役道：「你怎麼給我弄來的全是假證人啊？」

捕役無奈地說：「老爺已定案，我不這樣做，豈不是砸飯碗？」

經過再次審理，原來劉日黃是被瘋狗咬後患狂犬病而死的，故呈中毒狀。

王足淺涉嫌毒死人命之冤案眞相大白。

驗查焚屍

福建順昌縣有個村莊，村莊裏有個女人，與別的男人通姦。日子久了，丈夫有所察覺。女人便偷偷告訴姘夫，商量如何把丈夫殺死。

某晚，丈夫猛喝悶酒以致酩酊大醉，臥睡不醒，女人乘機用布帶將他勒死了。看到丈夫緊握雙拳面目恐怖的死相，她十分害怕形跡暴露，就放火焚燒自家的房屋，結果丈夫屍體被燒得通體焦黑，頸部形狀模糊，勒痕已不復存在。女人見狀大喜，自以爲萬無一失，便報官府訴請破案。

官府正是奉旨查案的紀曉嵐接辦此案。紀曉嵐當即派員前住現場驗屍。女人就一邊哀聲號哭，一邊斷斷續續講述丈夫被燒死的經過。紀曉嵐問道：「你不是和丈夫同住一屋嗎？爲什麼丈夫被燒死，你卻活得好好的？」

女人強作鎮靜，從容答道：「火燒時，我丈夫酒醉未醒，我死死推了幾次，他還是像死豬一樣不動。大火眼看就要燒到床上了，我不得不捨夫逃走，好不容易才撿到一條性命。」

紀曉嵐端詳著女人一副油嘴，不由得冷笑道：「我且問你，你丈夫是死後燒死的，還是活活燒死的？」

女人嚇了一跳，但她堅定地說：「當然是活活燒死的。」

女人哭道：「你這是憑空捏造，想誣好人哪！」罵完，以頭撞地，還嚎叫：「親夫，我的親人哪！」

紀曉嵐問道：「你知道活活燒死的形狀與死了被燒死的手指形狀有什麼不同嗎？」

女人被問得目瞪口呆，只是說：「我只知道丈夫同我睡一床，他是酒醉不醒被活活燒死的。」

紀曉嵐怒喝道：「好個嘴硬的淫婦！如果活著被燒死，即使是酒醉也會因燒痛而將手指伸開護住胸部。現在你丈夫既是雙拳緊握，顯然是死了之後被燒死的。驗查燒屍案我不知經辦了多少件，你要瞞騙別人可以，瞞騙我可不是玩兒的！你再不老實交代，法律是不會寬恕你的！」說著，一面命令差役將屍首下棺入殮，一邊將女人押回官府收監。

經過嚴厲的審訊，女人只得如實招供。淫婦姦夫終於受到了法律的制裁。

姐弟官司

福建順昌縣桂甲村有個名叫惠子穎的人，他本來是有錢人家的子弟，後來不學長進，淪落爲別人的佃戶。惠子穎的姐姐惠施美嫁給一個富裕人家，由於丈夫不成器，公公臨死前將數千兩遺產都託付給惠施美媳婦說：「好好保管，不要讓我那個敗家子揮霍掉！」

惠子穎探聽到消息後，就去求姐姐惠施美說：「我爲別人種田始終沒有出息，我小時候就懂得做生意，就是缺乏資金，請姐姐幫我。」

姐姐惠施美就借給他數百兩銀子，惠子穎開設一家米店，過了一年居然獲得利潤。於是，又去求姐姐惠施美說：「我本當歸還你借的資金，可是最近有便宜米可買，估計日後要漲價，就是拿出我所有的錢來購置儲存也還不夠，如果能再借我千兩銀子作資金，所獲利潤將成倍翻上去。」

姐姐惠施美又借給他一千兩。之後，惠子穎又去借錢，說：「某貨如果購進，奇貨可居，可發大財！」

姐姐惠施美又借給他一千兩。幾次下來，姐姐的錢借光了。惠子穎善於經營，幾年間成為殷實富戶，還捐錢買得官銜，儼然成爲地方紳士了。

又過了幾年，姐姐惠施美的兒子長大成人，都要舉辦婚姻大事了。她想弟弟已經富有了，可向他討還借款了，便對丈夫說：「兒女婚嫁要用錢，你去向我弟弟求助。」

姐夫便向小舅子開口，小舅子說：「近日來我家經濟也困難了，愛莫能助。」

姐夫又羞又恨，回家大發脾氣。姐姐惠施美頓起疑心：「難道弟弟懷疑我丈夫還是過去那樣不檢點嗎？」便親自登門索借款。

誰知弟弟發火道：「你說什麼話？過去，外甥輩年幼，我稍微幫助你們一點，爲的是盡姐弟情誼。今天你倒誣賴我欠了你的錢了？」

姐姐施惠美又急又驚，跟他辯論，弟弟置之不理。姐姐只得向順昌縣府哭訴。

剛好是奉旨查案的紀曉嵐接辦此案。被告弟弟惠子穎穿著官服到案，一本正經地辯白道：「外甥輩幼小時我常資助他們。今天他們要婚嫁了，竟向我獅子大開口求助，這些都是各人家自己的事，我力不勝任，所以委婉拒絕了。誰知姐姐達不到目的，竟誣告我欠他的錢！」

紀曉嵐便問姐姐惠施美：「有借款憑證嗎？」

惠施美答：「沒有。」

「有人公證嗎？」

「沒有。」

「有經手錢款的第三者嗎？」

「沒有。」

紀曉嵐說：「都沒有，叫我怎麼判案？」

那姐姐惠施美無法，只能嚎啕大哭而歸。

其實紀曉嵐表面上那樣說，暗地裏還在活動。

紀曉嵐將監牢中兩個偷竊犯喊出來，秘密囑咐道：「你們替我辦一件事，辦成，可以減輕你們的刑罰，願意嗎？」

兩人叩頭說：「願意。」

紀曉嵐附耳言語：「如此如此。」

一犯人穿了華麗的衣服去惠子穎的米店，同他談生意。惠子穎認爲他是販米人，便款待他酒飯。兩人正談笑間，另一犯人蓬頭垢面狂奔而入。縣裏差役跟蹤追來，叫道：「逃犯！」上前捆住，忽見前一犯人，故意叫道：「你爲什麼逃到這兒？」

犯人指指惠子穎說：「他是我的舊主人，爲什麼不能來？」

差役將兩個逃犯捉拿歸案。紀曉嵐故意升堂公審，逃犯說惠子穎是他們的舊主人。紀曉嵐說：「嘿，他是窩主！」立即書寫公文將惠子穎傳至公堂對質。惠子穎連喊：「冤枉！」

逃犯說：「你不要狡辯！你以前還是個佃家，如果不是靠我偷了錢供你，你會有今天嗎？」

惠子穎說：「冤枉啊！我所以有今天，是姐姐借給我幾百兩銀子的緣故。」

紀曉嵐說：「數百兩的本金，十年內能積聚如此家財嗎？」

惠子穎說：「後來又借了幾千兩。」

紀曉嵐立即傳他的姐姐惠施美到案，姐姐惠施美歷數弟弟惠子穎抵賴之情，惠子穎不敢申辯。

紀曉嵐笑道：「我早知你不是盜賊。但不用此計，你不肯坦白。聽著，除你一身外，其餘財產都是你姐姐惠施美的。對你十年經營的勞苦，姐姐惠施美酌情會給酬勞。如不老實，就卸掉你的官銜，依法懲辦你！」

惠子穎滿面羞慚，諾諾表示伏罪，退下公堂。回去後按紀曉嵐的判決執行。姐姐惠施美此時才如夢初醒，連磕響頭跪謝紀大人。

五聽原則

紀曉嵐奉旨到福建崇安縣查辦疑案，剛好有個叫呂家樂的人，用刀砍傷了自己嫡親伯母的頭顱、面龐和腰部三個部位，然後來縣府自首。但他吞吞吐吐，並不提供物證。紀曉嵐接案後，即派員將受害者呂梁氏接到公堂查驗傷情。仵作驗傷快完畢時，呂梁氏大喊道：「堂上難道沒有聰明人嗎？誰是兇手我早已知道了，就是報案的呂家樂啊！」

紀曉嵐心裏好生奇怪：兇手不是自首了嗎？便說：「你講下去。」

呂梁氏道：「這個侄兒闖進我的臥室時，我開始還以爲他是小偷哩，便將小兒子藏匿在床底下，自己躲在屋門後觀察。呂家樂見床上沒有人，反身就走，他也沒有拿走什麼財物。他走到門前發現了我，便向我連砍三刀。當時雖然是夜晚，但我對他的面影看得很是眞切。等他離開後，我才覺得傷痛發作，連呼救命。他叔父、族人、鄰居一起擁到我房裏來看望，獨獨呂家樂沒有來。後來呂家族長去叫他，他隔了好一會兒才來。大家又是批評又是請求，他才答應前來縣府報案。我見到的經過就是如此，萬望秉公審判。」

紀曉嵐聽了，詳細地研究了此案，覺得：無論是自首者還是揭發兇手的受害者，都沒有提供物證，單憑他們的言語是不能作爲判案憑據的。怎麼辦呢？便一邊打發呂梁氏回家休養，一邊指派差役裝扮成罪犯，同呂家樂關在一間囚房裏。那個假罪犯很快就同呂家樂混得很熟，成了難友。

一天，假罪犯發現呂家樂脫掉外衣，自己吮吸內衣上的污穢。他起先還以爲呂家樂有什麼怪癖呢，後來仔細一看，才發現他是在吮吸血跡。這是什麼道理呢？他便將情況秘密報告紀曉嵐。紀曉嵐立即派人到監牢裏將呂家樂的內衣剝下，連同呂家樂一起解到公堂上審訊。反覆盤問下，呂家樂只得供認：血跡是受害人呂梁氏的；吮吸掉血跡，爲的是消滅罪證，好讓官府難以判決他的罪行。物證找到了，案子就可以判定了。呂梁氏的傷勢很重，聽說案子已經了結，自家的冤仇可以昭雪，便放心地死去了。紀曉嵐便妥善安置了她小兒子，將呂家樂判處了死刑抵命。

紀曉嵐的兒子紀汝億說：「我跟隨父親已有好幾年，見他審案都是依照《周禮》五聽的原則進行，即：辭聽，聽他的言語；色聽，看他的表情；氣聽，察他的呼吸；耳聽，望他怎樣聽人說話；目聽，研究他的眼神，絕不輕易動刑。」

紀曉嵐判斷呂家樂的案子即是如此。

葡架覓毒

福建光澤縣熊學海以跑單幫販賣貨物為生，常年在外奔波。家裏只有妻子和瞎眼的母親。媳婦早晚服侍婆母，好得如同母女一般。左鄰右舍對她們既羨慕又尊敬。

一天，熊學海回到家裏，母親命媳婦殺雞款待兒子。當時正是酷熱的夏天，他們將飯菜擺在院子的葡萄架下，一同進餐。那天，婆媳兩人都吃素，陪著熊學海一邊吃一邊敘談別後的種種瑣事。到了半夜，熊學海忽然暴病死亡。婆媳倆抱頭大哭，哀傷至極。鄰居得到消息，都來問詢、弔唁。里正覺得熊學海死得太突然了，便向官府報告。官府派仵作驗屍，結論是：「中毒身亡。」

縣官懷疑女子與外人通姦謀殺親夫，便將她逮捕，用嚴刑拷問。女子受不住刑罰，只得含冤供認自己是兇手。縣官追問：「姦夫是誰？」

女子說：「沒有啊。」

縣官又命差役動刑罰。女子被打得急了，只好胡亂說了一個人的名字：「十郎。」

十郎是熊學海的堂弟，熊學海每次遠出，都囑咐他代爲照管家庭。縣官聽了熊學海妻的招供，即派人將十郎逮捕歸案，向他訊問通姦殺兄經過。十郎大驚失色，堅不承認，縣官喝令嚴刑拷打。十郎最後也只得屈打成招。

案子上報後，奉命訪查疑案的紀曉嵐，懷疑其中大有冤情，要爲之平反，卻爲幕僚勸阻。結果，熊妻與十郎便被面對面地絞死在市集上了。一時群眾紛紛爲死者鳴冤。

紀曉嵐聽到議論心中煩悶，便化裝成百姓悄悄察訪。到熊學海家裏，見瞎眼老婦坐在屋檐下哭泣，便問：「老人家爲何悲傷？」

老婦說：「我兒慘死，雖然沒有查出原因，我卻認爲這是天命啊。而昏官竟然誣陷害死我賢慧的媳婦，我死了之後必要成爲厲鬼爲媳婦報仇！」

紀曉嵐驚問：「爲什麼說媳婦賢慧？」

老婦說：「別人不知，我是知道的。兒子在外，她夜夜伴我一起睡，夏天爲我驅趕蚊蟲，冬天給我貼身暖背，就是母女之間也做不到，更有什麼機會同人通姦呢?! 聽說紀翰林大人仁慈公正，我正日夜盼望冤案可以平反。可今天看來，紀翰林大人也是個昏官。老天啊！冤枉啊！我要到皇宮去告狀，以此來爲兒媳伸冤啊！」

紀曉嵐聽了，愧悔得汗如雨下，便同老婦講述吃雞中毒之事：「你們都吃雞，怎麼單單死了你兒子？」

老婦說：「那天我同兒媳吃素。」紀曉嵐說：「家雞難道會有毒嗎？一定有特殊緣故。你們在什麼地方吃？」

老婦說：「葡萄架下。」

紀曉嵐便出錢請人代買一隻肉雞，燒熟後仍置放於葡萄架下當時吃雞的處所。熱氣蒸騰而上，一會兒，一縷白絲自上而下掉在雞盤中，紀曉嵐全神貫注細看才隱隱辨清，十分驚異。便命人撕下一塊雞肉投給狗吃，狗吃了很快就倒斃在地上。紀曉嵐恍然大悟，連聲嘆道：「殺了兩個無辜，這是我的過錯啊！」

紀曉嵐立即返歸衙門，換上官服，召集承辦此案的各級官員，鳴鑼開道，來到熊學海家。瞎老太太大吃一驚，跪在地上迎接。官員們都莫名其妙，不知紀曉嵐葫蘆裏賣的什麼藥。紀曉嵐命令下人燒熟一隻雞，仍置放在葡萄架下原處，叫官員們細細審視。一會兒，細白絲自上而下落入雞盤。再撕一塊肉餵狗，狗吃了立即斃命。眾人大爲驚駭。紀曉嵐便叫差役拆毀葡萄架，細加搜索，捉得一隻長約四寸的毒蠍，細絲原來就是牠的涎液。官員們見了面面相覷。

紀曉嵐沈痛地說：「這就是熊學海暴死的緣故。兩個無辜百姓被判刑是冤枉的，難道不是我們這班父母官的罪過嗎？」即日奏報朝廷，請求處分。對縣官以枉處無辜論罪，對其餘官員給以不同的處罰。

書樓覓證

福建松溪縣有個叫孔有美的秀才，家裏有書樓，藏書極爲豐富。同縣的袁生、靳生都是名士，有時來孔家借書閱讀，就在書樓過夜。恰逢孔有美與茅家姑娘慧娟結婚。茅慧娟與孔有美是姑表兄妹，自小青梅竹馬。舉行婚禮時，袁生、靳生都來慶賀。袁生私下裏對靳生說：「聽說有美向茅姑娘求婚時還有一段曲折哩。」

靳生好奇地問：「怎麼曲折法？」

袁生說：「茅公比較固執，堅決反對姑表親聯姻。於是他倆相思成病，不知花費了多少唇舌才成就好事。今晚他們進入洞房，夫妻間不知有什麼私房話，我們去偷聽，可作爲笑料啊。」

靳生笑著表示同意。哪知此番話被躲在屏風後的孔有美聽見，不覺暗暗發笑。

到了深晚，參加婚宴的客人紛紛散去。孔有美脫掉衣裳準備就寢，忽然想到白天袁生對靳生的談話，疑心他一定還在書樓上。好在新房就在書樓下，於是只著了短衣褲摸黑登樓，準備悄悄觀察動靜。見一人靠著樓欄杆，心想這一定是袁生了，便躡手躡腳走到他背後，用雙手遮沒他的眼睛。那人猛地兜轉身子，用手使勁扼住孔有美的喉嚨，不一會兒，孔有美昏死過去了。

且說新娘茅慧娟到了孔家新房，正想今天新婚之夜，丈夫不知要對自己怎樣溫存體貼哩，心裏就像吃了蜜糖似的。忽然看見丈夫穿了短褲上書樓，不知什麼緣故，便吩咐丫頭爲她準備浴水，她要洗澡換衣。忽見一個男人匆匆衝進洞房，從衣著鞋子看完全像孔有美。那男的吹滅蠟燭，摟抱著慧娟上床。茅慧娟又驚又駭，默默想到：有美素來溫文爾雅，怎麼會如此粗暴迫切？這人肯定不是有美！於是她竭力抗拒，那人見不能得手，便搶奪她頭上的金釵和腕上金釧。這時婢女已將浴湯送到。慧娟大喊：「點蠟燭！」那男人便跳下床奪門逃去。眾人對此大爲驚疑。

一會兒，忽從書樓上傳來呻吟之聲。芳慧娟即同婢僕拿了蠟燭登樓照看，只見孔有美赤身露體躺在地板上，好像死去一樣。大家將有美救活後，有美一五一十將白日袁生的談話和夜來之事講了出來，還說：「我被扼住喉嚨，失去知覺。醒來也不知什麼時候，看到自己一絲不掛，才知是他剝了我的衣裳逃去了。」

茅慧娟也詳細敘述了夜來險些被強姦的事，夫妻相對驚詫歎息，想袁生是時下名士，德性竟是如此，總算玉身未被玷污。孔有美考慮友誼爲重，不想多事，就隱忍下來不加聲張。

再說袁生對靳生的談話本是無謂的玩笑話。在婚宴之夜飲酒，他竟酩酊大醉，嘔吐狼藉，衣褲給污染。眾人幫他脫去，扶他躺睡在書房內。靳生等袁生不醒，逕自離去。袁生醒來時發現客人都已散盡，看見自家污穢的衣服，非常難爲情，就著了短衣，乘著夜色昏暗跌跌撞撞走出孔家。看門人說是要去請主人借些外衣給他，袁生說「不必」，逕自出門去了。天亮後，看門人向主人報告，孔有美將情況印證對照，更加相信夜來強暴之事是袁生所爲。

茅慧娟回娘家時將此事透露，父親茅公大怒，逼孔有美告官，有美不肯，茅公就自行報案。此時正好紀曉嵐奉旨查辦疑案到了松溪，便接下了此案。紀曉嵐原就與被告袁生熟悉。接案後私自召見袁生詢問。

袁生大驚，說：「我絕不會做出此等事。」

紀曉嵐相信袁生的爲人，便派人向茅公委婉勸說撤銷訴訟，茅公更加憤怒，要向上司申報。

紀曉嵐鬱鬱寡歡，忽然尋思道：「眞兇犯既然扼孔有美喉嚨，又剝下他衣服自穿，那他的衣裳必然丟在書樓上。」

立即派差役前去孔家書樓搜索，果然在書櫃下搜得衣褲和通知還賭帳的信件一封。原來眞凶是孔家乳母之子，名叫阿聰，原在孔家當僕人。由於品行不端，早被驅逐。可他並不死心，所以乘婚禮紛亂之機混入，企圖搶掠財物作賭本。最後，阿聰被追捕歸案嚴辦，袁生的冤枉也就得到了昭雪。

人都說，多虧紀曉嵐到書樓上尋到了罪犯的衣物作證，才使袁生的冤案得以澄清。

馬褂質疑

紀曉嵐奉旨查訪疑案再次來到政和縣時碰上了一件棘手案子，那是盜賊拒捕，犯人殺死失主范同光，又在按察使司推翻供詞的案件。

緣由是這樣的：該犯夏有博入室偷竊，失主范同光發覺即緊抱該賊夏有博不放，夏有博慌急用刀連連猛戳，失主范同光登時鬆手倒斃。縣令派差役捕捉到該犯，縣令審訊時該犯供認了上述經過。縣府即把案犯和追獲的物證：血污短衫一件、無血青緞羊皮馬褂一件、凶刀一把，一同解送府裏複審，再由知府轉送按察使司審批，誰知該犯竟然翻供，只好發還重審。

這重審的責任便落到紀曉嵐手裏來了。

紀曉嵐細細閱讀案卷，其中記載的血衣凶刀都是當場繳獲的，該犯是眞正的元兇無疑。可是提審時，該犯夏有博竟說：「血污白布短衫是失主的，不是我的，衣上有三個刀戳破裂處可以爲證。凶刀也是差役後來上交的，並不是從我身上搜出來的。我不是盜賊，更沒有殺人，是差役怕不能及時破案遭到責罰憑空陷害我的！」

紀曉嵐命左右查驗血污短衫，果然有刀戳破痕三處，確是失主范同光被殺血衣，而且是貼身穿的，既然被血所污並破損，不值得剝取，何況失主被殺之時，該犯正在逃命，哪有時間剝取血衣？死後剝衣已很難讓人相信，殺人犯再身穿血污之衣難道可能嗎？這當中自有可以翻供的理由，以致該犯連凶刀是自己的也抵賴掉，不但不能使他承認自己是殺人犯，而且要弄清他殺人的動機都不可能了。那麼，那無血的羊皮褂呢？紀曉嵐當著兇犯詢問差役：「有沒有穿皮馬褂的小偷啊？」

差役愣住了，不能回答。

紀曉嵐又轉向嫌疑犯夏有博：「恐怕這件馬褂也不是你的，是借別人的吧？」夏有博答道：「這件馬褂是我的。我從來不借衣穿，人家也不借我的衣穿。」

紀曉嵐又問：「你的馬褂有無標記？」回答道：「領口後背合縫處有線繡的『夏』字，靠近領口的扣袢還是去年新換的。」一查，確實是他的。紀曉嵐又將馬褂反覆細看，只見緞裏陳舊，皮面泛黃，裏子和皮面似乎都有用水擦洗的痕跡，唯獨胸前一塊皮面硬梆梆的並露出浮水印，便盤問道：「怎麼會有水的？」

該犯夏有博答道：「是雨水打濕的。」

紀曉嵐冷笑道：「為什麼天雨只打濕胸部？」

夏有博面色蒼白，結結巴巴不能回答。紀曉嵐繼續追問，兇犯說：「這是擦洗油膩弄濕的。」

紀曉嵐反駁道：「油膩不是水能擦得掉的。」

夏有博低頭不答，已顯窘迫之狀。根據他的慌張神色和理屈詞窮，未嘗不可以定案。但擦洗血跡這一點終究還不夠扎實，難以使犯人心服口服，即使招認，難保他不再翻供。紀曉嵐再一細想擦洗不是拆洗，水份浸濕皮服，血污一定不會少，而且胸前出風處毛黃色重，估計裏面貼邊布定有鮮血滲入。果眞如此，案情就大白了。隨即拆看，白布貼邊果然有大血點四處。紀曉嵐隨即叫兇犯自己看自己回答。兇犯夏有博面如死灰，只得將他拒捕殺人經過一五一十供認出來。不靠刑訊，只靠事實和深入的盤問查出眞相，讓犯人服罪，此案再也不能翻供了。

追究犯人翻供的原因，都是因爲辦案的縣官、府官爲了貪圖省費口舌和思索功夫，把死人的血衣當成犯人的血衣，同凶刀一起上報，好讓上級早些審批下來。誰知犯人卻抓住辦案的破綻翻供，反而拖延了時日。可見，即使是辦理眞案也馬虎不得呀。

逼嫁疑案

福建寧德縣有個三十多歲的女人叫傅葉氏，十多歲時她嫁給一個姓王的，十多年後王某死去；之後，她再嫁一個姓傅的，不多久，傅某又死去。傅某留下前妻生養的一個幼兒，以及田產二十餘畝。傅葉氏就守著田產和孩子過活，並僱請了一個短工桂某料理內外。

沒多久，傅姓家族對此很有非議。傅葉氏的侄孫傅樂嘉認爲，叔祖母年輕，與青壯農工一起生活難免有瓜田李下之嫌，便勸請她辭退桂某另請雇工。傅葉氏當面答應，卻遲遲不動。傅樂嘉就去盤問，桂某以「女主人欠工錢」爲藉口滯留不走。於是，族長傅某與樂嘉商議，再次以「人言可畏」爲理由勸請傅葉氏改嫁。傅葉氏推託說，改嫁難以尋到穩妥可靠的對象，請求稍微遲緩一些日子。恰巧鄰村袁某聽到消息急忙告訴傅葉氏，傅葉氏即命桂某寫狀紙控告傅樂嘉等人逼嫁。等到縣府批覆追查此事，族長等人就去找桂某評理，桂某自知理屈，連夜逃走。族長等就斥責傅葉氏不該胡亂告狀，傅葉氏把責任推到桂某身上，但當夜卻懸梁自盡了。

事情鬧到了官府，縣府按照有關逼迫叔祖母轉嫁的刑法，判處傅樂嘉等杖刑和徒刑。但知府駁回縣裏的判決，說是：傅葉氏雖是再嫁女，既不願改嫁，就不能強迫；傅樂嘉等應按照威逼寡婦改嫁自殺的條律給予充軍流放的刑罰。可是案件上報到巡撫衙門後，巡撫陳公認爲傅家族長等商議逼嫁，一定是在圖謀吞吃傅葉氏的家產。於是，便委託另一縣令重審此案，此縣令判處族長絞刑、樂嘉流放。判決上報後，巡撫又認爲量刑老是變動不妥。

此事最終轉到奉旨查辦疑案的紀曉嵐手裏。紀曉嵐細細查閱有關卷宗，覺得歷次審訊記錄的情節都很離奇，唯獨某次查屍記載甚爲明確：傅葉氏面抹脂粉，上身著紅襯衣，下身著綠裙、紅內褲、花膝褲，腳上穿紅繡鞋；樓上臥室一間，內裏是葉氏的床，中間隔了一塊木板，沒有門，靠外即是雇工桂某的床。有人看了案卷對紀曉嵐說：「歷次判決都錯了，對傅樂嘉等只要稍加懲罰，打頓屁股關押數日，就可以結案了。」

紀曉嵐驚問：「爲什麼？」

那人答道：「傅葉氏的後夫死了，不滿一年就面敷脂粉，身穿豔裝，哪像守寡的樣子？她丟掉與前夫結髮十多年的夫妻恩情，卻丟不開與後夫很短的情義硬是守節不嫁，這道理講得通嗎？所謂守貞，不過是捨不得桂某罷了。桂某是因爲家裏清貧而受僱於傅葉氏，絕不會因領不到工錢而長期替別人白幹活。傅樂嘉勸請傅葉氏改嫁，桂某並沒有堅決反對；族長傅某等商議作媒請傅葉氏改嫁給袁某，並沒有當面對葉氏說，稱不上『逼嫁』。到縣府告狀打

『逼嫁』官司的是桂某，眞相揭穿後，他理虧逃走了。傅樂嘉等向傅葉氏追問桂某下落並斥責她不要亂告狀，也算不上『威逼』。傅葉氏輕生自殺，主要原因是桂某離開了她。事情原委只有抓住桂某才可徹底搞清楚。」

紀曉嵐便派差役捉拿桂某到案。經過審訊，桂某承認是與葉氏通姦。結果傅樂嘉等人分別只受到杖刑和關押數日的處分。地方人士都認爲判得公正合理。

蟲窩石案

紀曉嵐奉旨再次到福建福安縣查辦疑案時，某官員解送一批餉銀到達省會，打開貯藏餉銀的木箱大吃一驚，發現木箱中有一塊石頭，清點便發覺少了銀子兩百兩。地方官懷疑是挑木箱的役卒從中做了手腳，便下令將役卒捆綁起來，送往省府。案子由紀曉嵐審理。

紀曉嵐察看那塊冒頂銀子的石頭，發現上面有蟲做的窩，覺得此事很蹊蹺。他想：石頭有蟲窩說明此並非道路上的石頭，那麼此案可能並非役卒而作。他用手掂掂石頭的分量，忽地又想起一個關鍵問題，便問那役卒：「石頭比銀子輕，你肩上擔著銀子，左右輕重必須保持平衡。你什麼時候感到傾斜過？」

役卒經他提示，猛醒道：「是的。今天早上從客店出來上路時，就感到擔子傾斜了。」

紀曉嵐一聽，心中有了底。對地方官說：「你們一行人隨我同行。」說完就關照備轎，將那塊石頭裝於轎中，沿著地方官來的那條路往回走。

一路上，紀曉嵐細心察看路邊的石頭，只要遇到與它有些相像的石頭，就拾起來，居然拾了十幾塊，拿來比較，卻又不相像。

走著走著，便到昨夜地方官打點住宿的客店。店主外出迎接，一見地方官等人，面露驚慌之色，但隨即鎮定下來。這一閃的神情已被紀曉嵐看在眼裏，但他絲毫不露神色。

傍晚，紀曉嵐裝作散步，在客店旁踱來踱去。忽見竹林處有人私語。細窺，只見地方官的侍從正和店主在竊竊說著什麼。紀曉嵐仍不驚動他們，轉到屋後見角落處有堆亂石，上面有蟲窩。上前撿起一塊石頭細瞧。心中大喜：此石與餉銀箱中的極為相似。

紀曉嵐把石頭帶到客店，當即吩咐手下就地升堂，並喚來店主和地方官的侍從。

眾人到齊，紀曉嵐正色道：「關於餉銀失竊一案，本官已有眉目。今日且看我審問石頭。」

眾人不解。石頭何能語言？如何審得？

只見紀曉嵐微微一笑，取出餉銀箱中的石頭，和那一路上撿到的石頭，叫地方官的侍從和店主一一比較，都說：「不像？」

紀曉嵐又拿出剛才撿到的石頭給他們看，問：「像嗎？」

兩人則都說：「像！」

紀曉嵐聽罷厲聲說道：「這種石頭為什麼出在你的屋後呢？」店主頓時失色，無言以對，只得服罪招認：原來他和地方官的侍從是共同盜竊銀子的罪犯。

新郎失蹤

福建福鼎縣有戶人家，頗爲殷實。有一年父親娶了小妾，生了一個兒子，正妻所生的兩個兒子，與這個小兄弟很不和睦。因此，父親和長子、次子的關係也不怎麼好。

過了幾年，小妾所生的幼子長大成人，做父親的就忙著給他娶媳婦，解決婚姻大事。辦喜事的那天，親朋雲集，貴客盈門。正當花轎進門，新郎新娘要拜堂成親的時刻，才發現新郎不見了。過了一些日子，屍臭溢出，才從柴草房裏找出幼子的屍骨。即時報官，經過仵作勘驗，死者頸部有縊痕，顯然是被人勒死的。

幼子被人勒死，大家都懷疑是死者的長兄、次兄兩人所爲。父親也向縣官敘述了平時兄弟之間爭吵不睦的情景。縣官就把長兄、次兄拘來詢問，各種刑罰用過之後，兩人招認了是他們謀殺了親弟弟。案件至此告一段落。

不久，縣官調走，新縣官上任，紀曉嵐奉旨查辦疑案來到福鼎縣，他取來案卷審閱，產生了疑問：這哥倆謀害親弟弟，什麼時候都可以下手，爲什麼偏偏要選擇新婚之日親朋聚集之時下手呢？其中必定還有另外的情節，如果不詳細審問，很可能造成冤案。

紀曉嵐與辦喜事當天上門賀喜的客人逐個談話。後來，問到一個做瓦工的鄰人，此人是最後去賀喜的。

紀曉嵐問：「娶親之日，你爲何遲遲才去？」

那個瓦工答道：「他家娶親之日早晨，小人正替人家檢修屋漏，所以去得遲了。」

紀曉嵐說：「你在房上，能望見他家嗎？都看見些什麼呢？」

瓦工答道：「能望見，那天我看見某某廩生與新郎的侄女攜手進了柴屋。隨後又看見新郎拿出手紙，走過屋門前去上廁所。這時，小人完工，就下屋，換了衣服，過來道喜，別的事情就沒看見了。」

紀曉嵐道：「兇手有了！」即派差役將廩生及新郎的侄女拘來。在堂上一問，兩人都招供了殺死新郎的事實。原來廩生和新郎的侄女早有私情，分別多年，一直沒有機會相會，這天都來賀喜，見面之後，兩人就到柴屋來幽會，慌忙中竟然忘了閉上柴屋的門。不巧又遇上新郎上廁所，撞破了兩人的好事。兩人爲了免得醜事洩露，就動手將新郎勒死，塞在柴垛下面。殺完人，兩人就像沒那回事似的，還隨著眾人忙亂地找了一陣失蹤的新郎。

眞相大白，紀曉嵐判了兩人死罪，釋放了蒙冤的兩兄弟。

智辨替罪

紀曉嵐在福建霞浦縣辦理疑案時，受理這麼一樁奇案：有個瞎眼的中年男子來到縣衙門，聲淚俱下地說，自己在狂怒中不慎失手打死了年老的父親，要求紀曉嵐給他治罪。

紀曉嵐隨即到現場勘查。進門一看，只見一位白髮老翁面朝黃土，倒在血泊中。紀曉嵐發現死者腦勺有三個傷口，這些傷痕有規則地分開排列著。紀曉嵐心生疑竇，這似乎不像一個瞎子幹的。他不露神色地對瞎子說道：「你殺了人，是要抵罪的。跟我們走吧！你這一去再別想回來了！家裏還有什麼人？叫來和你訣別！」

瞎子臉色陰沈地說，家裏僅有一個兒子。兒子被傳來了，畏畏縮縮地站在瞎眼父親的身邊。此時，紀曉嵐在一旁大聲地說道：「你們父子有什麼話就快說罷，今天可是最後的機會了！」

聽罷這話，兒子抓住了父親的手，低聲嗚咽起來。父親也哭著對兒子道：「兒啊！以後可要好好做人，只要你今後好好地過日子，你父親此去也沒什麼牽掛了。不要想念我，我眼睛瞎了，也不值得想念！」那兒子神色淒然而又慌亂，一語不發地低著頭。

紀曉嵐立即喝令他兒子退下。過了一會兒，他又叫瞎子退下，立即將那兒子叫來鐵青著臉高聲叫道：「剛才你父親把一切都招認了，是你打死了你祖父，還想要你父親來抵罪，你知道該當何罪嗎？還不快招供？否則……」

那兒子連忙跪倒在地，哆嗦著說：「我確實打死了祖父，但我父親前去投案認罪是他自己的主意，這跟我不相干，請大人饒命！」說完連連磕頭。

原來他家共有四口人，他還有叔叔，那老翁由於大兒子是瞎子，所以常常偏袒小兒子。這孫子就記恨在心，趁著有一天老翁一人在家，掄起石塊就砸。父親回來可嚇壞了。為了門庭這條根，就想出了替罪的辦法。

事後，人們驚奇地問紀曉嵐怎麼會得知其中的曲折。紀曉嵐說：「你想啊！瞎子發怒打人，一般都是亂砸一氣，而那三處傷口卻排得清楚整齊，這顯然是眼明之人所幹的！我一看現場，就有懷疑。隨後叫來了他的兒子，故意讓他們生離死別，一看那兒子不自然的舉動、不符合常理的神情，我心裏就有了譜，再趁他心神不寧之時一追問，實情不就水落石出了嗎？」

智懲武舉

紀曉嵐奉旨再次到福建古田縣辦案時，有個武秀才（武舉）扭著一個鄉下人來到縣衙門口喊冤。紀曉嵐傳令升堂，片刻工夫，弄清了來龍去脈。

原來，鄉下人一早進城挑大糞，因爲早晨霧氣濃，看不清前面是否有人，他挑著糞，一邊走一邊喊：「請當心，讓讓路！」唯恐撞上個無賴潑皮，可是，前面的這位武秀才（武舉）一聽，心想：是誰這麼大聲嚷嚷讓路，老子走路從來都是人家讓我的。我偏要在中間大搖大擺地走。待挑糞的鄉下人剛看清前面有人，想停腳步時，只聽見「咕咚」一聲，糞桶已經撞上了武舉，蕩出來的糞水濺了他一身。

挑糞人一看撞了人，慌忙賠不是，答應幫他洗衣裳，並上前賠罪。可是武舉哪裏肯依，非要打鄉下人不可。路上行人紛紛替挑糞人說情。武舉一定要鄉下人賠衣裳，鄉下人一時哪有錢賠衣裳，再說，是他自己不讓路才撞上來的。倆人爭執不休，武舉便扭著鄉下人到縣衙來了。

紀曉嵐一聽，明明是武舉不肯讓路才撞上去的，人家已答應幫他洗衣服，他還無止無休纏著人家，又要打人，又要賠衣裳，眞是蠻不講理。今天，本官要煞煞你這個武秀才（武舉）的威風。

突然紀曉嵐把驚堂木一拍，對著鄉下人說道：「大膽！一個鄉下佬居然把大糞濺到秀才大人身上。現在，你給秀才磕一百個頭賠罪！」說著叫武秀才坐在下堂的一邊。

這下子，武秀才得意忘形，心想：你紀大人也得奉承我。越想越得意，翹起了二郎腿。乜斜著眼看著鄉下人給他磕頭。紀曉嵐見武秀才那種得意的樣子，看在眼裏，火在心裏，一言不發。

當鄉下人磕頭到七十多個時，只聽驚堂木「啪」的一聲響，紀曉嵐突然叫了一聲「停」。大家都用驚詫的眼光看著紀曉嵐，只見紀曉嵐對著武秀才慢悠悠地問道：「你是文秀才，還是武秀才？」

武秀才傲慢地答道：「武秀才！」

紀曉嵐笑著說：「哎唷！我差點弄錯了，我這裏的規矩：是給文秀才賠罪要磕一百個響頭，給武秀才只要磕五十個頭。現在鄉下人給你多磕了二十多個頭，怎麼辦呢？你應該還他才是。」

武秀才一聽跳了起來：「我是秀才，怎麼能給鄉下人磕頭？」

紀曉嵐不理他，對鄉下人說：「來，你坐到那邊去，讓他給你還磕頭。」

武秀才氣急敗壞地叫著：「我不磕，就是不磕！」

紀曉嵐驚堂木一拍：「來人，這位武秀才不會磕頭，你們幫幫他！」

旁邊走出四個彪形大漢，不顧武秀才的掙扎，反剪著他的雙臂，一直磕了二十多個頭。把他的額頭撞得青一塊紫一塊的。

武秀才痛得哇哇直嚎，捂著頭逃也似地離開了大堂。從此，古田縣的武秀才再也不敢橫行霸道，欺負百姓了。

佯倦破竊

福建壽寧縣有一個人控告別人偷了他的雞，紀曉嵐將他的左右鄰居傳來審訊此事。鄰居們都不肯承認偷雞之事，圍著公案跪在地上。一時間形成了僵局。

這時，紀曉嵐想到了這麼一個案例。

有個新婚不久的女子在深夜突然死亡。差役趕往現場時，發現其丈夫不在，於是引起了很大的懷疑。他就回縣衙覆命。在轉輾乘船時，巧遇那丈夫在同一渡船上。差役突然上前，說道：「你怎麼還在此逍遙自在？」

那人一驚道：「我怎麼啦？」

差役繼續說道：「你家裏出了事，親友們都在找你！」

那人一愣：「家裏出了什麼事？」

差役說：「你妻子突患急病，趕快回去請醫診治。」

那人神情爲之一鬆：「我妻子並沒生病！」

差役憑著那人的一驚、一愣、一鬆的神態，認定他是殺人兇手，當即將其拘捕。後經審訊，那人招供了事實。原來他是招贅爲婿的，結婚的目的是爲圖謀女家財產，所以於深夜將新婚之妻害死，自己就逃出在外，不意被差役查問。他明知妻子已死，怎還會生病呢？就脫口而出「我妻子並沒生病」。結果正是這話露出了破綻，被差役捉拿歸了案。

紀曉嵐想到這個案例，心生一計，他裝作疲倦的樣子，哈欠連連，對跪在公案旁的眾人說：「你們都說沒有偷雞，總不會是我大老爺偷的吧？一時也搞不明白，暫且先回去吧！」眾人站起來正要離開時，紀曉嵐突然拍案大喝道：「偷雞賊也膽敢起來走啊！」那偷雞之人心慌意亂，不由自主地屈膝跪到地上，紀曉嵐再作訊問，他就伏罪了。

後來也有人模仿紀曉嵐的辦法來審案，但並未找到罪犯。紀曉嵐聽後笑笑說：「這種辦法妙就妙在要針對罪犯當時的心理狀態，猝不及防地給予突然襲擊，倘若不顧場合，不分物件，或者是頻頻使用，那當然是不會奏效的了。」

勘查樹墩

福建周寧縣鄉民馮元義與苟中元同住一個莊子，種的地連在一起，地裏栽的又都是楊樹。

一日，馮元義怒氣沖沖地趕往縣衙告苟中元。狀紙上寫著：「因爲我家中困苦貧窮，爲餬口，只得砍伐楊樹一棵，欲變賣度日。沒想到莊裏的苟中元認爲我砍的是他家的樹，強行將此樹搶去。特請求追究。」

不一會兒，苟中元也義憤塡膺地趕至縣衙，也以「楊樹是我家的」爲理由，前來控告馮元義偷伐楊樹。

此時紀曉嵐到了周寧縣，就接手了此案。他看過雙方的訴狀，一時難以斷論。便說：「憑此訴狀，本官難辯眞僞，請你們雙方拿出地契來。」

雙方都道無地契，紀曉嵐問：「那憑什麼證明樹是長在你們的地裏呢？」

兩人均答靠丈量。

紀曉嵐於是帶人前往該處勘查。到了那裏，發現馮元義和苟中元的地，果然相連一起，沒有任何地界標誌。紀曉嵐便叫他們指出地界。

苟中元雖無地契，卻道得出地界，而且按他所說之步丈量，砍伐的那棵楊樹，確實在他地內。而馮元義卻不然，支支吾吾，指點不清。

此時，紀曉嵐已心中有數，但仍仔細察看，只見苟中元地裏的楊樹，連邊上的一株，共十株，排列成行，大小粗細不相上下。而馮元義地內的楊樹數株都砍去了，僅留下樹樁。紀曉嵐調查完畢，手指那棵被砍的樹說：「此樹是苟中元家的，你馮元義乃是偷伐了苟家的樹。」

馮元義不服，再三辯解。

紀曉嵐說：「你不用再辯，眞與假一句話便可斷定。你砍的樹與苟中元內的樹連接在一起，不分斷落，不是苟中元的樹是誰的？這是就地勢而言；再揣度情節，你砍樹已不止一次，苟中元從前並沒有說話，爲什麼單單這次不依你？況且，根據你所說，家貧沒吃的，自然先賣自己的樹，等到自家的樹砍光了，就不免要波及到別人。這是一定的道理，你還想抵賴不成？」

馮元義沒話可說，只得叩頭請求寬恕。

審樹查姦

福建屏南縣有個叫辛山的人從海外歸來，帶了很多金子。走到快天黑時，還沒回到家，怕遭到強盜的搶劫，就把金子埋到一棵樹下。四下裏看看沒有人影，方才匆匆趕路。到家後，他把埋金子的事告訴了妻子。可是第二天早上到埋金子的樹下一看，金子竟然不見了，就告到紀曉嵐那裏。

紀曉嵐瞭解到辛山外出已經四年了，家中沒有父母，只有妻子和一個四歲的孩子。就又問道：「你回家後，是否發現家中有反常的事？」

辛山說：「今早起來，家中幾道門都虛掩著，不知是否可說它是反常？」

紀曉嵐忽然大怒道：「這是樹的罪過！我要審問它一下！」就吩咐差役把那棵樹截斷後抬來，並叫辛山把他那四歲的兒子抱來。

再說差役奉命去鋸樹，那樹又高又大，倒在地上堵塞了交通。過路人知道眞相後都覺得好笑。樹抬到縣署大堂上後，圍觀的人很多。紀曉嵐突然命令關上門，叫辛山抱著兒子立在公案前，又叫來觀看的人一個一個跟著從公案前經過，就像點名似的。

這樣走了幾十個人。忽然，辛山的兒子親熱地對一個從案前經過的人道：「叔叔抱我！」

紀曉嵐把那人叫住，問他：「你認識這孩子嗎？」

那人答道：「不認識。」

紀曉嵐命令那人抱孩子，孩子就張開雙手要他抱，嘴裏大喊著：「叔叔，叔叔。」看上去很親熱。

紀曉嵐問那孩子：「這個叔叔，你在哪裏看見過？」

「這是我家的叔叔。」

「叔叔喜歡你嗎？」

「喜歡，常常給我吃東西。」

「叔叔住在哪裏？」

「我媽家裏。」

紀曉嵐對那人說：「你就是偷金子的人。」

那人說：「我沒偷金子！」

紀曉嵐冷笑道：「早晨辛山家裏的幾道門都虛掩著，不是你幹的嗎？若不老實招供，我可要動刑了。」那人只得承認是他做的。紀曉嵐叫差役押著他到家裏起出那些金子。

大家十分佩服紀曉嵐。紀曉嵐說：「辛山說幾道門都虛掩著，那麼偷聽的肯定是他妻子的姦夫了。辛山回來時，姦夫一定在屋子內，他聽了辛山說給妻子聽的話，就先下手把辛山的金子取走了。只是苦於沒抓到證據，我就利用這姦夫與幼兒熟悉這一點，來找出姦夫。話雖如此，假如我不裝瘋發癲要審樹，讓人們驚奇並來觀看，那姦夫怎麼肯進入縣衙呢？」

智識假病

紀曉嵐奉旨微服私訪查疑案。

這一天，紀曉嵐來到了福建省柘榮縣。正當他在縣城郊區行走時，只見遠處匆匆忙忙地走來一群人，有兩個漢子用一塊床板抬著一個病人，上面蓋著大被，枕上露著頭髮，頭髮上插著一支鳳釵。病人側身躺著，旁邊跟隨著四個壯健的男人，不時用手去掖病人身上的被子，將脫落出的被子壓在病人的身下，似怕風吹進去。見那抬床板的兩個壯漢累得氣喘吁吁直冒汗，將擔架停至路邊，又換兩個人來抬，上肩似很沈重，起步踉蹌。紀曉嵐見了很覺得奇怪：一個女人不可能會有這種重量，難道其中有隱情不成？便派士兵前去詢問。

一會兒，士兵回來道：「床板上躺著的是他們其中一個人的妹妹，病得很重，送她去婆家。」

紀曉嵐思忖了一下，總覺可疑。便對一名士兵說：「你遠遠地跟著他們，看這些人進了哪個村莊。」

這個士兵遵命悄悄地跟蹤於後，看見他們走到一個村屋，門口有兩個男人接應，一聲不吭急匆匆地幫忙將擔架抬了進去。一個漢子四周瞧瞧，立即將門關上。士兵立即返回報告。紀曉嵐點點頭，來到縣衙。

紀曉嵐找到該縣縣令問：「貴縣昨晚有沒有發生盜案？」

縣令有些支吾，回答說沒有。紀曉嵐心中有數。知他是害怕人家說他治理無方，忌諱說發生盜案，於是不再追問。回到下塌處，紀曉嵐叮囑所帶兵士化裝成百姓，外出仔細查訪，果然有家富戶被搶。紀曉嵐立即將那家當家人找來問明被劫情況，他卻面露難色。紀曉嵐道：「我已經替你把強盜捉住了，你不必有何顧慮。」

富人聽了，才跪下來叩頭，說：「是縣老爺不讓說。」

紀曉嵐當即連夜打門去見縣令，派能幹的差役四更時分離開縣城，直接到那個村屋，捉住了八個人。一審，他們就認罪了：昨天晚上他們搶劫後便住在妓院，與妓女合謀，把搶來的財產放在床上，讓妓女側身躺在那裏，抬著到窩贓的地方再瓜分。

有人問紀曉嵐怎麼能夠知道他們是強盜？他答道：「哪有年輕婦女躺在床上，肯讓別人把手伸進被子裏的？而且，擔架要換人輪流抬，表明擔子很重，兩邊有人用手保護，可知裏面有東西。再說，要是病得很重的婦女來了，必定有婦女在門口迎接，而那裏只有男人，而且連一句話都不問，從這些可確切地判斷，那幫人非正道之人，非賊必盜也。」

引賊上鉤

福建龍岩縣城中有一個富貴人家的女兒要出嫁，家裏給她備了豐盛的嫁妝。那嫁妝有十八扛十八挑，八百八十八件。只待男家的花轎一到，就可排成幾里長隊嫁女。

沒想到，第三天半夜，來了幾個盜賊，越牆而入，把嫁妝服飾席捲而去。頓時縣城裏鑼鼓亂鳴，人心惶惶，新娘子哭得死去活來。家人連忙派人到官府報案，竟沒有官員能想出破案妙計。正在此時，紀曉嵐奉旨查案來到了龍岩縣，縣官小心翼翼地向他報告了此案。

足智多謀的紀曉嵐給縣令出了個主意，命令當夜把全城四門都關閉，只留一個城門允許行人出入，派幾名兵士在門口檢查行人，同時又在城牆街口貼出布告，要求全城居民都在家中等著，官府要挨家挨戶搜查。然後，紀曉嵐又找來兩位精幹的差役，守候在城門口，見到有人進出來回二次以上者，馬上抓起來。

下午，差役抓來兩個人。這兩個人連續兩次出入城門，但兩手空空，長得肥胖，腰粗膀圓，身上除了衣服，沒什麼東西。

紀曉嵐卻馬上斷定這兩個人就是盜賊。兩個盜賊跪在地上連喊「冤枉」。紀曉嵐喝令左右衛兵把兩個人外衣脫下，只見裏面穿了好幾件女人的衣裙、紅綠錦綢，正是失竊的嫁衣。兩人這才叩頭認罪。

原來，這兩個盜賊聽到城裏要挨家挨戶大搜查的消息，怕躲在城裏要被搜出贓物，急於運出城外。但是東西多，又難以帶出，他倆就把嫁衣穿在身上，裝扮成胖子，可以分批轉移，沒想到中了紀曉嵐設下的引賊上鉤之計。

尋覓凶扇

福建長汀縣有個叫蔡小山的人，一天外出做生意，不料年輕貌美的妻子卓氏在家中被人所殺。現場只留下一柄扇子，上有詩句，題款是黃晟贈郁蜚卿。黃晟是何人無人知道，可郁蜚卿卻是當地有名的闊財主。蔡小山立即執扇上縣府告郁蜚卿。

郡縣衙門立即拘捕郁蜚卿，可郁蜚卿卻說冤枉。重刑之下，他吃不住，只得承認指定的罪行。這個案子經過多名官員審核，認爲沒有出入。

紀曉嵐奉旨查訪疑案再次來到長汀縣，他複審此案，心中生疑：郁蜚卿殺人證據只有一把扇子而已，況且那個黃晟是何人亦不知曉，證據顯然不足。再說被害婦女是春天被殺，那天夜裏很是寒冷，扇子根本是用不著的東西，怎麼會在幹那緊急匆忙之事時拿把扇子當累贅呢？想到這裏，他將那把扇子取出再三觀看題詩，覺得似曾相識，再一細想，猛然記起以前在城南某店避雨，看見牆上有題詩，而且就是這首。

紀曉嵐發下傳簽，馬上把城南那店主押來。紀曉嵐問他：「你那店裏的題詩是何人何時所題？」

店主道：「去年有幾個秀才到我那兒喝酒，喝醉了，有個叫張秀的在牆上題詩。」

紀曉嵐又命人把張秀捉來，怒言道：「你身爲秀才，爲什麼要殺人？」張秀大驚否認。

紀曉嵐把扇子扔給他說：「明明是你寫的，爲何假託黃晟之名呢？」

張秀一看說：「詩確是我作的，可字不是我寫的。」

紀曉嵐問：「你看筆迹是誰的？」

張秀回答：「像是本縣黃佐寫的，那天他跟我們幾個一塊兒在城南喝酒。」

紀曉嵐馬上把黃佐拘捕到衙。黃佐交待：「這扇面是商人李成叫我寫的，他說黃晟是他表兄。」紀曉嵐把李成抓來，只過一次堂，他就認了罪。

原來，李成偷看到卓氏長得漂亮，心生歹意，僞造了郁葦卿的詩扇，冒充郁葦卿前往引誘卓氏。他打算事成以後就亮出眞名，不成就嫁禍給郁葦卿。他跳進院牆，見卓氏已睡，摸進去想偷襲行姦，誰知卓氏枕下藏刀，驚恐之下竟操刀直刺李成。李成奪刀後想逃跑，卻被卓氏揪住，而且喊叫起來。這下李成可急紅了眼，一刀殺了卓氏，扔下那柄扇子倉皇而去。

郁葦卿被無罪釋放，冤案得到了昭雪。

善察賊蹤

紀曉嵐在奉乾隆聖諭往返各地查辦疑案之時，充分運用了自己的聰明才智，往往令賊人防不勝防。其中最主要的一點，便是紀曉嵐善辨賊蹤。

這一天，紀曉嵐在河邊散步，忽然跳上一艘空船，對船夫說：「你船裏有物，我要搜查！」那船夫生氣地揭開艙板說：「你搜查吧！」結果裏面什麼也沒有。紀曉嵐又命令他打開底板，可船夫堅決不肯。紀曉嵐強行打開一看，底下全是金銀布匹，下面又有底，都是爲了隱藏贓物。紀曉嵐把這船夫押送到縣衙，一查，原來他是個大盜賊。有人問紀曉嵐，根據什麼知道船裏有偷盜來的贓物。紀曉嵐說：「我遠遠見這船很小，可是風浪卻不能動搖它，而且繫船的纜繩，拖著小船顯得很沈重，所以知道船底裏有夾層，而夾底板下有東西。那船夫把東西隱藏得那麼好，不是贓物又是什麼呢？」

福建上杭縣有個商人在船上被人殺死，無法抓到兇手，縣令請了紀曉嵐來破案。紀曉嵐聽完案情，說：「既然商人是在船上被殺死的，那幫強盜很可能經常出沒於水道，我們應該到河邊察訪，看看有什麼可疑的迹象。」

於是，紀曉嵐十分關心河裏船隻的往來。這天，他坐在河邊的茶店中，見一條船經過，就放下茶盅，對身邊的衙役說：「快叫弟兄們截住那條船，強盜肯定在船中！」

那艘船上的人被押到公堂一審，果然是殺死商人的強盜。

眾捕役問紀曉嵐：「您怎麼知道船中有強盜呢？」

紀曉嵐笑笑說：「很簡單，我看見那船尾上曬著一條新洗的綢被，綢被上聚集了很多的蒼蠅。要知道，人的血迹雖然可以洗掉，可血腥氣難以洗掉。那麼多的蒼蠅聚在上面，很可能是上面有血腥氣。再說，船家即使怎麼富裕，也不會用綢被，而且，綢面不是另外拆去，連同布夾裏一起洗，這就證明船上的不是正派人，強盜才會這樣大手大腳。」

眾捕役十分佩服紀曉嵐善察賊蹤。

變通退婚

福建永定縣城東印家的閨女遵父母之命許配給南鄰張二爲妻，還沒正式迎娶，張二忽染瘋病，時常瘋瘋癲癲上街惹事生非。有時候，大白天裏，拿著刀要殺他的老父親。街鄰十分懼怕，擔心發生意外，都勸他父親張進才把兒子鎖起來，不讓到外面去。張進才無奈，便將兒子鎖在後房，供吃供穿，服侍周到，希望兒子早日康復，不料，如此過了一年，張二的瘋病竟越來越重。

印家原指望張二早日病癒，見他如此瘋狀，很是不安。印家無兒子，僅此一獨生女，平日愛如珍寶，指望她能養老送終。如今未來女婿病成這個樣子，大失所望，想退婚，便託人婉言告訴張家。張進才是個通情達理之人，正要拿出婚帖送還印家，不料妻舅黃書貴正巧上門，聞言後很不贊同。他是個老秀才，平素迂腐之氣十足，一番話說得張進才無所適從。黃書貴當即寫下狀子，以印家企圖賴婚爲由告到縣裏。

正在永定縣查辦疑案的紀曉嵐接過訴狀，只見上面寫道：「貞婦不嫁二夫。俗話說得好，一女不受兩家聘，印家女既許配給張家，就應該生爲張家婦，死爲張家鬼。況且，張二雖病，但還沒有死，活著就退婚，未免有虧倫理，請求查禁。」紀曉嵐看罷狀子，便派人前往查證。待核實後，當天便傳喚人證到堂，張二也瘋瘋癲癲地由數十人簇擁而來。

一到大堂，紀曉嵐便一一問過證人，回答都與查證瞭解的情況吻合。最後，紀曉嵐傳張二上堂，問：「你叫什麼名字？」

張二咧著嘴道：「我乃玉皇大帝二太子也！」

眾人皆笑。紀曉嵐又指著他父親張進才道：「他是你何人？」

張二瞪大著眼，一會兒才說：「我不認識他，他是誰？」

紀曉嵐見此，即命眾人散去，留下黃書貴，對他說：「你雖然讀了幾本書，卻不懂得變通的道理。瘋病不比其他疾病。如瞎、聾、殘疾的人，都還能結婚安家。張二昏頭昏腦，連親生父親都不認識，又怎能知道有結髮妻子？既不知有人倫常理，又怎能過夫妻生活？況且婦女有『惡疾』，就按照『七出』的規定辦理，爲什麼男子得瘋病，一定要未婚的女人過門守寡？本官考慮一個變通的辦法斷處此案：印家女對於張二，請等候三年。三年內瘋病根治，仍爲張二的妻子；不好，仍爲印家女，或守節，或改嫁，自行選擇。」

黃書貴聽了這番話，也就不再固執己見，同意紀曉嵐判斷。

不出一年，張二病死，印家女也改嫁了。

啞女破案

紀曉嵐奉旨查訪疑案再次來到福建漳平縣時，有一件案件使他有了懷疑。該縣有鄉紳蔣七十，中年喪妻，留下一啞巴女兒，續娶了鄰鄉寡婦張氏爲妻，張氏自己生有一個兒子，剛會走路。誰知結婚不久，張氏母子便雙雙死亡。有人在蔣家牆外的池塘裏發現她倆的屍體，正遇張氏前夫的弟弟光十九去探望嫂嫂。光十九見嫂侄死得不明不白，便上告縣官。蔣七十此時也來報案，說張氏母子溺水而死。當時縣官認爲，屍體既是從池塘裏打撈上來，當屬溺死無疑。況且蔣十九來告狀也拿不出任何證據，他懷疑蔣七十，蔣七十還懷疑他呢，於是對此事就當成溺死了結。

紀曉嵐看了案卷，認爲縣官處理該案過於草率，便換了民服，到案發地點進行察訪。他發現當地鄉民對此案都噤若寒蟬，默不作聲。越是這樣，越引起了紀曉嵐的懷疑，他就逕自來到蔣七十家。

那天蔣七十正有事外出，家中只有蔣七十前妻留下的女兒。此女已長大成人，因是啞巴尚未出嫁。紀曉嵐向她詢問，當然問不出什麼名堂。但他見啞女精神憂鬱，似有難言之隱，當他指著牆上啞女生母的遺像時，她竟忍不住哭了起來。紀曉嵐曾在案卷中發現蔣的前妻是被虐待致死的。他想到啞女可能知道張氏母子的死情，只是說不出來罷了，他便向啞女比著手勢。紀曉嵐並不懂得啞語，而那啞女手舞足蹈表演得相當眞切，紀曉嵐極具耐心地模仿著。凡對的，啞女則點頭認可；不對的，啞女就搖頭否認。費了不少精力，紀曉嵐終於把案情摸清了。

紀曉嵐回到縣衙，將該案的關係人都傳到府裏，他直截了當地對蔣七十說：「張氏母子並非溺水而死，卻是被你打死的！」

蔣七十聞言，大驚失色。紀曉嵐繼續描繪案發時的場景。那天，張氏正在蒸糕，孩子吵著要糕吃，拿糕時，孩子怕燙，不意打翻了糕盤。蔣七十見了大怒，就猛打孩子，竟把孩子打死。張氏見孩子慘死，就揪住蔣七十，蔣七十一不做二不休，當場也將張氏打死。他將母子倆的屍體丟入池塘，隔天屍體被人發現，正遇光十九前來探望，他就以母子兩人淹死作爲搪塞。

紀曉嵐所說的竟與蔣七十的所作所爲一模一樣，像是在作案現場看見一般，而且又有鄰居作證，屍體上的傷痕都符合案情。蔣七十見無法抵賴，只得當堂招供認罪。至此，他還不明白紀曉嵐是透過察訪他的啞女才獲得眞情的。

嚴懲貪吏

紀曉嵐奉旨查辦疑案再次來到福建武平縣時，審理了一起盜案，獄吏從中搗鬼，令盜犯捏造口供，說是盜犯與十多名買贓的人有來往，並向紀曉嵐遞了一份報告，提出要向這些人追索贓證，獄吏的目的是想乘機敲詐勒索一番。

紀曉嵐看穿了獄吏的企圖，假裝糊塗，在報告上批示，快將這些人統統抓來，過了限期要加重處罰。

限期到了，差役將十多個人都如數捉來。紀曉嵐見這些人的穿戴，都很鮮豔整潔，看來都是有錢人家的子弟。

紀曉嵐當即摒退獄吏，又命其他的吏員將盜犯都帶上來。紀曉嵐對盜犯道：「你們都供出了串通收買贓物的人，現在都已拘來，讓你們來認一認。」這些盜犯聽說要他們當面指認，都面面相覷。原來這些人中沒有一個是認識的，紀曉嵐道：「這些人的名字都是你們供認的，見了本人，怎麼都不認識了呢？」

盜犯們一看不好，便紛紛說：「大人在上，犯人不認識堂上的這些人，是獄吏讓我們供出這些人的姓名的。」

紀曉嵐命人傳獄吏來問事情的究竟，獄吏見自己的詭計已被識破，只得承認是想藉此機會敲竹槓。

紀曉嵐嚴厲懲處了這一名貪婪的獄吏。

智識父子

紀曉嵐奉旨查訪疑案再次來到福建連城縣時，遇到了一件奇案：原告和被告竟是一對父子。

老頭子說：「大人，我告那忤逆不孝之子，您瞧我，瘦得皮包骨頭，是因爲他從不讓我吃飽喝足，望大人給我作主啊！」說完老淚縱橫。

紀曉嵐一拍驚堂木，怒指年輕人：「呔，不孝之子，爲何忘卻養育之恩？」

年輕人結結巴巴地說：「大人，冤枉，冤枉啊！小的給父親的贍養費，一向分文不敢少啊！」老頭子一口否定。年輕人又連呼冤枉不止。

紀曉嵐問了半天，判決不下。他無可奈何地嘆了口氣，叫差役取來兩串銅錢，每串有一百枚，「鐺啷」一聲拋在地上，說：「好了，好了，時間不早，每人拿一串去，吃飽了飯再來。」

飯後，紀曉嵐重新升堂。他問擦著油嘴的老頭說：「這回吃飽喝足了吧？」

老頭子磕頭說：「多謝青天大老爺，小人吃飽喝足了，一百銅錢也用光了。」年輕人卻雙手捧著八十多個銅錢說：「謝大人，小的也吃飽了，只花了十多個銅錢，餘下的還給大人。」

紀曉嵐一聽，吩咐差役道：「快給我把老頭子拿下，重打四十大板！」

老頭子「撲通」一聲跪在地上，渾身發抖地說：「大人，何故要責打小民？」

紀曉嵐滿臉怒氣：「你一頓飯要花一百個銅錢，你兒子是個種田的，哪有那麼多錢任你揮霍呢？你連親生兒子都要誣告，如何打你不得？」

老頭子連連磕頭求饒。兒子也爲他說情。紀曉嵐哪裏肯聽，連聲喊打。差役們一擁而上，按住了老頭子，棍棒高高地舉起，眼看要落下去。年輕人見了急得大哭起來，說：「青天大人，我父親年老體弱，如何經受得起四十大板？小民願代父受打！」說完匍匐在地上。

紀曉嵐這才叫差役放開老頭子，笑著問他：「看你兒子孝還是不孝？」

老頭子連聲說：「孝，孝，下次再也不胡告了。」

從此，父子和睦，闔家歡樂。

殺雞斷案

紀曉嵐奉旨查辦疑案再次來到福建閩侯縣時，發現這座縣城頗為繁華。他坐著轎子逛大街，隔著轎窗的竹簾子，一路走來一路看，眼睛睜得圓溜溜，心裏樂開了花。

當轎子路過一個名店「侯五房」熟食鋪時，一個農民攔轎告狀，紀曉嵐的興致敗了八九成。他走出轎子，看到農民可憐兮兮的哀求樣，又軟下心來，於是問農民：「你有什麼冤枉事？本官與你作主。」

農民氣憤地說：「青天大老爺，今天我售雞給侯五房，因議價未成，收回自己所帶的雞。可是，我檢查籠中之雞時，發現少了一隻。」

紀曉嵐把店主喚出來問道：「本官問你，為何要賴他一隻雞？」

店主振振有辭地爭辯道：「咳！我們乃堂堂大店，怎麼會賴人家一隻雞呢？」

紀曉嵐又問：「店裏的雞是何時買的？」

「三天前買的。」店主伸出三個指頭。

「你們買回來還餵不餵食？」紀曉嵐又問。

「當然要餵啦。我們專門買了許多穀子和糠來餵雞。」店主又答。

紀曉嵐轉身問農民：「你的雞又是怎麼餵的呢？」

農民答道：「我們鄉下人養雞，比不得城裏人，雞放養在外，讓牠們自己去尋食。人都沒有吃，哪有穀子餵雞呢？」

紀曉嵐微微一笑，吩咐手下人將侯五房的雞全部宰殺，查看雞嗉。結果侯五房的雞，腹中裝的是穀子和糠，而唯有一隻雞腹中盡是草籽、碎石。店主一看傻了眼。

紀曉嵐斥責道：「大膽奸商，竟敢戲弄本官、欺負鄉人，你說該如何處置？」

「我賠他雞，賠他雞。」店主驚惶不安。

紀曉嵐搖搖頭說：「賠一隻雞就夠了麼？賴一罰十，才算合理！」

農民對紀曉嵐千恩萬謝，店主只得自認倒楣。

酒店判銀

福建永泰縣有一個繁華的小鎮，鎮橋頭有一家雲集四方來客的酒店。一天，酒店老闆詹太和在收拾碗筷時，發現一張飯桌下的橫架木上有一個寬約三寸、長約六寸的口袋，袋內有兩錠銀子，幾十枚銅錢。詹太和就把口袋收拾起來，等待失主來領。

過了一陣，有個年輕客人走進店來，對詹太和說：「我有一個口袋遺落在你們店裏。」詹太和就把錢袋還給他。客人卻大叫起來：「原先我這口袋裏有四十錠銀子，兩百多枚銅錢，怎麼就剩這幾個了？」

詹太和說：「我收拾口袋時，就是這麼幾個錢。」

客人揪住詹太和說：「不對！准是你藏起來了。」

這時，剛好紀曉嵐微服私訪來到店裏，他問明情由後，要詹太和按原樣把口袋搭在橫架上，口袋兩頭便垂了下來。

紀曉嵐問年輕客人：「剛才你的口袋是這樣搭著的嗎？」

青年客人說：「是這樣的。」

紀曉嵐轉過身來，對詹太和說：「你開店迎客，就是侍候大家，客人有東西遺落在店內，理應原封不動退還才是。如今，這客人在你店內遺留四十錠銀子，你爲何要吞他三十八錠？他遺落兩百多枚銅錢，你爲何要吞他兩百枚？」

詹太和大叫道：「天哪，眞是冤枉好人！錢，我確實是一分沒動！」

紀曉嵐說：「行了，你不用喊冤了，正好我身上帶著錢，我替你還給他算了。」說著，從自己錢袋裏掏出三十八錠銀子，兩百枚銅錢，放進那個失者遺落的口袋裏，口袋立時就塞得鼓鼓的，錢都裝到袋口處，再也裝不下了。

青年人暗笑，上前搶著口袋便要走。紀曉嵐叫住他道：「哎，你先別走，你把口袋搭在桌子横架上，讓大夥看看再走嘛！」於是，青年人在眾人目光下把口袋放在桌子的横木上，這回口袋兩頭不垂了，險些要掉下來。

紀曉嵐對大家說：「各位請看，你們能這樣搭口袋嗎？」

「不會的！」大家說。青年人結結巴巴說不出話來。

紀曉嵐對青年人說：「如果你口袋中有這麼多銀子和銅錢，又能搭在桌子横木上，那一定是個大口袋。而這口袋很小，剛才大家看到了，裝這麼多錢快要掉出來了，根本不可能搭在桌子横木上，所以口袋不是你的。你如果眞丟了口袋，可能在別的地方，這個口袋先還給店老闆，讓他保存好。」說著從口袋裏取出自己放進去的錢後，把口袋還給了店老闆詹太和。

大家齊聲叫好。那個青年人滿臉通紅，趕緊逃出店去。

老老實實的店老闆詹太和感謝紀曉嵐使自己發了一點意外的小財，但他並不知道這就是大名鼎鼎的紀青天。

鞋底作證

福建省福清縣南漳山之東，有汪甲、王乙兩人，爲田地之爭結下冤仇，雖住宅相距不遠，可老死不相往來。

那日，汪甲酒後失態，無緣無故將妻子毆打了一頓，並說了許多難聽的話。正當汪甲大發酒瘋之時，王乙經過汪甲門前，見此情景臉露譏笑神色。汪甲大怒責斥王乙，兩人發生爭執，被人勸開。一會兒，汪甲因酒性發作，倒至床上爛醉如泥。

汪甲妻子平時常受丈夫無端欺負，感情本不睦，今日又遭惡打痛毆，一時想不開，竟趁汪甲睡著之際上吊自盡。

汪甲酒醒，見妻子直挺挺吊於廳堂正樑，解下已氣絕。他對妻子本無感情，對她的死並不傷心，所以沒有聲張。他想死人總與他有關，得想個法子方行。

這天夜裏，風雨交加，趁夜深無人之際，汪甲將妻子的屍體背起，悄悄來到王乙的家門口，用繩索套上懸掛在王乙的門上，掛好後，又悄然回家。他躺在床上，覺得此計很妙，既脫掉了干係，又可使王乙背罪。

第二天清晨，王乙起來開門，大吃一驚，只見門上吊死了人。再一瞧，死者竟是汪甲的妻子。王乙驚恐異常，不知所措。人們聽說這裏出了人命案，紛至圍觀。有熱心人飛報汪甲，告訴了他妻子的死訊。

汪甲聞訊，裝著跌跌撞撞地來到王乙門口，撫屍大哭。之後一把揪住王乙胸脯，拉去見官。

剛好紀曉嵐奉旨查訪疑案再次到了福清縣。

到了縣衙，汪甲一副傷心狀哭訴道：「我與王乙向來有仇。只因家境不好，昨日叫我妻子外出借米，直至深夜未歸，心中疑慮萬端，不知是什麼緣故。原以爲她借宿親戚家，不想竟在王乙家門上自縊而死，請求老爺徹底查究。」

紀曉嵐聞言便詢問王乙。可王乙被飛來禍事弄得驚恐萬分，竟答不出所以然。

紀曉嵐見一時問不清楚，便立即帶人前往現場勘驗。驗屍後，紀曉嵐仔細觀察了一下現場後，大喝一聲：「來人，將死者丈夫綁了！」

汪甲大聲喊冤道：「憑什麼抓我？」

紀曉嵐道：「本官不冤枉好人，經勘驗你妻子脖上有兩道痕迹。這裏不是第一現場，而是你移屍至此。」

汪甲不服。

紀曉嵐又說：「你不要強詞奪理，我有一句話可以叫你心服。昨天晚上下大雨，直到現在地上還泥濘不堪，而你妻子的鞋底卻只有一絲乾土，如果屍體不是你從別處搬到這裏，又能作何解釋？再者，剛才聽人講昨日你毆打妻子，明明你妻子自縊身亡，你卻以此誣陷他人，該當何罪？」

汪甲惶恐失色，只好如實招供。

扁擔斷案

福建連江縣發生了一起重大案件，堂兄踢死了堂弟。紀曉嵐此時正奉旨在連江查辦疑案，便由他接手辦理。

紀曉嵐派人前往詳細檢查屍體，死者渾身上下只有一個地方被踢傷，再也沒驗出其他傷痕。

一切處理完畢，屍體將要裝棺入葬。忽然，死者妻子撲上堂來。她手執一根扁擔，撲通一聲跪倒在公案前，放聲大哭：「兇手的哥哥也是兇手，他用扁擔幫著毆打我丈夫。這根扁擔就是兇器。」

紀曉嵐搖搖頭說：「你今天早晨報案，只說了踢死，也沒有講到扁擔這碼事。如今拿出這根斷扁擔，是從何來？」

死者的妻子哀哀哭訴：「是叔公好心。他拿來請求檢驗，讓兇手一個不漏，好讓我丈夫在九泉下瞑目。」

紀曉嵐忙問：「叔公在何處？」

她回頭向衙門口人群中一指：「喏，那個！」

紀曉嵐喚那叔公上來，心中早已打定主意。紀曉嵐一聲吆喝，兩個粗壯的衙役把那叔公按倒在地。一位衙役高舉扁擔，側著在那叔公的腿上猛打一下，紀曉嵐指著傷痕問婦人：「用扁擔側打，有這樣的痕迹，你丈夫身上有嗎？」

婦人搖搖頭。那衙役再用扁擔打一下，紀曉嵐指著傷痕再問婦人：「平打一下，有這樣的傷痕，你丈夫身上有嗎？」

那婦人開口：「沒有！」

紀曉嵐心中更有底了：這叔公必有隱私！他又命令：把這叔公連打二十扁擔，邊打邊問：「大膽刁民，這究竟是怎麼回事？」

那人無奈，如實交代：「我跟兇手之兄有仇，看這次機會來了，忙回到家中，找出一根扁擔，馬上壓斷，又乘那女人案件發生時不在場，且報仇心切，我想陷害兇手之兄，除掉眼中釘。」

於是眞相大白。

分審得實

紀曉嵐奉旨再次來福建閩清縣查案時，接到一個行船被劫的案件。該船名叫孝豐船。紀曉嵐當即通令附近各縣協助緝捕。

不久，鄰近的長樂縣有名士兵叫成大，逃軍回籍，糾合土匪行搶被捕。幾堂審訊下來，他承認自己是搶劫孝豐船的強盜。

由成大的供詞記錄看，成大確是強盜，那已起出的藍布棉被，也經失竊者認出是贓物。但是，紀曉嵐心中仍存疑團。

於是他對成大一夥人複審。成大等人認罪招供時，個個滔滔不絕如背書一樣，且爲首八人供詞每字每句都一樣。紀曉嵐越聽越感到疑雲重重。

第二天晚上，紀曉嵐故意在審案時增減些情節，然後一個個分開審。結果，八人所供就各不相同，破綻百出。紀曉嵐馬上命令主管倉庫的人，按照失竊者先前認明的布被顏色和新舊，借了二十多條同樣的被子。紀曉嵐私下裏在失竊者已認明的「贓被」上做好記號，然後跟那二十多條被子夾雜在一起，囑咐讓失竊者當堂認領。

結果，失竊者竟認不出哪條是他的了。

紀曉嵐當機立斷，馬上又提審成大一夥。

成大終於吐露眞情：「我覺得自己逃軍行搶被捕，死路一條，審到這事時，我便胡亂承認了，其他的人也跟著承認啦，那條贓被，其實是我自己的！」

這下，紀曉嵐開脫成大之罪！消息傳開，整個衙門馬上喧嘩：紀曉嵐縱容罪犯。

但紀曉嵐不爲所動，認眞查凶，終於查出了眞正的劫犯，查獲了贓物。

成大對紀曉嵐感恩戴德。

割耳怪案

福建平潭縣武秀才鄭發，精通醫術，常給別人治病。

有一天，某農民上門來請他去給其妻看病，鄭發馬上步行而去。他才走到病人床前準備診視，突然被人從後面抱住，右面耳朵被另外一人用刀割掉，一時疼痛難忍，昏倒在地，不省人事。

那農民拎著血淋淋的耳朵奔到縣衙告狀，控訴鄭發企圖強姦他的妻子，被女方割掉了耳朵，請青天大老爺作主，嚴加懲處鄭發這衣冠禽獸。

鄭發的秀才功名被縣官革去，他傷口癒合後，便被打入監牢關押起來。

這案件發生後三年，縣裏都一直沒法判決。

紀曉嵐奉旨來平潭查辦疑案，還沒進縣，那個農民原告突然出現在他們一行人面前，中途拉住馬頭高呼：「冤枉啊！鄭發這賊爲何不判？」

紀曉嵐稍稍問清事由，不由皺起眉頭，仔細琢磨後，猛然嚴加訓斥：「鄭發企圖強姦你妻，已經打入大牢，你還叫什麼冤枉？鄭發既是武秀才，必定身強力壯，一個女人家怎麼能輕易地割掉他的耳朵？再說，你妻子怎麼會預先知道他要行姦，而早早把刀預備在手邊呢？你今天又急急忙忙叫冤，顯然是想先入爲主，把我引入迷途！」

農民正驚恐間，紀曉嵐早令隨從綁住他，帶回縣衙。

幾經審訊，事情眞相終於弄清——

原來，鄭發與鄰人佘竺田同師求學，本是朋友。鄭家有幾十畝竹園，周圍溪水環繞，出產豐富，景色秀麗，佘竺田久已垂涎，一心想占爲己有。可佘竺田又想：鄭發家境富裕，不會突然破產，這個竹園不是輕易能弄到手的。再加上縣中有個名門之女，鄭發與佘竺田都想娶作妻子，結果女家把她許給了鄭發。佘竺田越想越恨，心生歹念，便用錢買通那個農民，安排了這個圈套，陷害鄭發。

紀曉嵐依法判處，將那農民杖擊一百下放回家，判處佘竺田流刑，鄭發獲釋，恢復功名。

殺妻疑案

紀曉嵐奉旨查案再次來到福建羅源縣，碰上一件姦殺怪案。

錢家莊村民錢四在發現妻子李氏跟鄰居艾法科通姦後的第五天，殺妻後上縣衙自首。再三調查，錢四的父親錢管也說是兒子殺了媳婦，他家鄰居盛泳全建議紀曉嵐查明姦情再說。艾法科和李氏通姦證據確鑿。紀曉嵐帶人驗屍，見李氏屍體遍身刀槍戳出傷痕，胸部肋部被戳得找不到一塊完整皮肉，確似一時氣忿殺死，可紀曉嵐心裏老不踏實。

有一天，紀曉嵐的一個遠方朋友來訪，見面第一句話便數落他：「我進貴縣不久，就聽人議論：『誰說紀曉嵐是青天老爺！殺死李家女兒的眞正兇手不是正逍遙法外嗎？』」

紀曉嵐馬上拍案驚叫道：「果然如此，差一點判錯！」

他馬上重審錢四，婉言相勸：「我看你不像殺人兇手。你即使殺人，肯定有同謀。按法律，丈夫殺死淫亂的妻子無罪，別人根據本夫請求從旁協助，罪也不大。我已知道誰是同謀了，你要如實供清，否則吃罪不起！」

錢四見勢不妙，忙供認：「鄰居盛泳全幫我捉姦，首先提出殺死李氏。我想他肯爲朋友兩肋插刀，自己該一人承擔，不敢牽連他人。」

紀曉嵐一陣苦笑：「普天之下，哪會眞有幫他人殺妻之事？你受人愚弄啦！」

紀曉嵐馬上提審姦夫艾法科，細細盤問：「李氏還跟其他人通姦嗎？」

艾法科想了一會兒，支支吾吾道：「原來還有別人。我去後，就跟那人斷絕了。但確不知是誰。」

紀曉嵐一道命令，盛泳全馬上被逮上大堂。紀曉嵐對他申斥道：「好狠毒的借刀殺人，你裝什麼人樣？」

盛泳全居然毫不畏懼地問：「證據呢？」

紀曉嵐厲聲呵責：「原來你證明別人有罪，現在有人證明你行兇！聽清了，你殺李氏有錢四爲證，與李氏通姦有艾法科爲證！人證俱在，你賴什麼？」

盛泳全當即心中慌了，錢四原來不知道我與李氏有奸，才肯一人承當。現在知道了實情，能饒我嗎？索性招供，免受刑罰零碎之苦！」

盛泳全當即跪地磕頭，供認了通姦殺人罪行。一起本夫殺姦婦案變成了姦夫殺姦婦案。

繡鞋風波

這件怪案出在福建同安縣。

村民孫阿大受不了酷刑，終於如實招供：「自與嬌妻結婚，我對她管束極嚴。前幾天她回娘家，她硬要住一夜。我氣不過，心生一念，趁她看戲看得忘乎所以時，扒下她腳上一隻繡鞋。哪知她當夜回家被我辱罵一頓後，竟懸樑自盡了，我越想越害怕，將她扔到附近廟中水井裏，又假裝到她娘家要人！」

剛巧紀曉嵐奉旨辦案，此時正在同安縣。紀曉嵐聽完孫阿大的招供，令衙役給他戴上刑具，押著去尋婦人屍體。哪知井裏撈出來的竟是個光頭和尚，頭破血流，有人認出是廟中和尚心源。

原來那婦女並沒有死，落井後正巧掉在高坎上，沒被淹沒。因慢慢醒了，便大聲呼救。廟中心源和尚正巧起身汲水灌園。他忙放下繩子，可婦人力氣小，試了幾次都沒有成功。這節骨眼上，來了個種菜小夥子，忙急急發話：「心源師父，你擅長淘井，快下去救！」心源馬上讓那小夥子拉住繩子，自己順繩而下，找到婦人，把繩子拴在她腰上，高聲叫喊：「往上拉！」小夥子用力，果然把那婦人救了出來。

婦人衣衫浸濕，卻顯襯出其容顏美麗。小夥子心中惡念頓生，搬過一個大石頭投入井內，又搬過石塊連續扔下。一會兒，井內寂然無聲，心源和尚死了。婦人見狀，嚇得拔腿想逃，卻被小夥子硬拉到一間土房中。小夥子說：「和尚跟我講話，露出不良心機，我才殺他救你。你脫去衣衫，收拾一番，架火燒木柴烘乾，我再送你回家。」說畢扔下火石，走出門去。

婦人全身濕透，冷得發抖，便起身插牢門，脫下衣服逐件擰乾。呈赤身裸體忙碌，小夥子破窗而入，將她強姦。過後婦人哭著要回家，小夥子冷笑：「和尚爲救你而死，那時我說你是同謀，你逃得脫酷刑嗎？我送你回家，你男人醋心大發，會饒你嗎？」頓一頓，那小夥子笑笑：「我家在長樂縣。你如能跟我走，我娶你爲妻？」

婦人左思右想，長嘆一聲答應。一會兒，她說：「我的一隻鞋陷在井裏了，你得去找雙鞋來才能趕路。」

找了一天，小夥子沒找到鞋。第二天黃昏，他膽戰心驚地在野路上走，忽然看見一雙女人繡鞋放在路邊。他欣喜若狂，來不及細想，忙拿回室中。婦人一看大吃一驚：「這鞋是我的，怎麼到了你手裏？」小夥子正述說經過，衙役們破門而入。

小夥子被抓到公堂，強裝鎮定責問紀曉嵐：「我犯了啥事？證據呢？」

紀曉嵐笑了：「我讓你死個明白——」

原來，紀曉嵐在打撈和尚屍體時，同時撈出了婦人一隻繡鞋，一個念頭驀然閃現：這女人沒死，且難以走遠，跟她一起的肯定是鄰近的單身男子，他不敢向人去要繡鞋的。馬上讓孫阿大回家拿一雙那婦人的繡鞋，交給捕役。捕役們遵令把那雙繡鞋隨便擱在路旁，潛伏在附近看誰來拾。紀曉嵐交代得極明白：「有人來拾鞋，你們尾隨而行，准能找到婦人，和尚死因馬上可弄清。」

小夥子再無話可說，俯首認罪伏誅。

姦殺疑案

紀曉嵐奉旨查案再次來到福建永安縣時，複審到一個殺人案：縣內一對年過半百老人有個十六歲的女兒，被她表哥強姦後掐死了，但被告一直不服。

紀曉嵐提來姑娘表哥訊問，被告不語，只顧低頭哭泣。紀曉嵐疑竇頓生，召來姑娘父母，又問不出個究竟。

紀曉嵐左思右想，決定外出微服私訪。他裝扮成一個書生外出。出門不久，風雨交加，他忙跑到一個院落大門洞內躲雨。

風雨稍小，院裏出來一個人。

這人是這家廚子，紀曉嵐看他見多識廣，有意扯到那姑娘被殺案。廚子沈默了一會兒，才從牙縫裏擠出一句話：「那小夥子挺冤的！」說完，馬上閉口不言。

紀曉嵐心中一亮，邀請他一塊兒來到一家酒店喝酒。紀曉嵐打酒買菜，熱情勸飲。幾杯酒下肚，廚子臉紅頭熱話就多了。

紀曉嵐又問到姑娘被殺案，廚子把嘴一抹：「不瞞你說，殺姑娘的那人過去跟我最好。有一次我倆喝完酒，他告訴我，那姑娘是他殺的，還特地囑咐我千萬別多嘴。他媽就在我做飯的那家人家當奶媽。他殺人後，一直藏在那家人家裏好幾個月了。前幾天，我向他借幾個錢，他不給不說，還拔出拳頭打我，打落了我的一顆牙齒！你說他有多心狠！我怕他下毒手報復，才把氣往肚裏咽。今天要不是碰上你這麼講義氣的朋友，我才不說這事呢！」

紀曉嵐心中暗喜，又勸飲了好幾杯。這時雨過天青，紀曉嵐回府後，馬上命令吏卒前往藏匿兇手的那戶人家，指名要人。那家豈敢包庇，只得乖乖交出罪犯。

經過審訊，兇手不得不如實供認。原來，他跟死者是鄰居，見姑娘長得俊秀，多次挑逗，都遭到拒絕，姑娘父母卻一直不知道。直到幾個月前的那天，兇手探知姑娘父母外出奔喪，家中只剩她一個人。他偷偷爬牆進去，潛入閨房，強姦後，用手扼住姑娘脖子，活活掐死。

一樁冤案得到昭雪，真正的兇犯得到了懲罰。

杖打菩薩

福建三明市有座小廟。廟內的和尚行爲極不檢點，弄得香客們都不願上門。一時間，香火冷落，無人施捨。

除夕之夜，和尚們忽然外出傳告：廟周圍地裏，近日發出神光。

第二天，廟門前空地上好像拱起了一個東西。到了晚上，已經長了四五寸，有過路者好奇，上前細細一瞧，竟是菩薩的髮髻！才過了四五天，那東西全身盡出，原來是一尊如來佛像。

消息一傳開，轟動四方。各界人士聞訊而動，一塊兒湊熱鬧前往上香禮拜，把個小廟圍得嚴嚴實實。

紀曉嵐此時奉旨查案再次來到了三明市。他深爲和尚的迷信行爲所激怒：這幫人准在弄什麼鬼名堂，欺世惑眾！

他當下親領大批兵丁來到廟中，下令：「把泥佛由神座上拖到地下，重打四十大板！」

眾兵士個個呆若木雞，心中害怕，哪敢上前動手。紀曉嵐親手執棍行刑，把佛像擊個粉碎，察看打碎的佛像，有不少碎塊是濕泥。此時，旁邊的和尚早心虛了。

紀曉嵐令手下嚴刑審訊和尚，並且挖地三尺，終於瞭解了眞情——

原來，和尚們爲了騙取錢財，絞盡腦汁想出了一個計謀。除夕之夜，他們秘密地把一尊佛像埋在地裏，下面堆放了近百斤黃豆，旁邊留出了一個洞口，日夜往裏灌水。這樣一來，黃豆發芽，體形膨脹，自然慢慢將佛像頂出地面。

紀曉嵐馬上令手下將和尚的供詞抄錄出來，掛在大道上，向各界人士揭露陰謀。

足迹辨凶

福建明溪縣山村有個名叫桃花的女子，此女天生麗質，宛如桃花般的鮮豔美麗，而且天性聰慧，琴棋書畫，無一不能。所以，羨其貌、敬其藝的求婚者絡繹不絕。無奈桃花家門第太高，且桃花情竇未開，小夥子們只能「望花興嘆」。

同村有一青年男子名叫梁采，人們都按他名字的諧音叫他「郎才」。此人學識精博，眞可謂是「此郎有才」。人都說，如果將他與桃花配爲夫妻，那才眞是「郎才女貌」。但梁采家境貧寒，雖然暗戀桃花，卻也無法高攀，只能常在桃花家周圍徘徊等待，以一睹「桃花」爲快。

誰知紅顏薄命，一天桃花父母外出燒香，桃花因趕畫一幅花卉，未跟隨同行，結果竟在家中被人殺死。其父母回到家中，見女兒慘死，呼天搶地，立即案報縣衙。衙役在現場發現可疑足迹，一路跟隨來到梁采家，便將梁采捉拿審問。

正好紀曉嵐奉旨查案再次到了明溪縣，接手辦案。

梁采說，我羨慕桃花，聞其惡訊，我痛不欲生了，願受極刑，但我並沒將桃花殺害。

紀曉嵐見梁采感情眞切，查驗足印並不與梁采的相符，知是兇手採用的栽贓之計。但兇手是誰呢？他便問梁采：「你可有仇人？」

「我平素潔身自好，並無仇家。」

「知道你迷戀桃花的，有些什麼人？」

「這就多了，我的親戚，桃花的家人，還有兩家的街坊鄰居都知道此事。」

紀曉嵐把這些人進行排比，在這範圍內的有近百人，如何從百人中找出一個眞凶呢？

紀曉嵐把這些人都召集到桃花家中院子裏，對眾人說：「這裏是一堆石灰，請各位依次從石灰上踩過，以備我檢驗足印，確定凶手。」

這些人按照紀曉嵐的要求，從那石灰上走過。其中有一個人情緒緊張，走得很慢，而且在行走時故意將足迹搞得模糊不清。紀曉嵐在一旁察顏觀色，立即將此人抓了起來。經過審訊，他供認了殺害桃花的罪行。此人是桃花家的街坊鄰居，名叫祖立，也爲桃花美色所傾倒。這一天他知道桃花獨自在家，覺得機會難得，潛入桃花家中，強姦不成，便將桃花當場殺害。爲了嫁禍與人，就故意留下足迹，並將足迹延至梁采屋外。

紀曉嵐就這樣採用「足迹辨凶」的方法破了此案。

木樁伸冤

紀曉嵐奉旨查案再次來到福建寧化縣，剛好碰見鳳巢鄉裏發生了一樁強姦案。紀曉嵐看完訴狀後，便公告於民說：三天後開庭公開審理此案。

到了第三天，看審案的人密密麻麻，紀曉嵐坐在大堂傳原告上堂。

原告是鳳巢鄉的財主叫郁天良，身後跟著他的胖老婆，年紀三十多歲。那女人稟道：「民婦叫伊巧雲。三年前有個外地人流落街頭，就是這個姓秦的裁縫，我見他可憐，收留在我家。豈料他忘恩負義，居心不良，前天趁我丈夫不在家之際，闖入我臥室把門關緊，捂住我嘴巴，將我抱到床上動彈不得，正欲撕我衣褲強姦之時，正巧我丈夫回家，踢開房門，秦裁縫才罷手。」接著郁財主亦將所見訴說了一遍，原告訴完，便傳被告上堂審訊。

被告秦裁縫六十多歲，骨瘦如柴，進得大堂跪下流淚呼喊冤枉。紀曉嵐道：「有何冤枉請明講！」

秦裁縫說：「我做裁縫已幾十年，家鄉遭災，流落此地謀生。郁天良夫婦見我手藝不錯，便留我住在他家。連年我做手藝所得工錢都存放在郁天良手裏，大約已積六十多兩銀子。前不久，兒子來信催我回家。前天我向郁天良告辭，請還我積存之銀，他就叫我晚上去拿。到了晚上，他妻子叫我到她臥房取銀，剛隨她進屋，郁天良便從門後衝出，將我一陣好打，誣我強姦他老婆。此時他老婆解開上衣，把頭髮弄亂大哭大叫。這是圈套，想吞我銀子，請老爺明察。」

聽完原告、被告陳述，紀曉嵐微微一笑，即叫差人扛來一根木樁和一把大秤。眾人皆疑。紀曉嵐向差人說：「把伊氏的身子秤一下，有多重？」

差人秤畢道：「原告伊氏體重一百三十八斤。」

紀曉嵐又道：「木樁有多少重量？」

差人秤了回覆道：「木樁六十五斤。」

又叫秦裁縫把木樁抱起來在公堂上走一圈。秦裁縫不解其意，用盡全身之力也沒把木樁抱起，直累得喘大氣。

「停止！」紀曉嵐手指伊氏大聲喝道，「大膽潑婦，你們貪財設下計謀誣陷好人，給我把這潑婦按倒重打一百大板，再來定罪！」

伊氏見兩個差人拿著板子，要在眾目睽睽之下打她屁股，拼命掙扎不肯跪下，嚎道：「大老爺開恩。」兩個差人竟無法制伏她。

過了一會兒，紀曉嵐喝道：「行了，不用打板子了。」說完站起身來對看審的人道：「各位鄉親父老，秦裁縫純屬被冤枉。大家都看到秦裁縫抱不起這六十多斤的木樁，怎能將這一百三十多斤的刁婦抱上床？再則差人都無法將她按倒在地，秦裁縫如此體弱怎能對她施姦？這分明是引誘秦裁縫上當，藉端誣告，以達到侵吞銀子之目的。」

郁天良夫婦見事已敗露，只得供認不諱。接受了應有的懲罰。

猜心救災

乾隆在位的中期，曾經連續幾年發生水旱蝗災，乾隆每每頒旨減免皇糧國稅，或是直接動用國庫銀兩去救災。

終於到了國庫空虛的時候。

可偏偏這時有個地方大吏前來向紀曉嵐求助，希望紀曉嵐爲他那個管轄區內的旱災籌措十萬兩救災銀子。

紀曉嵐想了一想，答應了。

第二天上早朝，紀曉嵐對乾隆說：「皇上，爲臣有急事要用十萬兩銀子，想向滿朝一百位大臣籌措一下，辦法是這樣：各位大人心裏所想是什麼事情，我猜對了，就請每位大人捐銀一千兩，猜不中就怪紀某無能了，請皇上作個見證。」

乾隆放聲大笑：「賭什麼不好，偏偏要賭猜人心，那麼多人想的是什麼你怎麼知道？我看紀昀今天要名聲掃地了。」

之後，猜猜在座的百官心裏所想的是什麼便開始了。紀曉嵐說：「我十分清楚在座的諸位尊貴大人心裏想的是什麼，當我把你們心裏想的說出來，如果諸位認爲我說錯了，你心裏想的和我說的正相反，那就請諸位立刻提出來。如果認爲我說得不錯，您心裏想的和我說的完全一致，那就請諸位按定下的賭注給我一千兩銀子，一百位大人正好是十萬兩。」

停了一會兒，紀曉嵐接著說：「在座的諸位大人心裏想的，我瞭如指掌，那就是你們的思想十分堅定，你們的整個一生都要忠於對你們有著浩蕩皇恩的聖上，永遠不會圖謀背叛和造反。你們是不是每個人都有這種想法？哪一位不是這樣想的請提出來！」

文武百官聽到此話，一個個渾身出汗，呆若木雞。誰要是蠢到對這幾句話提出異議，那就等於對皇上當面宣佈自己是不忠的，是要背叛皇上，要造皇上的反。因此，百官只好按照定下的條件，每人給了紀曉嵐一千兩銀子。

「我的天，你們和誰打賭也別和紀昀打賭！」乾隆說完，便笑了起來。「我向你祝賀，紀愛卿，你這樣輕易就成了富翁。」

紀曉嵐說：「皇上，我這十萬兩銀子根本不是自己要用，我是用來賑濟災民，這賑濟行動既爲我主聖上爭了光，也爲諸位文武大臣積了一份功德啊！」

智保同僚

紀曉嵐晚年因編纂《四庫全書》而名震寰宇。他既善於體察皇帝的意旨，又關心和照顧他的同僚和下屬。有一年乾隆皇帝爲了考驗一下臣子們的眞才實學，對那些進士出身已經在朝廷供職的官員進行一次統考。乾隆親自命題，他從浩如煙海的古代文人的專集中，隨意挑一句詩，作爲題目，命令紀曉嵐和其他幾個軍機大臣前去監考。

考試時，那些應考的文臣打開題紙一看，原來是這樣一句詩：「巢林棲一枝」。大家都懵了，根本不知道這句詩的出處，文章怎麼做呢？只好瞎猜，敷衍成篇，完卷了事。考完之後，監考的其他幾個軍機大臣也不知道出處，都來問紀曉嵐，紀曉嵐告訴他們：「這句詩出於晉代著名作家左思的《詠史》詩第八首的最後兩句：『巢林棲一枝，可爲達士模』。」接著他又將全詩二十句一字不漏地背了出來。同時他還告訴他們：「這句詩是從《莊子・逍遙遊》『鷦鷯巢於深林，不過一枝』這一句引申出來的，意思是說一個人應該知足，不要貪多貪得。應考的人只有懂得這個意思才能把文章做好。」其他幾個軍機大臣聽了，都敬佩不已，個個稱讚紀曉嵐博學多才。

紀曉嵐將試卷送呈給乾隆。乾隆將幾十分卷子逐一翻閱，紀曉嵐只得站在一旁垂手恭候。乾隆見他已經七十出頭了，賜他一個錦墩，叫他坐下。乾隆翻了許久，竟沒有一份卷子知道出處，懂得原意，使自己滿意的。乾隆發怒了，說道：「這些奴才，出身進士，供職翰林，任各部院顯要，居然這樣不學無術，眞是豈有此理！」乾隆正準備交軍機處審議，擬旨定罪，見紀曉嵐早已離坐跪伏在地，便叫他起來，對他說：「你號稱博學，這句詩的出處你應該知道。」紀曉嵐回答說：「學海無邊，人生有限，老臣從小到老，六十餘年，不敢廢學，但這句詩的出處卻不知道，望皇上恕罪。」乾隆聽了，不由一笑，說道：「這是左太沖（左思的字）的《詠史》詩呀，連你都不知道，難怪他們都不知道了。」紀曉嵐回答說：「太沖的詩名，上不及屈（屈原）宋（宋玉），下不及李（李白）杜（杜甫），《詠史》雖是名篇，但諸臣供職日久，勤習政事，對舊時典籍，未及溫習，偶有疏漏，實所難免，望皇上寬容。」乾隆聽了，覺得有理，沈吟了一會，開口說：「那就算了吧！」紀曉嵐聽了連忙叩首謝恩，退出殿廷。

紀曉嵐來到軍機處，其他軍機大臣一起圍了上來，都問：「老太傅昨日還背誦如流，今日在皇上面前爲什麼又說不知道出處呢？」紀曉嵐說：「如果我說知道出處，那些應考諸臣，或降級，或罰俸，或貶斥，或革職，就是必然的了，我又何必逞一時之能，使他們遭受罪責呢?而且我能夠知道這句詩的出處,也不過是出於偶然,因爲我最喜歡左思的那一組《詠史》詩,所以背得爛熟。如果皇上下一次又撿一句詩來問我,我便不一定答得出了,那時又怎麼辦呢?」一席話,使那些軍機大臣個個心服口服。

紀曉嵐在這一事件中的這種處理方式,不僅顯出他的聰明和博學,而且也表現出他的寬宏和厚道,這是他在那危機四伏的政治舞臺上,能夠平步青雲、扶搖直上、富貴壽考、位極人臣的一個很重要的原因。

懲貪摘印

紀曉嵐爲人正直，最痛恨貪官污吏，乾隆時期，他任福建學政，又奉旨到各州縣查辦疑案。他到任不久，聽說詔安縣的縣令貪污勒索，怨聲載道。

一天晚飯後，紀曉嵐裝扮成普通老百姓的模樣，出衙私訪。在路上，恰好碰上了詔安縣縣令出巡，前面兩人鳴鑼開道，後面一隊儀仗，最後是知縣大人的轎子。紀曉嵐故意從儀仗隊伍中橫衝過去，衙役們厲聲呵責，將他一把抓住推到轎前。詔安縣令一看，原來是學政大人，這一驚非同小可，趕忙下轎請罪。紀曉嵐問他：「你出來幹什麼？」詔安縣令回答說：「卑職因近來街坊不靖，特出來巡夜。」紀曉嵐笑道：「現在還不過二更時分，夜巡未免太早了吧？而且你夜巡是要安定市面，捉拿宵小，現在你侍衛一大隊，鑼聲震全市，作姦犯罪的人早逃之夭夭了，你巡什麼呢？算了吧，你下來，換了官服，叫侍役們回去，你我到市面隨便走走。」詔安縣令聽紀曉嵐這麼說，沒法推卻，只好要侍役們回去，自己也換上便衣跟著紀曉嵐在市面上閑走。

兩人邊走邊談，來到一座酒店門前，紀曉嵐說：「走累了吧？吃一杯如何？」兩人進店來，叫了幾碟小菜，一壺酒，邊吃邊談。酒店老闆前來斟酒，紀曉嵐叫他一旁坐下，問道：「生意不錯，賺頭還可以吧？」老闆見問，長長地嘆了一口氣：「什麼可以，能夠保住血本，就算不錯了。」紀曉嵐問：「爲什麼呢？」老闆說：「捐稅太多。」紀曉嵐說：「你小本經營，哪來那麼多捐稅？」老闆說：「客官，你有所不知，我們詔安縣這位青天大老爺愛財如命，各種捐稅，名目繁多，地稅、房稅、人頭稅、牌照稅等等自不用說，還有供派要收夫役稅，造常平倉要收建倉稅，設育嬰堂要收保嬰稅，設救濟院要收養老稅，冬天有消寒稅，夏天有去暑稅，孔夫子的生日、觀音菩薩的生日、知縣大老爺自己的生日，都要收稅。而且收稅的差役一來，要好酒好肉招待，要送小費，像我這樣經營小本生意的實在沒有辦法支持下去了。聽說知縣大老爺還花一千兩銀子買了一個妓女作妾呢！」店老闆越說越氣憤，他根本不知道坐在他面前的一個是省裏學政，一個正是他的縣令青天大老爺呢！

紀曉嵐連忙打斷他的話，說道：「你說的不完全是事實吧，要是眞如你所言，他上面還有知府、按察使、布政使、巡撫，難道一點都沒有覺察嗎？」店老闆一聲冷笑，說道：「官官相護，從古到今就是這樣，有什麼用。就是有個包龍圖，受害的又不只我一個，我這個小店主又怎麼會去越級上告呢？」說完店老闆就起身去招呼別的客人去了。

詔安縣令在一旁坐立不安，神色沮喪，紀曉嵐付了帳，和他一同出來，到了外面，紀曉嵐對他說：「小人胡說亂道，我不會輕聽輕信，你也不要介意。」兩人又走了好一會，紀曉嵐說：「現在是巡夜的時候了，你回衙去帶人來巡夜，我也要回去休息了。」於是兩人就分道而行。

紀曉嵐等縣令走遠之後，馬上又返回酒店，店主說：「客人又來了，是不是遺失了什麼東西忘記拿走了？」紀曉嵐說：「不是，你這裏酒好菜好，我剛才吃得還沒有盡興，再來幾杯。」於是又要了一壺酒，幾碟菜，獨自一人慢慢品嚐起來。一直吃到別的客人都走了，店主要關門了，紀曉嵐拿出一兩銀子對店主說：「我今天吃得太多了，走不動了，就在你這裏借住一晚算了。」店主說：「我這是酒店，不是客棧，沒有客房。」紀曉嵐說：「不要緊，你就在這裏替我開一個臨時鋪，這一兩銀子就算付給你的酒錢和宿費，多的也不用找了。」店主心裏一想，自己至少可以得五錢銀子的便宜，而且也樂得行個方便，於是便答應了。鋪開好了，紀曉嵐和衣倒頭便睡，一會兒便鼾聲如雷。

天剛毛毛亮，砰！砰！砰！一陣急促而嚴厲的敲門聲，紀曉嵐一躍而起，趕忙打開店門，兩個公差，一個拿拘票，一個拿鐵鏈，進門就問：「你是何人？」紀曉嵐說：「我是這裏的店主。」公差一把鎖上，拖了就走，店主穿好衣服趕出來，人早走遠了，他以爲昨晚借宿的是一個有案在逃的江洋大盜，被拘捕歸案了，嚇得不得了，慶幸自己沒有被拖累進去。

紀曉嵐被差役捉拿到縣衙，在大堂右側一間耳房內關押了一個多時辰，等候審訊。他用氈帽蒙著頭，一言不發，卯時到了，鼓聲響起，知縣升堂，一聲吆喝：「帶犯人！」紀曉嵐被帶到堂下，詔安縣令一拍驚堂木，喝一聲：「你見了本縣爲可不跪？」紀曉嵐微微一笑，脫下氈帽：「老兄，別來無恙否？」詔安縣令一見大驚，連滾帶爬，來到堂下，命衙役趕快鬆鎖，摘下自己的頂戴，長跪請罪。紀曉嵐根本不理，逕自向前，走到公案邊，抓起縣印，揣在懷裏，笑著說：「免去了一員摘印官。」說完揚長而去。

貪贓枉法的詔安縣令就這樣被紀曉嵐「摘印」撤了職。紀曉嵐隨即呈報乾隆，給予那個詔安縣令以應有的懲處。

判案護民

紀曉嵐出任福建提督學政期間，爲官公正廉明，頗得當地人民的好感。

一天他去書院考核學員，經過一條街，遠遠望見一大群人聚集在一間店鋪門前，吵吵鬧鬧，混亂不堪，交通都阻塞了。他要兩個衙役去查明情況，一會兒衙役帶來了兩個人，後面還跟隨著一大群看熱鬧的老百姓。

這兩個人到他的轎前跪下，他要轎夫把轎子放下來，把門簾掀起一看，一個是鄉下的農民，一個是米店的老闆。他問什麼事吵鬧。那個農民說：「小人的父親病了，到城裏來請醫生，在米店門前經過的時候，因爲心中掛念父親的病，急急忙忙，不小心一腳把一隻剛孵出來的小雞踩死了。米店老闆要小人賠九百錢，小人身上僅帶有三百錢，沒有辦法賠，就這樣與他爭吵起來了。」紀曉嵐問：「一隻小雞值不了多少錢，怎麼會要賠九百錢呢？」農民說：「米店老闆講：他這隻雞是一隻良種雞，只要餵幾個月就可以餵到九斤重。現在市面上的雞價，一斤要一百錢，所以九斤就要賠九百錢。」紀曉嵐問米店老闆：「這個鄉下人講的是眞的嗎？」米店老闆說：「是眞的，小人就是這樣講的。」紀曉嵐又問：「你是一定要他賠九百錢了，是不是？」米店老闆連連叩頭，說：「任憑大老爺明斷。」紀曉嵐一笑，說：「你的話講得很有道理，要他賠九百錢不算多也不算少，剛剛合適。」又對農民說：「你走路爲什麼這樣不小心，把雞踩死了，還有什麼好說的，你應該賠他九百錢。」農民說：「小人不是不賠，實在是身上沒有帶這麼多錢，而且——」紀曉嵐喝道：「『而且』什麼？你可以把你的上衣脫下，去當鋪當幾百錢補足，如果不足，我替你塡上就是了。」

農民懾於紀曉嵐大官的威勢，沒有辦法，只好把自己的一件半舊上衣脫下來，這時圍觀的群眾沸騰起來了，你一言，我一語，都說這個學政官眞是糊塗透頂，怎麼有這麼判案的，一隻小雞就要賠九百錢，哪會有這個道理！人群中有一個當鋪老闆，拿來了六百錢，對農民說：「你這件舊上衣，頂多値三百錢，看你可憐，我讓你當六百錢算了。」紀曉嵐要農民把身上的三百錢拿出來，湊成九百，交給米店老闆，笑著對他說：「你拿去吧。你眞會做生意，這樣的好手段，一隻小雞就換了九百錢，不怕不發財！」

米店老闆拿到錢後，洋洋得意，而那個農民卻痛哭流涕，群眾更是氣憤不已，但又無可奈何。米店老闆向紀曉嵐叩頭稱謝，起身要走，紀曉嵐說：「慢點，我剛才這樣判還不大妥當。你說你的小雞餵幾個月就可以餵到九斤重，但事實是你並沒有餵幾個月，俗話說：『斗米斤雞』。就是餵一斤重的雞，要花去一斗米，現在你的雞還沒有長到九斤，就得了九百錢，你豈不是省了九斗米。既得到了賠償，又省了米，這太便宜你了，所以你應該給他九斗米這才公允。」

米店老闆大驚失色，但因爲自己早就理虧，無從辯解，只好乖乖地量了九斗米交給農民。當時正是青黃不接的季節，加以該地旱澇連年，一斗米已漲到五百錢。農民得米大喜過望，連連磕頭道謝。圍觀的群眾這時又沸騰起來了，既稱頌紀曉嵐的正直，更佩服他判案手段的巧妙和聰明，而那個米店老闆卻在群眾的笑罵聲中，灰溜溜地躲到店中不敢出來了。

巧辯乾隆

紀曉嵐伴乾隆皇帝下江南。某日遊完一寺，走出寺院，又往前走，正走得口渴時，見路邊有一棵梨樹，紀曉嵐順手摘下一個梨子，自顧自吃了。

乾隆見他竟然不爲自己讓梨，就責難道：「孔融四歲尚且知道讓梨，愛卿怎麼能在皇帝面前這樣不懂禮貌，自己便吃了？」

紀曉嵐笑道：「『梨』的音是『離』呀，臣奉命伴駕而行，哪敢讓梨（離）？」

乾隆又說：「那我們分著吃也好呀。」

紀曉嵐說：「哎，哪敢與君分梨（離）啊！」

又走了一程，見路邊有一棵柿樹，紀曉嵐摘下一個已熟的柿子，切成兩半，與皇帝每人一半。乾隆邊吃柿子邊詰難道：「怎麼這柿子就可以分吃了呢？」

紀曉嵐答道：「『柿』的音是『事』，臣伴君行，有事（柿）共參（餐）嘛！」

乾隆笑道：「你油嘴滑舌的，總難不倒你呀！」

正在這時，見一位婦人路過，她手提一個竹器。乾隆問：「她手裏提的是什麼？」

「竹籃。」

「此物有何用呀？」

「盛東西。」

乾隆皇帝故意問：「爲什麼只盛東西，不盛南北？」

紀曉嵐想了想，解釋說：「按陰陽五行之說，東方甲乙木，西方庚辛金，南方丙丁火，北方壬癸水。金木之屬，籃子可以盛得住。而用它盛水，漏了；用它盛火，燒了，都盛不住。所以，只能用它盛東西，不能盛南北。」

乾隆雖然並未深信，但他講得新奇有趣，便不住地點頭。

君臣倆再向前走，來到江邊。見那裏停著一隻小船，一個老頭正蹲在船上釣魚。忽然，老頭雙手後後一甩，釣上一條大魚，亂蹦亂跳的。老頭高興地一拍大腿，大笑起來。乾隆見了，頓時詩興大發，要紀曉嵐賦詩一首，限在七絕四句二十八字中，必須嵌入十個「一」字，這存心是想難倒紀曉嵐呀！

紀曉嵐望著江水漁舟，來回踱了幾步，說一聲「請聽」，即吟道：

一篙一櫓一漁舟，

一丈長杆一寸鈎。
一拍一呼復一笑，
一人獨佔一江秋。

全詩清新自然，生動傳神，一幅「秋江獨釣圖」呈現在眼前，乾隆不由得連連讚許。

白紙禱文

紀曉嵐在朝廷裏巧言應對，出口成章，常常拿同事們來開玩笑。於是，朝廷的同僚們無不想同他開玩笑。

紀曉嵐升任禮部尚書時，胡牧亭官居太常寺卿。紀曉嵐便常和胡牧亭開玩笑。

這年夏天，久旱無雨，禾苗凋枯。乾隆要親自祈雨，擇定黃道吉日，率領文武百官，乘鑾輿出正陽門，到大祀殿前的天壇，舉行祭禱儀式。

典禮莊嚴隆重，在贊禮官依祭祀儀制高聲唱禮下，乾隆行過三獻禮，下面就該宣讀祈雨禱文了。

清朝時，凡屬國家的祭祀典禮，都由太常寺、光祿寺、鴻臚寺司儀。而這三寺歸綜於禮部，所以這讀禱文的差使，就是禮部尚書紀曉嵐了。

在行前，紀曉嵐接到太常寺交來的紙卷，說是祈雨禱文。紀曉嵐也沒打開看看，隨即放進了袖筒裏，這時，他從袖中抽出紙卷，一看居然是一張白紙，上面隻字全無。這眞使他大吃一驚，立刻明白是胡牧亭開他的玩笑。在這莊重的場合，這個玩笑眞開得不小！旁邊的一些大臣們見他手上是張白紙，也都嚇了一跳。

乾隆把這事看在眼裏，雖不明白其中緣故，但見他拿的是白紙，也覺得又好氣又好笑，心想看他如何宣讀。

紀曉嵐抬頭看看乾隆，乾隆故意不加理會，口中催促道：「紀昀，唸禱文。」

大臣們跪了一地，正靜靜地等著，這禱文若唸不出來，那後果不堪設想。紀曉嵐急中生智，臨時集書經中的句子，宣讀道：

帝曰：咨爾龍，歲大旱，用汝行甘雨，汝其往，欽哉！

胡牧亭見果然沒有難住他，心中更是歎服他隨機應變的能力。與紀曉嵐不錯的大臣，也爲他鬆了一口氣。乾隆聽他急就的禱文，氣勢非凡，別具風格，也滿意地笑了。

力救諍臣

乾隆五十五年，正值乾隆做八十歲萬壽。

紀曉嵐爲乾隆寫了一大批歌功頌德的文章，其中的《祝釐茂典記》最爲突出，文章駢四儷六，洋洋灑灑，全面歌頌了這位臨御五十五年的皇帝的文治武功，弘曆簡直是功蓋三皇，德高五帝，超過堯舜，千古以來第一名英明偉大的皇帝。試看其中幾句：

「乾元各正，雖溥育天寰中；巽命重申，再加施於格外；更於頒詔之後，命普免天下錢糧……堯封禹甸，人人後舞而前歌……」

乾隆看這篇祝頌文章，在眾多的頌揚文字中，最爲華美，當然十分滿意，飄飄然幾列仙班，偏偏在這年十一月，服闋仍授內閣學士的尹壯圖，不識時務，直言參奏：

「近有嚴罰示懲而反鄰寬縱者……因有督撫等自認應罰若干萬兩者……又借機向黎庶攤派此罰銀，督撫藉此中飽私囊……」本來尹壯圖是一片忠心，直陳弊政，但也卻是不識時務，顯得執拗、天眞和迂闊了。奏摺觸怒了乾隆皇帝，令他將其所指督撫是誰，逢迎上司者是誰，藉端勒派致有虧空庫項者何人，一一指實。

尹壯圖複奏：「各督撫聲名狼藉，吏治廢馳……各省風氣大抵皆然。若問勒派逢迎之人，彼上司屬員授受時，外人豈能得見？徒以道路風聞，漫形牘奏……」

這與紀曉嵐的「堯封禹甸，人人後舞而前歌……」是何等地不同？於是更加觸痛了乾隆弘曆的逆鱗。乾隆皇帝在上諭中這樣寫道：

「朕批覽再三，折內並未指實一人一事，仍係摭拾浮辭，空言支飾……朕臨御五十五年，子惠元元，恩施優渥，普免天下錢糧四次，普免各省漕糧三次，爲數何啻萬萬？偶遇水害偏災，不惜千百萬帑金補助……或係尹壯圖往來途次，聞有一二小民爲胥役擾累者，向其陳訴，尹壯圖亦即當據實奏聞，朕必差大臣往辦。但此係聞之何人，於何處見此情狀，亦令其據實指出……朕自御極以來，迄今五十五年，壽躋入帙，綜覽萬機，自謂親政愛民，可告無愧於天下；而天下萬民亦斷不泯良怨朕者……著尹壯圖查實所奏直隸等省虧空者何處，商民興嘆究係何人，月選官議論某虧空若干，又係聞自何人傳說，逐一指實複奏。」

尹壯圖上疏皇帝革除敝政的良好願望，就這樣被乾隆曲解了。尹壯圖簡直成了一個心懷叵測的野心家，在皇上的追問之下，只好奏陳山西巡撫長麟等人虧空營私，皇上對長麟大加袒護，說長麟平日辦事認真，聲名實好，繼而又派侍慶成帶同尹壯圖前往山西盤查。

長麟本是和珅的黨徒，四外勾結，早已通風報信，預爲佈置，挪移彌補，自然查不出虧空。

於是，乾隆通諭內外，說自己保赤誠求，無時不以愛民爲念。但尹壯圖「不但誣地方官以貪污之罪，並將天下億兆民感戴眞誠全爲泯沒，又朕五十五年以來子惠元元之實政實心，幾等於暴斂橫徵之世」。

這道通諭，實際上就是定了尹壯圖「莠言亂政」之罪。結果，尹壯圖言無實據，查無實證，「誣官誣民誣皇上」。軍機大臣和珅看有機可乘，便使出了殺手鐧，奏請將尹壯圖擬斬！

消息傳來，紀曉嵐這位「觀弈道人」再也沈不住氣了。本來與甲戌同年尹松林交情頗深，其子尹壯圖入詞館後，多向紀曉嵐請教，深受紀曉嵐喜愛，紀曉嵐怎忍心眼巴巴地看著和珅將他推上斷頭臺？「局中局外兩沈吟，都是人間勝負心」。和珅要置尹壯圖於死地，不正是乘機爲長麟攜私報復嗎？

紀曉嵐思慮再三，終於下定決心，要爲尹壯圖上殿面君，奏請聖上寬赦。本來以「局外觀棋」而自律的觀弈道人，這回終於按捺不住，走到局中來了！

紀曉嵐見到皇上，跪在地上叩頭說道：「吾皇萬歲萬萬歲，庸臣紀昀，叩謝聖主隆恩。」

乾隆不動聲色地說道：「老愛卿平身，朕來問你，何事謝恩？」

「吾皇聖明，愛育萬方，仁施無已。直隸、河間等府，二麥歉收，聖主體恤災民，降下隆恩，命截漕糧五十萬石備賑。故鄉百姓身被恩膏，紀昀自當恭謝聖主恩惠！」

紀曉嵐這幾句話，說得皇上心裏甜滋滋的。乾隆說聲：「朕知道了。」

紀曉嵐偷眼看看皇上的臉色，接著說道：「微臣紀昀，北地庸才，伏念久承聖上恩寵，唯思忠勤報國。三十年來，臣勤勤懇懇，不敢因循苟且，稍有紕漏。今者臣來覲見，是想奏請皇上，在京城之內，延期開設粥廠。可講與不可講，恭請聖上明示。」

「噢，老愛卿，詳細說來，朕且聽一聽。」乾隆說道。

紀昀接著說：「聖上命截漕放賑，百姓深感隆恩，皆頌吾皇上仁慈，萬壽無疆。定例每年自十月初一日起，至次年三月二十日止，五城原設粥廠十處，每日領官米十石，由坊官煮粥……陛下倘能准奏，饑民感謝涕零。仁政所施，天下承平，紀昀謝主隆恩！」

說著紀曉嵐跪在地上叩頭謝恩。皇上臉上露出笑容說道：「朕尚未准奏，你倒先謝恩了！呵呵呵呵，那麼朕便准了你的奏請！」

本來，紀曉嵐對當時的弊端，看得十分清楚，但皇上是喜歡聽好話的，他怎敢講一句朝廷的壞話？就在皇上舉行八十萬壽慶典之時，阿桂、和珅、福康安等總理稱慶事物，皇帝雖然也假惺惺詔令節省，而群下奉行的，是務極侈大。內外宮殿，大小儀物，無不新辦，自京城至圓明園，樓臺全以金珠翡翠裝飾，假山上添設了寺院人物，裝上自動裝置，一動機關，門窗就自動開合，人物活動也栩栩如生。營辦這些事項，少說也要幾億金，但卻一毫也不許動用官帑，哪裏來的？外而各少三品以上大員，都有進獻……也就在前一年的夏秋之交，關東發生水災。遼陽以東，殆同赤地，自盛京至山海關，比遼東稍勝，饑民之號丐者，至燕京相續，冬季酷寒，皇城內凍死的人很多。即便如此，紀曉嵐只能在慶祝皇上八十萬壽的《祝釐茂典記》中寫道：「雖席豫而履豐，恒戒奢而示儉……」紀曉嵐這吹牛拍馬的本領，怎能不說是皇上的高壓統治擠出來的？今天紀曉嵐也是先將皇上頌揚一番，皇上一高興，便准了紀曉嵐的奏請。

其實，紀曉嵐奏請增撥粥廠賑米，延期放粥一事，只是投石問路，看看皇上的心情如何。他知道只要皇上高興了，尹壯圖的案子就好辦了，就會大事化小，小事化無。皇上很爽快地答應了這第一件事，那下邊再奏請什麼，都有八成的把握。

於是紀曉嵐繼續說道：「吾皇上念切堯舜，恩深禹甸，課晴問雨，每先事以綢繆；發政施仁，必及時而補救。昨天命截漕備賑，恤四府之災區；今復加惠延期放粥，救千萬之流民……」這滔滔不絕的頌詞，將皇上吹噓得沾沾自喜。紀曉嵐看皇上臉上綻開滿意的笑容，心想時機到了，便說道：

「萬歲爺，剛才爲臣所奏，是『恭謝恩命截漕撥帑籌備直隸賑務』一折，信口奏聞皇上，不知有否欠當之處？」

「很好，很好！呵呵呵；非老愛卿誰人能有此宏辯之才，朕正思如何賞賜於你呢。」

「謝皇上，爲臣尚有一事啓奏，不知皇上是否允許？」

「還有何事？你奏來無妨。」

「臣不敢講。臣怕皇上怪罪下來，臣吃罪不起。」

「哎──哪裏會呢？你只管奏來，朕赦你無罪。」

剛才紀曉嵐把皇上捧到了五里雲霧之中，飄乎愜意。紀曉嵐的話，皇上句句愛聽，便催促紀曉嵐快講。

「皇上眞的不怪罪爲臣？」紀曉嵐要確認了再說。

「眞的不怪罪於你！」

「那爲臣要講了？」

「幾十年來，朕處下對你備加體恤，何曾無端加罪於你？有話何不快講？」皇上有些迫不及待。

「爲臣是來請罪的，聽憑萬歲發落。」紀曉嵐笑著對皇上說。

「哈哈哈，你又和朕開什麼玩笑！老愛卿何罪之有啊？」

「臣聞內閣學士尹壯圖，妄言亂政，罪在不赦。臣與尹父松林，乃甲戌同年。壯圖入詞館後，多向爲臣救教，壯圖有罪，爲臣也不可饒恕，恭請聖上發落！」

一聽這話，乾隆立刻變了臉色，他心裏清楚，紀曉嵐是給尹壯圖求情的，厲聲說道：

「尹壯圖誣言犯上，莠言亂政，軍機處奏請擬斬。朕正考慮如何發落，你是給他求情的嗎？」

「紀昀不敢！」紀曉嵐有點害怕了，但事已至此，只能進不能退了，並且皇上已經答應不會治他何罪，還是要硬著頭皮講下去。沒想到，皇上罵了起來：

「朕量你也不敢，朕以你文學尚優，故使領《四庫全書》，實不過以倡優蓄之，你何敢妄談國事？」

乾隆一怒之下，竟然罵得這樣難聽！其實罵得再難聽，紀曉嵐也得聽著。一位堂堂的官高一品的禮部尚書，乾隆卻視如草芥。乾隆在位的幾十年間，辱罵群臣如奴隸，沒有受過他侮辱的，只有一個，那就是劉墉的父親，已故東閣大學士兼軍機大臣劉統勳。紀曉嵐屈節事君多年，早知道皇上的面目，挨幾句罵算得了什麼？更何況這次是鋌而走險，不掉腦袋就不錯了！

紀曉嵐依然滿含笑意，平靜地說道：

「萬歲爺息怒。為臣該死！為臣該死！為臣忠誠孝敬多年，屢蒙聖上宏恩，縱死無憾！」

乾隆罵過後，自感有些失態，氣也消了下去，緩聲問道：「你究竟要做什麼，往下說吧！」

「臣本是爲聖上而來。」

「此話怎講？」

乾隆的語氣完全平和下來，眞有點喜怒無常。

「聖上，恕臣直言，尹壯圖忠厚耿直，在群臣中頗有好名。上疏言政，本是一片忠心，雖言有不實，查無實據，但他確是爲了大清江山永固。奏請聖上防微杜漸，洞察秋毫，用心尚屬純正。督撫久擅地方，抑或有吏治廢弛、虧空或循私之慮，皇上早有提防，故而修明清廢，整頓吏治，防範在先，政治清明，天下太平。軍機處奏請擬斬，亦屬糾察言犯，嚴明法紀。臣冒死進言，軍機處措置失當，聖上英明，斷不准其斬奏。」

乾隆表情嚴肅，認眞地聽著紀曉嵐的話，問道：「愛卿，何出此言？」

「聖上乃英明皇帝，政崇寬大，廣開言路，納諫如流，文臣武將，競相效命。尹壯圖之言，意在防微杜漸，軍機處嚴刑苛責，使群臣爲之生畏，此後誰人還敢論政？且陷陛下於不義之地，望陛下三思。」

乾隆若有所思，然後說道：「昔我皇祖臨御六十年，政崇寬大，而內外臣公奉行不善，怠玩成風，遂至辦事暗藏弊端，國帑率多虧空。我皇考欲正人心風俗之大綱，有不得不厘剔整頓之勞。此乃出於萬不得已者。朕看今日之內外臣公，見朕以寬大爲治，未免漸有放縱之心，足可嚴明法度，整頓綱紀。我皇祖、皇考之寬嚴相濟，乃審時度勢，至當不易之成憲，後世子孫豈能處此以求天之道乎?」

「聖上所言極是，觀古來帝王，無恩何以饒民?無威何以治國?聖上慎時度勢，寬嚴相濟，恩威並用，實古來帝王所不能比。以臣觀之，軍機處擬斬尹壯圖，量刑過當，皇上定然知曉，斷不會准其所奏……恭謝天恩，伏祈睿鑒。」紀曉嵐說完，再次施禮叩拜。乾隆在尹壯圖一案，本來就是感情用事，自己也感到有些過頭，經紀曉嵐這一陣吹捧，反倒不忍心拿尹壯圖開刀了。於是說道:「朕依愛卿所說，免去尹壯圖死罪。」

果然，皇上駁回軍機大臣和珅等人的奏請，降旨將尹壯圖革職。但是讓尹壯圖留在北京，皇上還覺得是塊心病，便說尹壯圖老母年近八十，尹壯圖留居京師，則不能迎養母親，實爲不孝，勒令尹壯圖回原籍雲南省蒙自縣。

和珅欲置尹壯圖於死地，得知紀曉嵐爲其開脫，心中十分惱怒，但他抓不住紀曉嵐的短處，也便奈何不得。

轉眼到了壬子年二月。

這天，劉墉、桂馥等人在紀曉嵐的閱微草堂作客，劉墉笑嘻嘻地說道:

「春帆，你猜我給你帶來什麼禮物?」

劉墉已是七十多歲的人了，白髯飄拂，滿頭染霜，駝背弓腰，在一幫老臣當中，是一位享有盛譽的智多星。曾任吏部尙書、協辦大學士、充上書房總師，乾隆五十四年的諸皇子師傅。因久不入書房，降爲侍郎銜，現爲內閣學士。紀曉嵐看劉墉弓著腰，揚著頭，一副詭秘的表情，一時鬧不清他的悶葫蘆裏裝的什麼藥，便說道：

「石庵兄做事，常常出人意表，我怎麼猜得出來？」

「哈哈哈……」，劉墉笑著說：「這話該我說呀，『出人意表』的還是你紀春帆呀！石庵沒有想到，尹壯圖已是死到臨頭了，硬叫你給救了下來啊！哈哈哈……」

螃蟹解饞

和珅因得乾隆皇帝袒護，誰也奈何他不得。

紀曉嵐對此人心知肚明，但也唯有自己題舊詩以明心志而已。

宋人有《詠蟹》一詩，紀曉嵐題寫贈給朝廷中的同好，當然也有自勉之意。紀曉嵐題寫的宋人《詠蟹》詩中最有代表意義的兩句：

水清詎免雙螯黑，
秋老難逃一背紅。

意思是說，現在彈劾和珅，恐怕時機不夠成熟。

乾隆早已宣佈，自己執政絕不超過聖祖康熙在位六十一年，因此決定於乾隆六十年禪讓。

說話已是乾隆六十年九月，乾隆要學堯舜禪位的榜樣，準備在臨政滿六十年之時傳位給嗣皇帝，自己去當太上皇。在諸皇子中，第八子顒璇，性行乖戾，屢失上意，第十一子顒瑆，柔而無斷，第十七子顒璘，輕佻無威信，作爲皇位繼承人，乾隆都不滿意。第十五子顒琰，爲人愼重，處世剛明，度量豁達，相貌奇偉，在內外大臣中享有威望，最爲乾隆寵愛，因而被選爲皇位繼承人。

在宣布冊封諭旨的前一天，也就是九月初二，和珅探聽到嘉郡王顒琰將被冊封爲皇太子，便盤算著如何討好嘉郡王，於是他來到毓慶宮，求見嘉郡王。

嘉郡王對和珅驕奢淫逸、飛揚跋扈、貪贓枉法的事，早就有所耳聞，心中十分憤恨，但礙於父皇的庇護，一時也將他奈何不得，只在心中罵道：「這個奸賊！小王總有一天收拾他。」當時嘉郡王就悄悄地打發人到各省去，把和珅家人在外面招權納賄的事，一樁一樁地察訪出來，記在冊子上，預備將來查辦他。因爲心裏討厭，平日也少和他來往。如今聽說和珅親自上門求見，嘉郡王覺得十分詫異，又因他是父皇第一個親信的大臣，又不好怠慢他，只好迎出去相見。

和珅見了嘉郡王，搶上來打了一躬，開口便說：「恭喜王爺！」接著從袖子裏拿出一個玉如意，雙手獻上。嘉郡王接了如意，心中更加詫異，原來當時宮中有個規矩，凡是秀女們中封爲妃子，或妃子們晉封皇后，向她賀喜的人不便明說，見了面獻一個如意，暗地裏報一個喜信的意思。如今和珅要討好嘉郡王，也來獻個如意，暗地裏報上一個喜信。

嘉郡王見了如意，便說道：「小王有什麼喜事？卻要煩相國大駕？」

和珅接著又打了一躬，悄悄說道：「王爺還不知道嗎？如今皇上已內定傳位給王爺了，皇上昨天曾和下官商量過，打算在六十年上，讓位給王爺。」

嘉郡王聽了，心中雖禁不住歡喜，但因爲和珅竟敢參與宮廷內部的機密，心中更是嫌惡他。但面子上要過得去，免不了說幾句感激的話，把他送了出去。回進宮來，心中暗暗罵道：「這個老奸賊，又到我這裏賣弄玄虛。好吧，將來叫你嘗嘗我的手段。」和珅卻以爲自己巴結上了新皇帝，一路上沾沾自喜。

第二天，乾隆帝果然下諭詔說：

「朕即位之初，便對天立誓：如能在位到一周花甲的年數，便把皇位傳給太子，不敢和聖祖在位六十一年之數相同。如今已是乾隆六十年，朕已遵照列祖成例，把太子的名字寫好，預藏在正大光明殿匾額後面。」

於是立刻派人到正大光明殿去，把儲藏太子名字的金盒取下來，當著滿朝文武大臣的面兒打開。上面寫道：

「冊立皇十五子嘉郡王顒琰爲太子，以乾隆六十一年爲嘉慶元年。」

承宣官當殿把詔書讀過，文武百官，一起跪賀，退下朝來，又趕到毓慶宮去給太子賀喜。和珅在朝賀的人員中，更顯得得意洋洋。太子見了他，一如既往。

眼看就到了傳位的日子，和珅察覺到嘉慶帝對他不太喜歡，有事常把劉墉、董潔、紀昀召去商量，這幾個人都是他的死對頭，心中十分不舒服。但他想即使皇上退位當了太上皇以後，那說話也是算數的，仗著太上皇的勢力，新皇上也無奈我何。將來太上皇過世，我就來個辭官不做，頤養天年。爲了不讓嘉慶帝立刻執掌大權，他暗暗地慫恿乾隆帝傳位不傳璽，對嘉慶帝加以限制。

皇上果然聽了和珅的話，元旦這天早朝，舉行禪讓大禮，宣布乾隆皇帝退位，皇太子顒琰繼位，改年號爲嘉慶。當宣布授璽時，麻煩出來了，軍機大臣和珅站出來宣讀乾隆諭旨：

「朕於今日傳位於皇太子顒琰，猶思傳璽一節乃爲最要，特定日後另行慶典。」

這道諭旨一出，整個太和殿亂做一團，亂哄哄的議論聲打破了這裏往日的威嚴。剛坐上皇帝御座的顒琰不知如何是好，一時呆呆地愣在那裏。

這時聽到大臣中一聲高喊：

「當今安有無大寶之天子？」

聲音一出，亂哄哄的太和殿立刻安靜下來。人們尋聲而去，此人正是內閣大學士劉墉。

押班主持禮儀的禮部尚書紀昀，剛才看授璽一節沒有按他事先起草的授受禮舉行，一時也沒有了主意，這時看了劉墉站了出來，心裏立刻鎮靜了，當即宣布：

「傳璽另行頒禮，與祖制有違，待禮部奏請皇上，傳璽一體舉行，賀禮暫停。」

太和殿裏又亂了起來。

紀曉嵐走出太和殿，劉墉緊跟了出來，他倆要一同入寧壽宮覲見太上皇。

見到乾隆，二人一同跪拜，紀曉嵐說道：

「啓奏陛下，傳璽一節改行頒禮，群臣議論紛紛，言說不合古制，紀昀以禮部之責，奏請陛下授璽，陛下英明萬古，早做決斷，以平文武百官之議。」

乾隆對這乃早有預料，坐在那裏不急不忙，也不講話。他其實心裏清楚，哪有傳位不傳璽的道理？只是禁不住和珅的慫恿，對執掌了六十年的國璽戀戀不捨，在前一日寫下了諭詔。到今天早晨，心想這樣做實在太不合適，心中又猶豫起來。

劉墉、紀曉嵐兩人跪在地上不起，乾隆帝也不說話。於是劉墉奏道：

「陛下臨御數十載，親政愛民，國泰民安。今日陛下不能絕繫戀王位之心，則傳禪可止。傳禪而不傳大寶，則天下聞之，謂陛下何如？恭請陛下聖裁。」

事已至此，乾隆也十分尷尬：不傳位吧，已經不行了；當個逍遙自在的太上皇吧，又捨不得手中的權力；不傳大寶玉璽吧，這傳禪大典就無法舉行下去，也招架不住這幫老臣的勸諫，眼前的劉墉、紀昀，是自己寵愛的老臣，急得不要命地力爭，再堅持下去，豈不逼得天下大亂？

思慮再三，最後乾隆同意交出玉璽，但同時給嘉慶定下手諭：所有一切奏章，都須送朕閱看，既便是軍國大事，也須由嘉慶皇帝去請過太上皇訓示，才可以執行。

太和殿裏早已經等急了，大臣們一看劉墉和紀昀眞的把大寶從寧壽宮抱了出來，立刻變得鴉雀無聲，個個目瞪口呆，只聽禮部尙書紀曉嵐說道：「宣太上皇聖旨。」

文武百官立刻跪下聽旨：

「朕原想在禪禮之日，親手傳璽，不料近日欠安，不能親行頒禮，擬頒禮遲行。又思傳位不傳大寶，史無前例，特賜傳璽之禮一體舉行，自今而後，朕不再御太和殿。欽此。」

聖旨宣畢，大臣們立刻歡呼：「太上皇萬歲，萬萬歲！」傳禪之禮隨之告畢，一場中國歷史上鮮爲人知的鬧劇，就這樣拉下了幃幕。

嘉慶帝登基以後，心中十分感激劉墉和紀曉嵐，以寶冊元老對待，而除治和珅的念頭，一天更比一天強烈。

轉眼到了嘉慶四年的正月初三，乾隆死在乾清宮。初四，嘉慶便降下諭旨：褫去和珅軍機大臣、九門提督等銜，命他與福康安晝夜守在直殯殿，不得擅自出入。

滿朝的忠正大臣終於等到了奏劾和珅伸冤出氣的機會，誰也顧不得去考慮如何追悼先皇，料理殯事，卻紛紛上疏，言舉和珅的種種罪行，幾日內，嘉慶帝收到大臣們的奏摺上百件。

正月初八，嘉慶帝下旨，命成親王、儀親王帶御林軍捉拿和珅，又怕路上有人劫奪，又派御前侍衛勇士阿蘭保，沿路保護，把和珅一直拖進刑部大堂。嘉慶帝派吏部尚書、體仁閣大學士劉墉、軍機大臣刑部侍郎董浩，會同八王爺顒璿等嚴刑審問。和珅讓大刑一伺候，立刻疼得哭爹喊娘，熬不過，只得一一招供。同時嘉慶又派人查抄和珅及其家人的家產，並宣布和珅罪狀，要求地方督撫議罪，繼續揭發檢舉。

劉墉吩咐人給和珅釘上鐐銬，收進大牢，然後把審問的情形，一一向皇上奏明。

一時間，和珅的案子成爲人們關注的焦點，紛紛互相傳告。紀曉嵐的家中，成爲一個資訊站，一些平素跟他要好的官員都集中到他這裏來打聽消息。他這裏的消息又快又準，因爲劉墉、董浩都是他的好友；軍機大臣劉權之，又是他的門生，都參與審訊和珅一案。紀昀是禮部尚書，雖無緣參與，但其動靜，他瞭解得一清二楚：

他派人給劉墉送去了一封請柬：

備好蟹宴，敬請石庵；

倘若來遲，蟹湯喝乾。

劉墉正忙著審訊和珅，一見請柬笑了。心想這紀曉嵐又打聽消息來了，揮筆寫下幾行字：

螃蟹已拿，我等嚐新。

唯餘一爪，遺公解饞。

嘉慶四年正月十八日，嘉慶皇帝傳下聖旨說：

「姑念和珅是首輔大臣，於萬無可貸之中，免其肆市，著加恩賜令其自盡。」

劉墉等人到刑部大堂，把和珅從大牢裏提出，驗證明身，把聖旨宣讀給他聽。

和珅自縊身亡。

和珅自盡以後，紀曉嵐將近日所聞所聽之諸事細細想來，頗有一番感觸。他想到和珅由一個無功受祿的小人，成爲聚榮華與富貴於一身的權貴；他想到身邊好友的悲歡離合，生死遭逢；他想到宦海的升遷沈浮，失意與得志；他想到自己幾十年間在官場上的境遇和感受，有時歡暢淋漓，有時毛骨聳然，有時不得不在人前逢場作戲；又想到歲月倥傯，時光荏苒，不覺自己也告別了繁花似錦之春，日漸走向了草木凋零的衰老之秋。於是，他不覺發出一聲長嘆。人世啊，眞如雲流沙湧、浪起帆轉一般。看來，無論是勝者，還是敗者，無論是貧者，還是富者，無論是褒是貶，也不分你我和他人，皆在此間。人生是盤棋，這就是：作爲本身來說，既是觀弈者，也是舉弈人，更是棋盤中任人擺布的一顆棋子而已。

大概，他的這種心情爲後世人所發現，並同樣產生感慨，遂有人寫了這樣一詩：

人生觀弈二者同，
人生即置奕盤中。
輸贏勝負平平事，
來時空空去空空。

獨自負責

八大胡同自古名，
陝西百順石頭城。
韓家潭畔笙歌雜，
王廣斜街燈火明。
萬佛寺前車輻輳，
二條營外路縱橫。
貂裘豪客知多少，
簇簇胭脂坡上行。

這是北京城裏，有史以來關於八大胡同的廣爲流傳的俚謠。其實，名曰八大胡同，實際上乃是十大胡同，僅在這首俚謠裏所提及的就有九條。這九條胡同是：陝西巷、百順胡同、石頭胡同、韓家潭、王廣福斜街、石佛灣、大外郎營、小外郎營、胭脂胡同。凡老北京人，或在北京居住得時間長些的行商客旅，無不知道這八大胡同的，也無一個不到八大胡同去走走的，亦不分貧富卑尊或達官貴人。如此說來，八大胡同在人們心目中是佔有一定位置的。

北京八大胡同這方地界，不僅是有名的煙花柳巷，妓女成群，也是個有名的遊樂場所。

紀曉嵐，平生有三大嗜好，即吃肉、抽煙、聽書。

這年是嘉慶七年，歲在壬戌，紀曉嵐已經七十九歲了。但是，他仍精神奕奕，興致不減。每當朝事完了，落得輕閒時，他總是要到八大胡同說書場子走上一趟，或聽上三言兩語，或喝上幾杯清茶，倒也清閒自在，解卻一身的朝事煩悶。

這日，他來到八大胡同青雲閣說書場，正趕上唱《青樓遺恨》段子。他見屋內聽書的人很多，儘管與書場館主相識，他也沒有去打招呼，而是揀個空位子坐下來，便聽上了。

千古傷心杜十娘，
青樓回首恨茫茫。
癡情錯認三生路，
俠氣羞沈百寶箱……

紀曉嵐聽得入神，竟涼了一杯茶水。正待他要去喝時，忽聽得旁邊有二人在低語。他無意回眸一看，見是兩個舉子模樣的人。其中的一個說道：

「仁兄，我有一詩想背誦給你聽，意下如何？」

另一個道：

「這好端端的說書，還聽那詩有何用場？」

那人道：

「我叫你聽，自是有聽的妙處。」

另一人道：

「那麼，你就說說看。」

偏巧，這時說書已到了一段，屋內的聲音也小了些，話也容易聽得眞了。這會兒，只聽那人背誦道：

禁御花盈百，
遲遲送漏聲。
此中饒絢爛，
遙聽亦分明。

……

皇州春色滿，

更待轉流鶯。

另一人聽了，叫道：

「好詩，好詩。」

那誦詩者聽了，瞥了他一眼，說道：

「當然是好詩，它的題目叫《漏聲遙在百花中》，還有評點呢。」

「怎麼評點的？」

「第一，點題有法；第二，音色交繪；第三，音節清脆；第四，意境深邃。這是首早朝詩，摹寫宮禁中曉景，字字逼眞。清華之中有富貴氣，與尋常遊園賞花不同。作此題詩者，不難於雅，而難於壯，不難於切，而難於稱。若帶些子山林氣，便是不稱著了。一句綺靡語，便是畫龍點睛處，諸卷殊少合同，惟此詩清穩得體。」

「看你評點個高妙得當。」

「這不是我的評語。」

「誰的？」

那人四下望了望，見無惹眼人，便放低聲音，耳語道：

「這是當今大主考紀昀的批語。」

另一人聽了，大爲驚訝，道：

「紀昀，不就是在這乾嘉兩朝五任都察院左都御史、兩赴千叟宴、兩遷禮部尚書的紀曉嵐紀大人嗎？」

那人說道：

「正是，正是這個紀大才子，事情也就出在這裏。」

另一人道：

「這分明是殿試中的試卷詩，現在未等揭榜，怎麼就傳了出來？」

那人說道：

「這事，不能不說與這位主考大人有關了。」

另一人道：

「難道是他洩露了科舉詩題？」

那人說道：

「也說不定啊，錢能通神。如今的科場，營私舞弊者多矣。」

那人說完，還回眸望了望紀曉嵐。多虧紀曉嵐未著朝服，易爲便裝，未被認出。

不過，這事也在紀曉嵐心中留下了一個問號。他想，這詩確實是試卷中的策試詩，評點也是出自本人之手。但是他也納悶，這詩怎麼會傳揚出去呢？榜尚未發，可是爲何出現此種事情？這事一旦傳到皇上耳中，豈不是落下個偌大罪名！

他想到這裏，很想與那兩個舉子模樣的人盤旋一會兒，也好弄個水落石出。不料，那兩個舉子竟然離座而去。

紀曉嵐看了看，心想也罷，即便去問，還能得出個什麼結果，莫不如回朝聽聽風聲會更好些。

他想到這裏，也無心再聽那《青樓遺恨》的評書說唱段子了，索性便向居所「閱微草堂」家中走去。

原來，在嘉慶七年，紀曉嵐這位七十九歲的老臣，再次被諭命爲會試正考官。正考官共有兩名，另一名正考官是左都御史熊枚，副考官是內閣學士玉麟、戴均元。

在此之前，紀曉嵐曾兩次充任會試正考官，一次充任武科會試正考官。每次都謹慎從事，嚴於防範，沒有出什麼差錯，錄取了一批又一批具有眞才實學的人。因而就擔任正考官來說，他已是輕車熟路，可是事有偶然，沒想到這次出了麻煩。

在尚未發榜之時，外邊就有人傳揚前幾名的名字，並能誦出前列者的詩句，有人密告嘉慶皇帝，奏請查處洩密之人。

嘉慶皇帝得知此事大為惱火，立刻派人追查，一時間風雨滿城，參與此科會試的大小官員，無不人人自危。

紀曉嵐看這事麻煩不小，不管出在哪個人頭上，他作為本科的正考官，都是罪無可逭，勢必要株連進去。尤其讓他擔心的是，這一案查下來，說不清要株連多少人下獄。自己受累坐牢事小，讓同僚們及其親屬獲罪，自己更難做人。思之再三，最後拿定了主意。

這天皇上召見紀曉嵐，查問科場洩密一事。紀曉嵐跪下叩頭，然後鎮定自如地說：

「皇上不必動怒，臣即是洩漏之人。」

嘉慶素知紀曉嵐為事恭謹，這種事斷不會出在他身上，但聽紀曉嵐如此回答，很為吃驚，接下來問道：

「老愛卿何故洩漏？」

紀曉嵐回答說：「聖上明鑒，這洩漏之事實出無意。為臣書生習氣，見佳作必吟哦，或者記誦其句，然不知何人所作，心中懋悶，欲訪知為何人手筆，則無意中不免洩漏。皇上果真動怒。紀昀甘願領罪。但惟求聖上開恩，不要株連他人。」

經紀曉嵐這一說，嘉慶的怒氣竟出乎意外的全部消了下去，隨即撤回追查考案的命令，一場風波就此平息了。真正洩漏機密的人，即使不便明言，也在心中對紀曉嵐感激至深。所有參與會考的官員，都對紀曉嵐敬佩備至。

臨終趣對

嘉慶十年，紀曉嵐虛歲已達八十二歲，官居極品正一品，享中堂相國之位。

這時，紀曉嵐的次子汝傳擢升爲滇南知州，孫子紀樹馨升任刑部陝西司郎中，其他子孫也皆受蔭恩。紀曉嵐具折恭謝。這時的紀曉嵐，已經有十一個孫子，即汝佶的六個兒子：樹庭、樹喬、樹蔭、樹蕤、樹蕃和樹蔚；汝傳的五個兒子：樹馨、樹enta、樹蓇、樹馥、樹馥。眞可謂「枝繁葉茂」。

到了秋天，紀曉嵐感覺體力漸不如前。臘月裏，因受風寒，在床上躺了三天。這是他自烏魯木齊回京，幾十年來第一次臥床不起。讓在京的兒孫們吃驚一場，都圍攏到他的床前。

午睡時，紀曉嵐做了一夢，夢見行路時遭李戴攔截。醒來回憶起當年李戴死前在獄中喊過的話：「到了陰曹地府也要告你三狀。」暗自猜測，莫非是自己到了回壽的時候了？於是將三子汝似、四子汝億和幾個孫子喚到床邊，對他們說道：

「我從三十一歲入翰林，至今已歷五十春秋。領纂《四庫全書》時，又得以遍讀世間之書，人生之味，可謂知矣。有幾句話，你們要牢記在心上。」

說到這裏，咳嗽幾聲，然後緩緩地吟道：

貧莫斷書香，
富莫入鹽行；
賤莫做奴役，
貴莫貪賄贓。

老頭子停一停又問道：「你們可曾記住？」

在場的兒孫們都含淚應諾。

嘉慶帝得到紀曉嵐患病的消息，命御醫到紀府調治。這次只是虛驚一場。幾天之後，就又能上朝了，不過這時要坐著轎子或「紫禁城騎馬」。紀曉嵐的摯友劉墉，卻在這時畢命歸天，終年八十五歲，賜諡「文清」。

紀曉嵐在劉墉去世的哀思中過了春節，傳來了一件大喜事：正月十六日，嘉慶皇帝降下諭旨，命紀昀以禮部尚書、協辦大學士，加太子少保銜，管國子監事。

二月十日，紀曉嵐再次病倒在床上，朱圭來看他時，他拉著朱圭的手說：「我沒有什麼病，只是口中有痰，朱公放心吧！」

二月十四日，紀曉嵐昏睡一天，氣息微弱。掌燈之後，紀曉嵐醒來了，精神異常振奮，兩眼放射出明亮的光芒。他對一直在他身邊照顧他的汝似、汝億說：

「生死聚散，人世之常情。爲父已八十有二，即使長辭人世，也稱得上是壽盡天年了。你們不要過於悲痛，喪葬之事，務求節儉。上次臥病，我將要說的話說了，你們要記住，傳與子孫後代，我也就放心了。」

汝億的媳婦看到老公爹醒來，趕忙煮來了蓮子羹。汝億接在手上，倚在老父床邊，用羹匙一匙一匙的餵給他喝。喝了小半碗，他搖頭示意不喝了，咳嗽幾聲清清嗓子，用低弱的聲音緩慢地說道：

「我想了一個對子，你們對對吧！」

不等兒子回答，他就接著吟出一句：

蓮（憐）子心中苦

說完閉上了眼睛，汝似、汝億看父親氣息奄奄，哪有心思去對父親出的對聯？但又不好違背，就站在一旁不說話，佯作思索。

紀曉嵐睜開眼睛，這次說話的聲音更低了，幾乎聽不到：

「何不……對……對『梨（離）兒……腹……內……酸』？」

說罷，閉上了雙目，溘然而逝。一代文宗、風流才子紀曉嵐結束了他光彩照人的一生。

紀曉嵐智謀（下）

編 著 者／聞　迅
出 版 者／生智文化事業有限公司
發 行 人／林新倫
登 記 證／局版北市業字第677號
地　　址／台北市文山區溪洲街67號地下樓
電　　話／(02)2366-0309　2366-0313
傳　　眞／(02)2366-0310
E-mail／tn605547@ms6.tisnet.net.tw
郵政劃撥／1453497-6
戶　　名／揚智文化事業股份有限公司
印　　刷／鼎易印刷事業股份有限公司
法律顧問／北辰著作權事務所　蕭雄淋律師
ISBN／957-818-215-5
初版一刷／2000年11月
定　　價／新臺幣300元

總 經 銷／揚智文化事業股份有限公司
地　　址／台北市新生南路三段88號5樓之6
電　　話／(02)2366-0309　2366-0313
傳　　眞／(02)2366-0310

國家圖書館出版品預行編目資料

紀曉嵐智謀／聞迅編著.--初版.--臺北市
：生智，2000〔民89〕
冊：公分

ISBN 957-818-214-7（上冊：平裝）.
--ISBN 957-818-215-5（下冊：平裝）

856.9　　　　89015322